Timothy Holme

Letzte Ferien am Gardasee

*Ein Fall für
Commissario Peroni*

Kriminalroman

*Aus dem Englischen
von Klaus Timmermann und Ulrike Wasel*

Oktopus

Die englischsprachige Originalausgabe erschien 1987 unter dem Titel
At the Lake of Sudden Death im Verlag Walker & Co, New York.
Die deutschsprachige Erstausgabe erschien 1995 unter dem Titel
Der See des plötzlichen Todes im Verlag DuMont, Köln.

Für den Blick hinter die Verlagskulissen:
www.oktopusverlag.ch/newsletter

Ein Oktopus Buch bei Kampa

Für die deutschsprachige Ausgabe
Copyright © 2025 by Kampa Verlag AG,
Hegibachstrasse 2, CH-8032 Zürich
info@kampaverlag.ch
www.oktopusverlag.ch
GPSR-Kontakt: Schöffling & Co. Verlagsbuchhandlung GmbH,
Kaiserstraße 79, D-60329 Frankfurt am Main
info@schoeffling.de
Der Verlag behält sich eine Nutzung des Werkes für Text-
und Data-Mining im Sinne des § 44b UrhG ausdrücklich vor.
Covergestaltung: Lara Flues, Kampa Verlag
Covermotiv: © Lake Como Poster
Satz: Tristan Walkhoefer, Leipzig
Gesetzt aus der Stempel Garamond LT / 1. Auflage 2025
Druck und Bindung: GGP Media GmbH, Pößneck
Auch als E-Book erhältlich
ISBN 978 3 311 30088 5

TEIL I

Tod im Wasser

I

Ein kiesiger Uferstreifen am Gardasee, eines Morgens im Juli. Die Feriengäste sind noch nicht aus den Federn, aber die Sonne ist bereits aufgegangen, und ihre Strahlen lassen das Wasser silbrig aufleuchten, wenn es ans Ufer plätschert, trügerisch ruhig, gemessen an dem Unwetter der vergangenen Nacht. Hinter dem Strand ragen Zypressen majestätisch in den azurblauen Himmel, und noch etwas weiter weg schmücken Olivenbäume den Hang mit Silbergrün. In der Luft liegt ein kaum wahrnehmbarer Hauch von Zitronenduft.

Nur eines verunziert diese idyllische Szenerie: eine menschliche Leiche, das Gesicht nach unten, mit langem roten Haar, das sich im Wasser bewegt, als hätte es ein Eigenleben. Sie ist jung, weiblich und gut gebaut, mit einem gelben T-Shirt, Jeans und Turnschuhen bekleidet. Das Gesicht noch immer abgewandt und mit der Nase sacht über einen Kieselstein reibend, harrt sie ihrer Entdeckung.

Die ist bereits im Anzug. Ein Junge, der früh aufgestanden ist, kommt um eine Biegung auf den Uferstreifen. Er ist so sehr darin vertieft, Kieselsteine über die glatte Wasserfläche des Sees hüpfen zu lassen, dass er die Leiche erst sieht, als er schon fast darauftritt. Bei ihrem Anblick weicht er verschreckt zurück. Dann übermannt ihn die Neugier, er macht einen vorsichtigen Schritt nach vorn und bückt sich, um sie genauer zu betrachten. Er hat noch nie eine Leiche gesehen, und dank seiner Jugend lässt ihn diese Erfahrung noch einigermaßen unberührt. Er würde gern ihr Gesicht sehen, aber einerseits hat er eine gewisse Scheu, die Leiche anzufassen, andererseits befürchtet er, dass er Ärger mit den Erwachsenen bekommt, wenn er es tut.

Nach ungefähr einer Minute kommt er zu dem Schluss, dass etwas geschehen muss, und mit einem letzten Blick auf die vom Wasser geschaukelte Gestalt, um sie sich einzuprägen, damit er sie seinen Freunden beschreiben kann, wendet er sich um und rennt über den Strand zu einem schmalen Weg, der ins Dorf führt.

Wenige Minuten später ist er mit einem halben Dutzend Erwachsener zurück. Er zeigt aufgeregt auf die Leiche und ruft auf italienisch: »Da ist sie! Seht ihr? Ich hab's euch doch gesagt!« Offenbar waren die Älteren geteilter Meinung im Hinblick auf seine Glaubwürdigkeit gewesen.

Zwei der Männer gehen zögernd ans Wasser. Die Frauen drängen sich zusammen, ihre Mienen spiegeln eine Mischung aus Faszination und Entsetzen. Die Leiche wird aus dem Wasser gezogen, auf den Rücken gedreht und auf den Strand gelegt. Selbst der Tod und eine bislang noch unbestimmte Zeit im Wasser haben die Tatsache nicht auslöschen können, dass die junge Frau schön war.

Eine Frau bekreuzigt sich, und der Rest der Gruppe tut es ihr nach, einschließlich des kleinen Jungen. Eine Jacke, das am besten geeignete und greifbare Kleidungsstück, wird pietätvoll über das tote Gesicht gebreitet, und dann, nach hastigem Getuschel, machen sich zwei aus der Gruppe auf und gehen über den Weg ins Dorf.

Es dauert etwas länger als bei dem Jungen, bis sie zurückkommen, und als es so weit ist, sind sie in Begleitung von zwei *Carabinieri* und einem Priester in schwarzer Soutane. Während der Priester mit gesenktem Kopf neben der Leiche steht und die Lippen im Gebet bewegt, hebt der ältere der beiden *Carabinieri* – ein unentwegt zynisch dreinblickender

Brigadiere, der offenbar schon mehr Wasserleichen gesehen hat, als ihm lieb ist – die Jacke hoch und studiert das Gesicht der toten Frau mit professionell abschätzendem Blick. »Ist wahrscheinlich letzte Nacht bei dem Unwetter draußen gewesen«, sagt er zu seinem Kollegen. »Manche fordern es einfach heraus.«

Mehr Menschen treffen ein und drängen sich heran, um etwas von der Tragödie mitzubekommen, glotzen, flüstern, gaffen. Der zweite *Carabiniere* scheucht sie weg, auf respektvollen Abstand.

Dann taucht ein einzelner Mann auf, bleibt an der Stelle stehen, wo der Weg auf den Strand trifft, und starrt auf die Szenerie, wie von einer entsetzlichen Vorahnung erfasst. Er ist ein dunkler südländischer Typ mit sehr weißen Zähnen und durchdringenden schwarzen Augen, die zu romantischer Zärtlichkeit fähig sind. Nach ein paar Sekunden setzt er sich widerwillig, fast ängstlich in Bewegung, nähert sich der Leiche, wobei seine Mokassins auf dem Kies knirschen.

Als er herankommt, blickt der *Brigadiere* zornig auf und will ihn schon fortjagen, doch dann erkennt er ihn offenbar, und sein Verhalten wird unangenehm kriecherisch. »*Dottor* Peroni!«, sagt er. »Ich wusste gar nicht, dass Sie hier am See sind.« Er stockt, erstaunt über den Gesichtsausdruck des Südländers, der nach unten auf das tote Gesicht blickt. »Haben Sie sie gekannt?«, fragt er.

Einen Moment lang antwortet der Mann, den er Peroni genannt hat, nicht. Dann schüttelt er den Kopf. »Nein«, sagt er, »nein ... «

»Einen kurzen Moment habe ich gedacht ...«, sagt der *Brigadiere,* dann überlegt er es sich anders. »Komisch, dass aus gerechnet Sie jetzt hier auftauchen«, sagt er stattdessen. »Ich meine, genau in dem Augenblick, wo eine Leiche gefunden wird. Aber das fällt nicht in Ihr Ressort, *Dottore* –

9

bloß wieder jemand ertrunken. Um diese Jahreszeit kommt das hier so häufig vor wie Verkehrsunfälle.« Er blickt wieder nach unten auf die Leiche. »Sieht aus wie eine Ausländerin«, sagt er. »Ganz schön dämlich, die Leute.«

Commissario Achille Peroni hätte nur schwer erklären können, warum er auf die Frage, ob er Cordelia kannte, gelogen hatte. Er hatte nichts zu befürchten, wenn ihre weiß Gott unschuldige Beziehung bekannt würde, und noch weniger zu gewinnen, wenn er sie verschwieg. Sein Leugnen war instinktiv gewesen, wahrscheinlich weil ihm die Vorstellung zuwider war, sich unter dem gleichgültigen Blick eines *Carabiniere*, der ihn zufällig erkannt hatte, so verwundbar zu zeigen. Außerdem war er bedenklich aus dem Gleichgewicht geraten.

Er hatte schlecht geschlafen, wie von bösen Vorahnungen gequält. Schon bevor er zu Bett gegangen war, hatte er gehört, wie sich das Unwetter über dem See zusammenbraute, aber es war nicht sonderlich schlimm, und nach dem, was drei Nächte zuvor passiert war, machte ihm das allein noch keine großen Sorgen. Trotzdem wurde er immer wieder von Furcht gepackt, wie in einem nicht enden wollenden Albtraum. Schließlich war er dann früh aufgestanden und hatte einen Spaziergang am See gemacht, aber noch immer lag ihm das Gefühl einer drohenden Katastrophe im leeren Magen. Nach einer Weile – zwanzig Minuten? Halbe Stunde? – kam er an den schmalen Weg, der hinunter zum See führte, und schlug ihn ein. Als er dann den Strand erreichte, erkannte er sofort, wenn nicht die Leiche, so doch die Situation: die murmelnde, ungewöhnlich ernste Menschenmenge, um einen jähen Tod versammelt, die *Carabinieri* bei ihrer schmutzigen, unangenehmen Arbeit. Und fast augenblicklich sagten ihm sein

Herz und ein flüchtiger Schimmer von rotem Haar, dass es Cordelias Leiche war.

Hatte er im Verlauf ihrer kurzen Bekanntschaft geahnt, dass eine Tragödie drohte? Der gesunde Menschenverstand würde sagen Nein, aber gesunder Menschenverstand war noch nie die starke Seite des neapolitanischen Gassenjungen gewesen, der sich nur allzu oft im Innern des rationalen Polizei-*Commissario* zu Wort meldete.

Die Folge von Ereignissen, die zu diesem Morgen führte, hatte begonnen, als Peroni – mittlerweile in Venedig stationiert – unerwarteterweise im heiß begehrten Juli zehn Tage Urlaub bekam. Er war derart überrascht, dass er zunächst nicht wusste, was er mit seiner Zeit anfangen sollte. Schließlich beschloss er, eine Einladung seiner Schwester Assunta und ihres Mannes Giorgio anzunehmen, die auf einem Campingplatz in der Nähe des Dorfes Garda am See gleichen Namens ihre Ferien verbrachten. Die pubertierenden Kinder der beiden, Anna Maria und Stefano, waren auch dort, aber da sie das urwüchsige Campingleben bevorzugten und lieber mit ihren Freunden in Zelten übernachteten, war im Wohnwagen reichlich Platz für Peroni.

Es gefiel ihm nicht. Wohnwagen sind einfach zu klein, selbst für den bescheidensten Lebensstil. Er hockte nicht gern auf einem Zinnklosett für Zwergwüchsige und hatte keine Lust, sich in einem Badezimmer von der Größe eines Schachbretts zu waschen, aber noch weniger behagte es ihm, morgens verschlafen hinüber zu den öffentlichen Waschräumen zu schlurfen und sich in die Schlange der jovialen, geschwätzigen Campinggenossen einzureihen. Es missfiel ihm auch, unter freiem Himmel zu essen, wie Giorgio es so gern tat, auf einem Campingstuhl, der schon zusammenbrach, wenn man ihn bloß ansah, und von einem Puppenstubentisch, der wackelte, ganz gleich, mit wie viel

Mühe man ihn ausbalancierte. Und dann lernte er Cordelia kennen und beschloss, dass es Umstände gab, unter denen man über die Unannehmlichkeiten selbst des Fegefeuers hinwegsehen konnte.

Vor fünf Tagen hatte er sich, um seine campingstrapazierten Nerven mit einem vormittäglichen Aperitif zu stabilisieren, ins Dorf davongeschlichen und die Kinder schwitzend beim Tennis zurückgelassen, während Assunta das Mittagessen kochte und Giorgio draußen vor der Tür saß, ein Taschentuch auf dem Kopf und in die Lektüre des Lokalblattes vertieft. Nachdem sich Peroni an einem Tisch auf der Terrasse des *Caffè* im Miniaturhafen des Dorfes niedergelassen hatte, war ihm ein Kopf mit verführerisch rotem Haar aufgefallen, der am Nachbartisch in Kniehöhe auf und ab wippte, und ihm wurde klar, dass ihn nichts daran hindern konnte, den einzigen Sport zu praktizieren, der ihn interessierte, selbst hier am See.

»Kann ich Ihnen behilflich sein?«, fragte er in seinem grässlichen Englisch, auf das er so stolz war, denn er hatte neben dem Fruchtsaft auf ihrem Tisch eine Ausgabe der *Times* bemerkt.

»Ja«, sagte sie, richtete sich auf und blinzelte in seine Richtung, »Sie können mir helfen, eine Kontaktlinse zu suchen, die mir runtergefallen ist.«

Peroni konnte fast alles auf Englisch sagen oder glaubte es zumindest, aber das Problem begann, so musste er sich eingestehen, wenn es darum ging, das zu verstehen, was Engländer ihm erwiderten. So hatte er auch jetzt kein einziges Wort ihrer Antwort auf seine angebotene Hilfe verstanden. »Wie bitte?«, sagte er.

»Sie können mir helfen«, sagte sie, diesmal in exzellentem Italienisch, »eine Kontaktlinse zu suchen, die mir runtergefallen ist.«

»Ach ja, natürlich«, sagte Peroni, sich nun gleichfalls mit Italienisch begnügend, jedoch durch die problemlose Kontaktaufnahme getröstet. Dann hockte er sich neben ihren Tisch und suchte den Boden nach der Kontaktlinse ab. Als er sie gefunden hatte, richtete er sich auf und bot sie ihr in der flachen Hand dar.

»Danke«, sagte sie. »Moment, ich muss sie eben wieder einsetzen.« Das tat sie geschickt und ohne falsche Scham, dann fuhr sie fort: »Ich bin ohne fast blind, aber auch zu Eitel, eine Brille zu tragen, außer bei der Arbeit.«

»Arbeit?«

»Na ja, Studium.«

»Sie sind Studentin?«

»Ganz recht.«

Völlig natürlich, ohne unhöflich zu sein oder ihm ermunternde Signale zu geben, nahm sie die *Times* und vertiefte sich in das Kreuzworträtsel. Während sie das tat, studierte Peroni ihr Gesicht. Es war ein faszinierendes Gesicht, klar und offen, mit ehrlichen blauen Augen und einem leichten Hauch von Sommersprossen. Das Kinn zeigte ein zartes Grübchen, und die Form der Lippen ließ einen gewissen Eigensinn erkennen. Sie trug kein Make-up.

Sein Blick wanderte von ihrem Gesicht zur rechten Hand, die mit verblüffender Geschwindigkeit über das Rätsel glitt, und als er sich leicht vorbeugte, um besser sehen zu können, stellte er fest, dass sie gerade dabei war, es abzuschließen. Er sah ihr zu, während sie die letzten Kästchen ausfüllte.

»Zu einfach«, sagte sie und legte die Zeitung hin. Dann wurde ihr Gesichtsausdruck plötzlich sehr sachlich. Sie warf einen Blick auf die Herrenuhr, die sie trug, trank ihren Fruchtsaft aus und stand auf. »Ich muss los.« Sie hängte sich eine Segeltuchtasche, die neben ihr stand, über die Schulter.

»Schon?«

»Ich bin verabredet.«

»Kann ich Sie wiedersehen?«

Sie betrachtete ihn einen Moment mit nachdenklichen blauen Augen. »Sind Sie verheiratet?«

Peroni starrte sie an; an solche Reaktionen war er nicht gewöhnt. Er suchte nach einer geistreichen Replik, fand aber keine. »Nein«, sagte er.

»Na dann, sehr gern.«

»Wollen wir heute Abend zusammen essen?« Sie überlegte kurz, nickte dann.

»In welchem Hotel wohnen Sie? Ich hole Sie ab.«

Sie legte das Geld für ihren Saft auf den Tisch. »Keine Sorge. Ich bin um halb acht hier.«

Und ohne jegliche weitere Formalität wandte sie sich um und ging. Peroni sah ihr nach. Trotz ihrer Direktheit hatte sie etwas an sich, das er nicht genau fassen konnte. Es verwirrte ihn.

Ich empfehle den Risotto. Er wird mit Schleie zubereitet, nach einem Rezept, das seit über einem Jahrhundert im Besitz der Familie ist.«

»Dann also Risotto, sehr gern.«

Sie war mit einer, wie Peroni fand, unweiblichen Pünktlichkeit am Hafen erschienen und trug zu seiner gelinden Überraschung und beträchtlichen Freude ein langes dunkelblaues Kleid, das ihre wallende rote Haarpracht wirkungsvoll akzentuierte. Außerdem lag in ihrem Verhalten eine gedämpfte Fröhlichkeit, die, wie er irritiert begriff, nicht seiner Person galt. »Wie ist Ihre Verabredung gelaufen?«, fragte er, weil er darin die Ursache vermutete.

»Sehr gut«, sagte sie und wechselte dann geschickt und höflich das Thema.

Peroni verspürte eine irrationale Eifersucht, weil sie ihm etwas vorenthielt, aber er hatte das Gefühl unterdrückt, so gut er konnte, und war mit ihr in das nahe gelegene Dorf Lazise gefahren, wo sie sich, an einem anderen Miniaturhafen, für ein Restaurant direkt am Wasser entschieden hatten.

»Machen Sie Ferien hier?«

»Ja.«

»Warum gerade hier?«

Peroni hatte das deutliche Gefühl, überraschend um eine Ecke zu biegen und gerade noch mitzubekommen, wie irgendetwas im letzten Moment versteckt wurde, sodass er es nicht mehr sehen konnte. Seine Neugier stieg um etliche Grade an.

»Warum denn *nicht* hier? Es ist ein bekanntes Urlaubsgebiet, das Klima ist wundervoll, die Landschaft bezaubernd, und der See ist zum Segeln einfach ideal. Also was ist daran so erstaunlich?«

»Nichts«, sagte Peroni, mehr denn je davon überzeugt, dass sie ihm etwas vorenthielt. »Darf ich Ihnen noch Wein einschenken?«

Er durfte, und sie tranken schweigend, während sie einen Schwarm kleiner Fische beobachteten, der scheinbar ziellos im Wasser zu ihren Füßen umherschwamm. Dann kam der Risotto.

»Auf welche Universität gehen Sie?«, fragte Peroni beim Essen.

»Oxford. Und Sie müssen gar nicht so beeindruckt gucken.«

»Und welches Fach?«

»Geschichte.«

»Ich hätte auf Sprachen getippt. Ihr Italienisch ist perfekt.«

»Danke für das Kompliment. Sprachen liegen bei uns in der Familie. Wir betrachten sie nicht als anstrengenden Lernstoff, sondern als Freizeitbeschäftigung.«

Peroni hob die Augenbrauen. Wie gern hätte er dasselbe über sich und sein Englisch gesagt. »Wie viele sprechen Sie?«

»Oh, Französisch, Deutsch, Spanisch, die üblichen, plus Griechisch und Russisch. Und zurzeit lerne ich Hebräisch. Es tut mir leid – das klingt so angeberisch, aber ich kann nur wiederholen, dass man mir beigebracht hat, Sprachen als eine Art Spiel zu betrachten. Aber hören Sie, wir fallen hier in das konventionelle männlich-weibliche Muster, bei dem der um einiges ältere, aber sehr gut aussehende Mann die Fragen stellt und die geschmeichelte, Wimpern klimpernde

Frau brav antwortet. Lockern wir das Ganze ein bisschen auf. Was machen Sie denn beruflich?«

Aus unerfindlichen Gründen hatte Peroni keine Lust, ihr zu erzählen, dass er Polizist war. »Ich arbeite für das Innenministerium«, sagte er, womit er der Frage geschickt und wahrheitsgemäß ausgewichen war.

»Sie sehen gar nicht aus wie ein Beamter.«

»Ich fühle mich auch nicht wie einer.«

»Und Sie machen auch Urlaub hier?«

»Ja.«

»Allein?«

»Nein, mit der Familie meiner Schwester.«

»Aha. So, jetzt haben wir die unwesentlichen Fakten geklärt, vielleicht können wir ja jetzt anfangen, uns kennenzulernen. Sie hatten recht – dieser Risotto ist köstlich.«

Peroni war seltsam verwirrt. Solche Frauen war er nicht gewohnt. Sie war beunruhigend hellsichtig, und ständig sagte sie Dinge, auf die er nicht zu reagieren wusste. Auch die Tatsache, dass sie offensichtlich Feministin war, brachte ihn aus der Fassung. Er mochte keine Feministinnen. Aber er mochte sie.

Je weiter der Abend voranschritt, desto mehr mochte er sie. Er mochte die Art, wie sie lachte, und die Art, wie sie ihn zum Lachen brachte. Er mochte die Art, wie sie aß und trank (erstaunlich, bei wie vielen Frauen ihn die gezierte Essweise oder alberne Art zu trinken gestört hatte). Er mochte die Art, wie sie ihn als ihresgleichen behandelte, und er stellte fest, dass er anfing, ihre provokanten Bemerkungen zu mögen, selbst wenn sie ihm die Sprache verschlugen.

Der Abend verging zu schnell. Als er sie nach Garda zurückgebracht hatte, fragte er wie schon einmal: »Kann ich Sie wiedersehen?« Und wie beim ersten Mal betrachtete sie ihn einen Moment nachdenklich.

»Ich wüsste nicht, was dagegen spricht«, sagte sie schließlich, »vorausgesetzt, eins ist klar.« Peroni wartete mit einiger Anspannung. »Ich habe nicht vor, mit Ihnen ins Bett zu gehen, wie man so abgedroschen sagt. Wenn Sie diese Bedingung akzeptieren, würde ich Sie sehr gern wiedersehen.«

Der lüsterne *scugnizzo* in seinem Inneren taumelte unter diesem Schlag, aber Peroni tat sein Bestes, sich nichts anmerken zu lassen. »Ich akzeptiere«, sagte er. In der Dunkelheit konnte sie nicht sehen, dass er Zeige- und Mittelfinger beider Hände gekreuzt hatte.

»Schön. Morgen früh segle ich auf dem See. Können Sie segeln?«

»Ja und nein.« Peroni gab nicht gern zu, wenn er etwas nicht konnte.

»Ich bringe es Ihnen bei, wenn Sie möchten.«

»Ja, möchte ich.«

»Dann um sieben hier. Okay?«

Das hieß um halb sieben aufstehen. Völlig ausgeschlossen. »Gut«, sagte Peroni.

»Also bis dann.« Sie gab ihm die Hand, ein fester, kühler Druck, wandte sich um und war weg, bevor er Gelegenheit hatte, ihr vorzuschlagen, sie nach Hause zu bringen.

Peroni schwebte hoch auf einer Wolke der Verzückung zurück zum Campingplatz, versank in süßen, traumgewürzten Schlaf und kam am nächsten Morgen mit der mühelosen Leichtigkeit eines jungen Vogels aus den Federn, um Cordelia am Hafen zu treffen, wo sie unter einer hellen, bereits heißen Sonne hinaus auf die Mole spazierten. Fast ganz am äußeren Ende blieben sie vor einem frech und unternehmungslustig aussehenden Boot mit zwei Segeln stehen.

»Darf ich vorstellen, die Spaghetti Western«, sagte sie. »Der Name ist nicht von mir. Den hatte sie schon, als ich sie von einer Freundin geerbt habe, die letztes Jahr hier draußen war. Sie ist sehr übermütig, aber sie reagiert wunderbar, wenn man sie richtig behandelt. Hüpfen Sie rein.«

Und Peroni hüpfte, ein wenig zögerlich, hinein; die Spaghetti Western sah nicht gerade so aus, als wäre sie stabil genug für zwei Personen. Mit anmutig fließenden Bewegungen legte Cordelia ab und schwang sich ins Boot.

Für Peroni waren die nächsten zwei Stunden eine überreiche Mischung aus Paradies und Fegefeuer. Das Paradies lag in Cordelias Anwesenheit und dem ständigen Körperkontakt zu ihr, der beim Steuern eines so kleinen Bootes unvermeidlich war. Das Fegefeuer lag in der zermürbenden Anstrengung, die sie ihm abverlangte. Sie war eine gute Lehrerin, aber eine unbarmherzige Perfektionistin, und sie schikanierte, ermahnte und malträtierte ihn unablässig. Als sie zurück in den Hafen segelten, war Peroni schlapp und verschwitzt, und jeder Knochen tat ihm weh, aber er hatte das Gefühl, er könnte mit einem Boot umgehen.

»Ich mache noch einen richtigen Segler aus dir«, sagte sie. »Und jetzt«, dabei sah sie auf die Uhr und hievte ihre hellblaue Tasche aus der Spaghetti Western, »muss ich gehen.«

Er war verwirrt und frustriert, sie dagegen war in Gedanken schon bei den rätselhaften Angelegenheiten, die sie offenbar irgendwo am See zu erledigen hatte. Er wollte sie danach fragen, aber sein Instinkt sagte ihm, dass das nicht gut ankommen würde. Also fragte er sie stattdessen, wann sie sich wieder treffen könnten.

»Die nächsten zwei Tage bin ich ziemlich beschäftigt«, sagte sie, »aber morgen Abend müsste ich Zeit haben. Ich treffe dich drüben in der Bar – sagen wir gegen acht. Wir können was trinken und dann noch eine Unterrichtsstunde machen.«

Damit musste Peroni sich zufriedengeben.

»Die Leiche einer jungen Frau wurde heute Morgen am Gardasee ans Ufer getrieben. Wie die Identifizierung ergab, handelt es sich um Cordelia Hope, eine 21-jährige Engländerin, die ihre Ferien im Dorf Garda verbracht hatte.«

Peroni saß an der Bar und hörte wie betäubt dem blechernen Transistorradio dahinter zu, dankbar, dass er allein war.

»*Carabinieri* haben bestätigt, dass sie irgendwann gestern am späten Abend, ihrer Gewohnheit entsprechend, mit ihrem Segelboot hinausgefahren ist. Sie wurde von einem plötzlichen Unwetter überrascht, und da sie eine unerfahrene Seglerin war, fiel sie über Bord und ertrank. Die Frau ist das dritte Opfer, das der See in dieser Saison gefordert hat ...«

Das war unmöglich. Peroni hatte allen Grund zu wissen, dass es unmöglich war.

Einen Tag nach ihrer ersten Unterrichtsstunde kam er pünktlich um acht Uhr an der Hafenbar an, aber Cordelia war nicht da. Ein halbe Stunde und zwei Chivas Regal später war sie immer noch nicht eingetroffen. Er bestellte einen Dritten und überlegte, was er machen sollte. Er war es nicht gewohnt, auf Frauen zu warten; normalerweise warteten sie auf ihn. Seine männliche Eitelkeit als Südländer war tief gekränkt. Seine Ehre verlangte nach Rückzug. Andere Mütter hatten auch schöne Töchter.

Viertel vor neun, und er wartete noch immer. Soll sie doch in ihrer Enttäuschung schmoren, wenn sie kommt, falls sie kommt, redete er sich ein. Wenn sie dich hier jämmerlich wartend vorfindet, nach fast einer Stunde Verspätung, weiß sie, dass sie dich in der Tasche hat, und das wird sie dich spüren lassen. Lass sie zappeln.

Um neun gestand er einem vierten Chivas Regal kleinlaut ein, dass sie nicht der Typ war, der zappelte. Viel zu selbstbewusst. Und in diesem Fall, so ermahnte er sich selbst, wäre er ohne sie besser beraten. Komm, reiß dir irgendeine skandinavische Frau auf, die nach einem *Latin Lover* lechzt, und vergiss Cordelia.

Um zehn nach neun kam sie hereinspaziert. »Tut mir sehr leid, dass du warten musstest«, sagte sie, »aber mir ist was dazwischengekommen. Du hättest nicht warten sollen.«

»Ach, ist schon in Ordnung«, sagte Peroni heuchlerisch. »War nicht weiter schlimm.« Sie sah ungewöhnlich niedergeschlagen aus. »Ist etwas passiert?«

»Nein, nein – wahrscheinlich hab ich nur Hunger. Essen wir eine Pizza. Ich bin mit Zahlen dran. Und danach segeln wir raus.«

»Wird das nicht ein bisschen spät?«

»Quatsch. Nachts ist Segeln am schönsten.«

Es war fast elf und schon dunkel, als sie mit der Spaghetti Western aus dem kleinen Hafen glitten. Peroni war leicht nervös, aber das Wetter war wundervoll und der See glatt wie ein Mühlenteich, und schließlich, so sagte er sich, konnte ja niemand wissen, welche Veränderungen in ihrem sturen und bislang gänzlich unflexiblen Beharren auf Keuschheit eine nächtliche Segeltour auf samtigem Wasser mit sich bringen mochte.

»Du übernimmst«, sagte sie.

Peroni gehorchte. Glücklicherweise war nicht viel zu tun, und sie, noch immer in ihrer unerklärten Niedergeschlagenheit versunken, attackierte ihn weniger scharf wegen seiner Fehler. Dann schien sie sich plötzlich zusammenzureißen und fing an zu reden. Es war ein oberflächliches, aber geistreiches Gespräch über Politik (sie nahm die italienische Politikerkaste mit federleichten, aber messerscharfen Analysen auseinander), Essen (sie beschrieb ein extravagantes fernöstliches Gericht, das sie, wie sie versprach, eines Tages für Peroni kochen wollte), Bücher (es gab offenbar nichts, was sie nicht gelesen hatte) und über die Unterschiede zwischen England und Italien (»Es ist wie der ewige Kampf zwischen den Geschlechtern, nur dass man nie genau weiß, zu welchem Geschlecht das jeweilige Land gerade gehört.«).

Als eine kurze Gesprächspause entstand, sagte Peroni: »Weißt du, ich habe absolut keine Ahnung, wo wir sind. Ich meine, abgesehen davon, dass wir auf dem See sind.«

»Ich schon.«

»Du bestimmt«, sagte Peroni, und sie grinste ihn in der Dunkelheit an. »Wo?«

»Die Lichter da drüben, das ist Sirmione, und da ist Desenzano.« Dann seufzte sie mit plötzlicher Verzückung, als ob sie in ein besonders verlockendes Schaufenster blickte. »Ist das nicht schön?«

Es war schön. Das Südufer des Sees, schon bei Tag sehenswert, war bei Nacht ein Märchenland. Peroni betrachtete es mit Wohlgefallen, während sie über das Wasser glitten.

»Sieh mal die Villa«, sagte er, »dort drüben, mit dem Park drumherum. Da könnte ich leben. Wem die wohl gehört?«

»Auch das weiß ich. Warte mal – den Wind sollten wir mitnehmen. Lass mich kurz ans Ruder.« Er tat wie geheißen und beobachtete entzückt ihren geschmeidigen Körper, während sie sich ans Ruder setzte, um sie in frischen Wind zu drehen, weg vom Ufer. »Also diese Villa«, fuhr sie fort, als sie mit dem Richtungswechsel zufrieden war, »ist eins von diesen superteuren Alten- und Pflegeheimen, wo die Schwestern nicht gehen, sondern schweben und ein eingebautes Lächeln haben und wo die Gäste so ehrfurchtsvoll behandelt werden, als wären sie unbezahlbare Porzellanstücke. Wenn ich so alt wäre, würde ich die robuste Wirklichkeitsnähe eines altmodischen Armenhauses vorziehen. Ich meine, da ist zumindest echtes Leben.«

»Da bin ich mir nicht so sicher. Aber woher kennst du dich so gut am See aus?«

»Ich habe meine Zeit letzte Woche nicht vertrödelt.«

Sie waren der Frage nach ihren rätselhaften Aktivitäten am See gefährlich nahegekommen, und Peroni überlegte, ob sie in der Verschwiegenheit des nächtlichen Sees nicht vielleicht entgegenkommender auf Erkundigungen reagieren würde. Er beschloss, es zu riskieren. »Was machst du eigentlich, wenn du so allein losziehst?«, fragte er, und dann, als sie den Mund öffnete, um etwas zu sagen, fuhr er diplomatisch fort: »Schon gut, du musst es mir nicht erzählen, wenn du nicht willst. Aber vielleicht würde es dir ja guttun, wenn du mit jemandem drüber reden könntest – was immer es ist. Und vielleicht könnte ich dir sogar behilflich sein – vorausgesetzt, dass du das möchtest. Schließlich wird es ja wohl nichts Illegales sein.«

Wieder grinste sie ihn durch die Dunkelheit an. »Wer sagt das?«

Peroni hätte nicht verblüffter sein können, wenn sie ein obszönes Schimpfwort benutzt hätte. »Jetzt habe ich dich schon wieder schockiert«, fuhr sie fort. »Du bist aber auch leicht zu schockieren. Das kommt davon, wenn man ein Mann ist und noch dazu aus dem Süden. Wieso sollte ich nicht in etwas Illegales verwickelt sein? Weil ich eine wohlerzogene junge Dame bin und noch dazu in Oxford studiere?« Sie hatte Peronis Gedanken so genau erraten, dass er sie nur noch in der Dunkelheit anstarren konnte. »Du kannst mir glauben«, fuhr sie fort, »dass vermeintlich respektable Studentinnen Dinge aushecken können, die die rosaroten Männerphantasien bei Weitem übersteigen.« Sie stockte. »Aber eigentlich«, sagte sie, »weiß ich selbst nicht so recht, wie es ethisch einzustufen ist. Nach dem Gesetz falsch, moralisch gesehen richtig, könnte man vielleicht sagen.«

»Aber was ist es denn?«, sagte Peroni entnervt.

»Ein Abenteuer.« Sie brach ab, und als sie weiterredete, lag ein Klang in ihrer Stimme, der sich bestürzend nach Verzweiflung anhörte. »Ein Abenteuer, das, wie es aussieht, falsch gelaufen ist. Oder völlig im Sande verläuft.«

»Was für ein Abenteuer?«

Sie zögerte, offenbar unsicher, ob sie den unwiderruflichen Schritt wagen sollte, sich ihm anzuvertrauen; sie war drauf und dran. Dann plötzlich zog etwas anderes ihre Aufmerksamkeit auf sich. Er spürte es, aber er konnte es nicht benennen.

Sie bewegte sich rasch, um das Focksegel in Ordnung zu bringen, und ihm schien, als ob irgendwelche Erscheinungen, die noch zu weit entfernt waren, um sie zu erkennen, mit hoher Stimme singend über das Wasser auf sie zukamen.

»Was ist das?«, fragte er.

»Sturm.«

Dann begriff er, dass die Erscheinungen Wolken waren, die mit erschreckender Geschwindigkeit auf sie zukamen, und ihre Stimmen waren die Winde, die sie herantrugen.

»Halt dich einfach gut fest«, sagte Cordelia, »und keine Panik.«

Den ersten Teil ihrer Anweisung befolgte er inbrünstig, aber die Geschwindigkeit, mit der die Wolken auf sie zustürmten, und das heulende Crescendo des Windes machten ihm den zweiten Teil unmöglich.

Das Wasser unter ihnen und um sie herum wogte und toste zornig, fegte über Bug und Rumpf des Bootes, sodass Peroni bald durchnässt war. Die Wolken, die Entfernung oder beides hatten jeden beruhigenden Blick aufs Ufer verhüllt, sodass sie mit dem wilden, mordlüsternen Ungeheuer, als das sich der See plötzlich gebärdete, völlig allein waren.

Er spielte mit der Spaghetti Western wie eine gigantische

Katze, warf sie hoch in die Luft, fing sie auf, wirbelte sie herum, ließ sie vor und zurück tanzen.

So sehr Peroni sich auch festklammerte, die Kraft der heranbrausenden Wellen, die ihn zu verschlingen drohten, war so gewaltig, dass er bei jeder neuen Welle damit rechnete, in den See gerissen zu werden. Und trotz seines Entsetzens bei dieser Vorstellung konnte er nur darüber staunen, dass Cordelia, die sich offenbar überhaupt nicht festhielt, im Boot blieb. Sie war überall zugleich, mühelos, passte ihren Körper an das wütende Schwanken und Rollen an, nahm Peronis Anwesenheit anscheinend nicht mehr wahr, völlig versunken in ihren einsamen Kampf mit dem See.

Die Dunkelheit war beängstigend, aber Peroni begriff bald, dass sie auch ihre Vorteile hatte, als ein heftiger und langgezogener Blitzstrahl, begleitet von einem apokalyptischen Donnergrollen, die nähere Umgebung erhellte und Peronis schlimmste Befürchtungen bestätigte. Die Wogen waren sogar noch höher, als er gedacht hatte.

Irgendwo in seinem Hinterkopf schrillte eine idiotische Stimme etwas, das er einmal irgendwo gehört und unklugerweise vergessen hatte. »Auf dem See können in Null Komma nichts Stürme losbrechen, die wirklich entsetzlich sind. Sie sind selbst bei den erfahrensten Fischern gefürchtet.«

Eine ganz besonders gewaltige Woge krachte auf sie nieder, und die Spaghetti Western bäumte sich auf, erbebte und neigte sich so weit zur Seite, dass Peroni einen Augenblick lang meinte, geradewegs in das tosende Wasser zu blicken. Sie war gekentert.

»Heiliger Januarius!«, schrie Peroni innerlich auf und beschwor den Schutzheiligen von Neapel, dessen Medaillon er immer um den Hals trug: »Bring uns hier raus, und ich lasse die größte Kerze der Welt für dich im Dom von Neapel anzünden!«

Er konnte nicht sagen, ob der heilige Januarius dieses Angebot unwiderstehlich fand oder ob Cordelias Segelkünste
das Unmögliche möglich machten, aber irgendwie richtete
sich die Spaghetti Western wieder auf und entkam kurz
danach dem Auge des Orkans, der sie umgehend ihrem
Schicksal überließ und auf der Suche nach anderer Beute
davontobte.

Es regnete, und die Wellen waren noch immer ziemlich
hoch, aber der Tod brüllte Peroni nicht mehr ins Ohr und
die Uferlichter glitzerten tröstlich.

»Ein toller Spaß, nicht?«, erdreistete sich Cordelia zu sagen. »Aber wir machen trotzdem besser, dass wir zurück
zum Hafen kommen. Wir wollen doch keine Zugabe, oder?«

Vielleicht hatte das Unwetter Cordelia bewogen, ihre
Meinung dahingehend zu ändern, dass sie ihr Geheimnis
nicht mehr mit Peroni teilen wollte, jedenfalls kam sie nicht
auf das Thema zurück, und er war viel zu fertig mit den
Nerven, um darauf zu bestehen. Sie segelten in den Hafen
von Garda, legten an und verabschiedeten sich mit einem
Händedruck.

3

*B*uon giorno, Dottore«, sagte der zynisch dreinblickende *Brigadiere,* der Peroni mit geheucheltem, übertriebenem Respekt empfing. »Setzen Sie sich. Was kann ich für Sie tun?«

»Die junge Frau heute Morgen am Strand …«

»Ach ja, die junge Engländerin, die bei dem Unwetter ertrunken ist …«

Die Augen des *Brigadiere* waren glasig und ausdruckslos, und offensichtlich stellte er im Kopf Spekulationen über das Motiv für diesen Besuch an. Peroni betrachtete ihn müde. Aus der Radiomeldung war eindeutig hervorgegangen, dass man Cordelias Tod für einen Unfall hielt. Aber jemand, der erst drei Nächte zuvor mit derart meisterlichem Geschick ein Boot beherrscht hatte, konnte doch nicht einfach so über Bord gegangen sein, und das in einem wesentlich harmloseren Sturm. Peroni hatte sofort beschlossen, dass er den *Carabinieri* die Unfalltheorie ausreden musste. Doch schon jetzt erfasste ihn der Verdacht, dass das nicht so leicht sein würde.

»… kaum zu glauben«, fuhr der *Brigadiere* fort, »aber die machen das dauernd, diese Ausländer. Wenn sie sich nicht selbst ertränken, indem sie nach einem sechsgängigen Menü schwimmen gehen, dann ziehen sie los und fallen von ihren Booten. Bringt man denen denn zu Hause überhaupt nichts bei?«

»Aber sie ist nicht von ihrem Boot gefallen.«

»Was?« Die verschlagenen, geistlosen Augen verengten sich.

»Sie ist nicht vom Boot gefallen.«

»Woher wissen Sie das?«

Peroni begriff, dass er die Frage nicht beantworten konnte, ohne zuzugeben, dass er bei ihrer ersten Begegnung gelogen hatte, was, gelinde gesagt, peinlich war. Aber die Peinlichkeit war unumgänglich, falls er den *Brigadiere* überzeugen wollte.

»Ich habe Ihnen gesagt, dass ich sie nicht gekannt habe«, sagte er. »Aber ich war schockiert, als ich sie so da liegen sah, und habe es unwillkürlich abgestritten. Ich habe sie doch gekannt. Erst drei Nächte zuvor war ich mit ihr zusammen während eines Unwetters auf dem See. Sie hatte das Boot perfekt im Griff.«

»Ich verstehe. Ihnen ist doch wohl klar, *Dottore*, dass ich jeden anderen jetzt wegen Irreführung der Behörden belangen müsste?«

»Ja, selbstverständlich, ich …«

»Ich nehme an, sie war eine Urlaubsbekanntschaft von Ihnen?«

»So könnte man es ausdrücken …«

»Ich verstehe.« Peroni wusste genau, was der Mann zu verstehen meinte, und der Gedanke an Cordelia machte die gewohnheitsmäßige Schlüpfrigkeit darin unerträglich abstoßend.

»Sie verstehen nicht«, sagte er, »aber das tut nichts zur Sache. Ich versuche Ihnen klarzumachen, dass sie unmöglich durch einen Unfall ertrunken sein kann.«

»Bloß weil sie ein paar Nächte zuvor *nicht* durch einen Unfall ertrunken ist? Das klingt wirklich nicht sehr überzeugend, *Dottore*, oder? Und nur mal angenommen, Sie hätten recht, welche Alternativen bleiben uns dann? Dass sie freiwillig ins Wasser gegangen ist? Wollen Sie das damit andeuten?«

Selbstmord? Der Gedanke war Peroni nie gekommen. Er erinnerte sich an den Klang ihrer Stimme kurz vor dem Unwetter, als sie von einem »Abenteuer, das anscheinend falsch gelaufen ist« gesprochen hatte. Sie war zu Verzweiflung fähig, dachte er. Aber dann erinnerte er sich an den Tag danach …

»Klar zum Start auf hohe See?«

»Ehrlich gesagt, ich hatte gedacht …«

»Kalte Füße, häh? Und das bloß wegen der Minibrise von letzter Nacht. Oh nein, mein Junge – das ist, wie wenn man vom Pferd fällt: Das einzig Richtige ist, sofort wieder aufzusitzen.«

Sie schien vor Übermut fast zu platzen, und Peroni beschloss, eine Frage zu wagen. »Läuft es mit deinem Abenteuer wieder richtig?«

»Vielleicht. Es besteht Hoffnung. Rein mit dir.«

Offensichtlich war sie nicht gewillt, darüber zu reden. Nach einem kurzen argwöhnischen Blick zum Horizont stieg Peroni ins Boot. Das Wetter, so stellte er erleichtert fest, hätte kaum besser sein können.

»Du steuerst sie aus dem Hafen. Dann segeln wir ein bisschen raus und dann die Küste entlang nach Malcesine. Falls du brav bist, kaufe ich dir ein Eis, wenn wir dort ankommen.«

»Aye Aye, Admiral.«

Sie segelten eine Weile, ohne zu reden, bis auf die kurzen Anweisungen von Cordelia.

Der Julinachmittag war vollkommen, und beide genossen ihn still, zufrieden damit, den eigenen Gedanken nachhängen zu können.

»Warum willst du es mir nicht sagen?«, fragte Peroni schließlich.

Sie dachte über die Frage nach. »Aus verschiedenen Gründen«, sagte sie nach einem Moment: »Erstens einmal möchte ich es für mich behalten. Zweitens, falls wirklich irgendwas daran illegal ist, möchte ich nicht, dass du mit hineingezogen wirst. Und drittens – na ja, ich bin ein bisschen abergläubisch. Ich habe Angst, wenn ich es dir erzähle, zerrinnt es mir irgendwie zwischen den Fingern.«

»Wirst du es mir irgendwann erzählen?«

Sie sah ihn auf eine neue Art an, prüfend und amüsiert zugleich. Und da lag noch etwas in ihrem Blick, was er nicht benennen konnte, aber was ihm gefiel. »Eines Tages vielleicht, wenn alles vorbei ist. So oder so.«

»Du bist sehr unabhängig.«

»Das muss ich sein.«

Sie hockte dicht vor ihm, und ihre sehr klaren blauen Augen, die ihn unverwandt anblickten, hatten einen Ausdruck, den er herausfordernd fand. Er reagierte. Lange berührten sich ihre Münder nur sacht. Dann zog Peroni sie näher an sich. Sie wollte sich von ihm lösen, doch dann gab sie nach, und allmählich wurde der Kuss intensiver und leidenschaftlicher.

Schließlich nahm sie ihren Mund von seinem und berührte seine Wange mit den Fingerspitzen ihrer rechten Hand. »Das hat mir gefallen«, sagte sie, »sehr sogar. Aber ich will es nicht. Das ist ein Unterschied, weißt du? Wie ich schon sagte, ich muss unabhängig sein. Außerdem«, fuhr sie plötzlich lächelnd fort und stand auf, »sollst du dich aufs Segeln konzentrieren. Unser Eis wartet dahinten.«

Und das war alles für den Tag.

»Selbstmord?«, fragte Peroni. »Nein.«

»Dann also Mord?« Das Wort schien aus dem Mund des *Brigadiere* zu springen wie eine Kröte.

»Möglich.«

»Welche Gründe haben Sie für diese Vermutung?«

Gerade noch rechtzeitig erkannte Peroni die Gefahr. Welche Gründe hatte er denn schon? Das Wissen darum, dass Cordelia irgendwelche nicht näher erläuterten Angelegenheiten in der Gegend am See verfolgt hatte? Das würde der *Brigadiere* schnell vom Tisch fegen. Er brauchte jemanden auf einer wesentlich höheren Ebene.

»Keinerlei Gründe«, sagte er und versuchte dabei demütig dreinzublicken.

»Sehen Sie?«, sagte der *Brigadiere* mit der Miene eines älteren Mannes, der weiß, wo es lang geht. »Natürlich ist es ganz verständlich, dass Sie so reagieren – das würde jeder Mann, der was mit einer jungen Frau hat und sie dann plötzlich tot vorfindet. Das ist ganz menschlich. Also ist die Sache damit wohl erledigt, häh, *Dottore*? Sie vergessen das mit dem Mord, und ich vergesse Ihre Falschaussage.« Er streckte die Hand aus, und Peroni ergriff sie widerstrebend.

Es klopfte an der Tür, und als der *Brigadiere* »Avanti« rief, ging sie auf, und ein rotbackiger, energisch aussehender Mann um die Fünfzig trat ein, mit sonnenverbrannter Glatze und einem üppigen Flaum aus weißem Haar über den Ohren. Er war elegant gekleidet, hatte aber etwas Rustikales an sich, das darauf schließen ließ, dass er sich wohler gefühlt hätte, wenn er, ein Gewehr unterm Arm, in Stiefeln, Cordhose und ausgebeulter alter Jacke durch die Landschaft gestapft wäre. Beim Anblick dieses Herrn schoss der *Brigadiere* wie eine Rakete aus seinem Sessel, nahm Haltung an und grüßte.

»*Buon giorno, signor sindaco!*«, sagte er. Der Bürgermeister, dachte Peroni, das erklärte die Ehrerbietung.

»Setzen Sie sich, *Brigadiere*, setzen Sie sich – da fallen ja alle Spinnweben von den Wänden, wenn Sie so aufspringen.« Er sprach starken Dialekt – eine Marotte der besseren Gesellschaft im Veneto –, und der *Brigadiere* setzte sich, den Mund zu einem ergebenen Lächeln über die kleine Stichelei verzogen. »Sie werden verzeihen, dass ich Ihr reges Sozialleben störe«, fuhr der Bürgermeister fort und nickte Peroni freundlich zu, »aber ich habe eine Anfrage vom britischen Konsulat in Venedig vorliegen. Man bittet um Informationen über die arme junge Frau, die letzte Nacht ertrunken ist, und da ich gerade vorbeigekommen bin, dachte ich, ich schau mal rein und erspare Ihnen die Strapaze, extra ins Rathaus kommen zu müssen.«

»Sehr nett von Ihnen, *signore sindaco*. Ich habe die Akte gerade vor mir, wenn Sie hineinschauen möchten.« Er warf Peroni einen raschen verschlagenen Blick zu. »Das ist *Dottor* Peroni von der *Pubblica Sicurezza*«, fuhr er fort. »Er wollte auch mit mir über diese Frau sprechen.«

Peroni war der warnende Unterton nicht entgangen, und er hielt es für angebracht, sich zunächst fügsam zu zeigen.

»Ich habe sie zufällig vor ein paar Tagen kennengelernt«, sagte er, »und dachte, ich könnte vielleicht irgendwie behilflich sein.«

»Peroni, Peroni, Peroni«, sagte der Bürgermeister geistesabwesend und betrachtete ihn über die Halbgläser seiner Brille, die auf einer großen, marmorierten Nase saß. »Den Namen habe ich schon irgendwo gehört. Jetzt weiß ich! Der Rudolfo Valentino der italienischen Polizei! Der Polizist, der bei seinen Schnüffeleien dauernd über schöne Frauenleichen stolpert und sich von Dach zu Dach schwingt wie Tarzan. So ist es doch mehr oder weniger, oder?«

Peroni lächelte höflich und nickte. Früher einmal war er wegen seines Valentino-Beinamens eitel und stolz wie ein Pfau gewesen, doch er wurde ihn nicht mehr los, und mittlerweile hatte er ihn gründlich satt.

»Bombarone«, sagte der Bürgermeister und streckte eine

Hand aus. Während Peroni sie ergriff, erinnerte er sich daran, dass er diesen Namen oft gehört hatte, als er noch in Verona stationiert gewesen war. Bombarone war ein bedeutender Lokalpolitiker der Christdemokraten, der in einem halben Dutzend politischer Spielchen gleichzeitig mitmischte. Er war ein Intrigant, ein Königsmacher, eine graue Eminenz. Und diese Erkenntnis erweckte in Peroni erneut eine Ambition zum Leben, die ihm in den letzten Monaten immer wieder durch den schöpferischen Kopf geschlichen war und die er durch die Begegnung mit Cordelia nur vorübergehend in den Hintergrund gedrängt hatte. Vielleicht war Bombarone genau der Mann, den er brauchte. Aber dann fühlte er sich bei dem Gedanken an Cordelia schuldig, weil sein persönlicher Ehrgeiz in ihm aufkeimte. Aber vielleicht war Bombarone ja auch genau der Mann, den er für sie brauchte. Vielleicht konnte Bombarone ihm auf mehr als nur eine Weise helfen.

»Kommen Sie doch mit in mein Büro, und wir machen eine Flasche Wein auf«, sagte er Bürgermeister gerade, was Peronis Plänen nur entgegenkam. »Jemand Berühmtes wie Sie haben wir hier nicht oft. Wo sind Sie jetzt stationiert – Mailand, nicht wahr?«

»Venedig.«

»Ach ja – Venedig, Venedig ...« Er fing an, unmelodisch »La Biondina in Gondoleta« zu singen, und brach dann nach ein paar Zeilen ab. »Tja, also ... Entschuldigen Sie mich einen Moment. Ich muss mir ein paar Notizen für das britische Konsulat machen, aber dann gehen wir.« Nachdem er seine Notizen gemacht hatte, legte er Peroni einen Arm um die Schulter und dirigierte ihn zur Tür. »Kommen Sie, kommen Sie«, sagte er, »wir wollen den wackeren *Brigadiere* allein lassen, damit er sein unterbrochenes Nickerchen fortsetzen kann, und uns eine Flasche echten Bardolino aufmachen – nicht den üblichen Dreck, den man im Supermarkt bekommt, sondern reinen Wein aus richtigen Trauben. Los geht's.« Der *Brigadiere* nahm wieder Haltung an, und der Bürgermeister winkte ihm freundlich zu, als sie zur Tür hinausgingen.

Draußen stand ein Landrover für sie bereit. »Entschuldigen Sie das Transportmittel«, sagte der Bürgermeister beim Einsteigen, »aber ich fahre zur Genüge in schicken Limousinen, wenn ich runter nach Rom muss.«

Die Fahrt zum Rathaus von Garda war kurz. Als sie aus dem Landrover stiegen und ins Gebäude gingen, winkte Bombarone ununterbrochen, klopfte auf Schultern, drückte Hände und scherzte.

»Setzen Sie sich«, sagte er, als sie sein großes Büro im ersten Stock betraten. »Ich bin gleich wieder da.« Dann ging er hinaus und kam kurz darauf mit einer staubigen Flasche ohne Etikett, einem Korkenzieher und zwei Gläsern wieder. Nachdem er einen Berg von offiziell aussehenden Dokumenten auf seinem Schreibtisch kurzerhand beiseitegeschoben hatte – »dieser elende Papierkram« –, stellte er die Gläser ab und öffnete die Flasche.

»Nun, was sagen Sie dazu?«, wollte er wissen, als Peroni den Wein kostete.

»Wirklich vorzüglich«, sagte Peroni.

»Na, das nenne ich einen feinen Gaumen«, sagte der Bürgermeister und klatschte sich dabei anerkennend auf die Schenkel. »Und jetzt verrate ich Ihnen was, das Sie für sich behalten müssen. Wenn Sie ein paar Flaschen von diesem Wein haben möchten, sollten Sie General del Duca in Bardolino besuchen. Er stellt ihn her, und er wird Ihnen ein paar Kisten überlassen, wenn Sie ihm sagen, dass ich Sie schicke. Ein bemerkenswerter alter Herr, dieser General del Duca.«

Das Telefon auf Bombarones Schreibtisch klingelte, und während er Peroni zuwinkte, sich erneut einzuschenken, hob er den Hörer ab. Peroni folgte der Unterhaltung zunächst desinteressiert, doch dann mit wachsender Aufmerksamkeit, denn als er den Inhalt des Gesprächs mit dem Vornamen, den Bombarone nannte, in Verbindung brachte, hatte er keine Mühe, den passenden Nachnamen zu erraten. Ihm stockte beinahe der Atem. Der Bürgermeister verkehrte tatsächlich mit den höchsten politischen Kreisen des Landes. Der ruhelos drängende Ehrgeiz in Peroni schrie nach Befriedigung. Aber wie sollte er das Thema zur Sprache bringen?

»Freunde in unteren Positionen«, sagte Bombarone entschuldigend, als er schließlich wieder auflegte.

»Seit einiger Zeit«, sagte Peroni, der beschlossen hatte, dass der direkte Weg der beste sei, »trage ich mich mit dem Gedanken, für das Parlament zu kandidieren.«

»Schön, schön, schön«, sagte Bombarone und warf ihm einen schlauen, amüsierten Blick zu, während er ihre Gläser erneut füllte. »Ist das wahr? Der Rudolfo Valentino der Abgeordnetenkammer, was? Bedenken Sie, es ist ein hartes Leben.«

»Meinen Sie, ich hätte eine Chance?«

»Wieso nicht? Wieso nicht? An welche Partei hatten sie gedacht?«

»Natürlich die *Democrazia Cristiana*«, sagte Peroni leicht schockiert.

»So natürlich ist das gar nicht. Wir hätten Sie auch schön bei den Kommunisten oder den Faschisten unterbringen können. Aber alles in allem ist die DC vermutlich die beste Wahl. Ein interessanter Gedanke. Lassen Sie mich ein paar Tage darüber nachdenken, ja? Dann komme ich auf Sie zurück.«

Wieder klingelte das Telefon, und Bombarone hob mit gespielt gequälter Miene den Hörer ab. »*Pronto, pronto. Ah Signora, buon giorno.* Ich wollte Sie gerade zurückrufen.« Er legte die Hand über die Sprechmuschel und flüsterte Peroni zu: »Britisches Konsulat in Venedig – wegen des ertrunkenen Mädchens. Ja«, fuhr er fort, »ich habe die Einzelheiten jetzt vorliegen. Das arme Kind ist bei dem Unwetter letzte Nacht über Bord gegangen. Ja, schrecklich, schrecklich. Oh ja, zweifellos ein Unfall, keine Frage. Sie ist am 3. Juli hier angekommen und hatte ein Zimmer in der Via Mazzini Nummer drei gemietet ...«

Peroni merkte sich die Adresse. Die übrigen Einzelheiten waren mager, und er erfuhr nichts Neues, außer dass Cordelias Leiche nach Abschluss der Formalitäten zurück nach England geflogen werden sollte.

»Das hätten wir«, sagte Bombarone, als er auflegte. »Ein tragischer Verlust. So jung. Traurig, traurig. Lassen Sie mich Ihnen einschenken. Sie kannten sie, wie Sie sagten?«

»Ich habe sie vor vier Tagen kennengelernt.«

»Das muss ein schwerer Schlag für Sie sein. Wenn diese unerfahrenen jungen Leute doch bloß begreifen würden, dass der See heimtückisch sein kann.«

»Sie war nicht unerfahren.«

Peronis Ton ließ den Bürgermeister aufmerken. »Nein?« Dann entspannte er sich. »Aber Unfälle können natürlich immer passieren – selbst den erfahrensten Seglern.«

»Ich bin ganz und gar nicht davon überzeugt, dass es ein Unfall war!«

»Sind Sie nicht?« Besorgnis steigerte sich zu Alarmiertheit. »Sie wollen doch nicht etwa andeuten, dass es ...«, er blickte sich um, als ob er sichergehen wollte, dass niemand zuhörte, »... Mord war?«

Wie schon einmal sprang das Wort wie eine Kröte mitten

36

hinein in die Stille. Wollte er das wirklich andeuten, fragte sich Peroni. Er dachte an den letzten Tag und an diesen seltsamen Eindruck …

Es war ein eigenartiger Tag, wie ein Schachbrett mit versteckten Feldern, die erst sichtbar wurden, wenn man darauf stand, sodass man nie wusste, ob der nächste Zug einen auf Schwarz oder Weiß tragen würde. Es war fast zwei Uhr, als sie sich trafen, und noch ehe sie überhaupt den Mund aufgemacht hatte, fiel ihm auf, dass sie in einer ungewöhnlichen Stimmung war. Mal war sie fröhlich, dann wieder deprimiert, wobei sie praktisch mitten im Satz von einem Gemützustand zum anderen wechselte. War sie zu einem Ergebnis gekommen, hatte sie irgendein Ziel erreicht? Und falls ja, welcher Art, dass es derart widersprüchliche Gefühle auslöste? Behutsam, aber unbeirrbar umging sie alle seine Fragen.

Sie aßen spät zu Mittag, unter den Bäumen am See, und Cordelia trank mehr Wein, als er es bis dahin bei ihr erlebt hatte, denn sie war ansonsten eher enthaltsam, und als er das erwähnte, erwiderte sie nur: »Vielleicht habe ich einen Grund zum Feiern. Oder vielleicht muss ich einen Kummer ertränken. Vielleicht auch beides.«

Als sie ihren Kaffee tranken, hatte Peroni zum ersten Mal das Gefühl, dass sie beobachtet wurden. Er blickte sich um, konnte aber niemanden entdecken, der sie mit besonderem Interesse zu betrachten schien, obwohl das kaum überraschend war, denn das Dorf wimmelte von Feriengästen. Er erwähnte es ihr gegenüber, aber sie nahm es auf die leichte Schulter: »In Italien wird doch immer alles angestarrt, was weiblich ist und fremdländisch aussieht.«

Nach dem Mittagessen ließen sie sich Zeit und gingen dann zum Strand, wo Cordelia sagte: »Entschuldige mich ein Weilchen«, und bevor Peroni verstanden hatte, was sie meinte, war sie auch schon fest eingeschlafen. Sie schlief wie ein Kind, sacht und regelmäßig atmend, und er betrachtete sie, bewunderte ihren schimmernden Teint und die Flut von rotem Haar und fragte sich gleichzeitig, welch seltsame Widersprüche doch in ihrem Kopf steckten.

Wieder hatte er das Gefühl, beobachtet zu werden, und diesmal machte er sogar eine kleine Inspektionsrunde, die jedoch erneut ergebnislos blieb.

Sie erwachte in derselben wechselhaften Stimmung aus Kummer und Freude, und sie machten einen langen Spaziergang am See. Dann gingen sie eine Pizza essen. Als sie die Pizzeria schließlich verließen, war es dunkel und schon spät.

»Ich gehe segeln«, sagte Cordelia.

»Ich komme mit.«

»Nein …« Sie legte eine Hand auf seine Brust. »Nicht heute Nacht. Ich will allein sein – nur ich und der See und die Spaghetti Western. Macht es dir sehr viel aus?«

»Ja, aber ich muss es wohl akzeptieren.«

»Danke.«

»Morgen?«, fragte Peroni, als sie zum Boot gingen.

»Nein.« Ihre Stimme in der Dunkelheit klang plötzlich angespannt. »Ich reise morgen ab. Es ist besser, wenn wir uns jetzt verabschieden.«

»Abreisen?« Die Ankündigung war ein regelrechter Schlag. »Einfach so?«

»Alle Ferien gehen einmal zu Ende«, sagte sie, während sie ins Boot stieg. »Aber eins will ich dir sagen – was auch passiert, vergiss nicht, was du in unserem Unterricht gelernt hast. Ich lasse die Spaghetti Western hier im Dock, also fahr mit ihr raus, wann immer du kannst. Sie wird es zu schätzen wissen.«

»Ohne dich ... «

»Du musst weiter segeln.«

»Aber werde ich dich denn nie wiedersehen?«

»Sei nicht so melancholisch südländisch. *Chi non muore si rivede,* heißt das Sprichwort: Die nicht sterben, sehen sich wieder.«

»Aber wann?« Sie legte bereits ab.

»Wer weiß? Vielleicht eher, als du denkst.« »Aber ich reise doch auch in ein paar Tagen ab ... «

»Typisch Mann – so viel Getue, bloß weil eine Frau mal die Initiative übernimmt.« Die Spaghetti Western entfernte sich von der Mole. »Keine Sorge«, rief sie ihm zu, »ich werde dich finden – wo immer du auch bist. Und ich werde dich besuchen.«

Die Spaghetti Western segelte aus der Hafenöffnung hinaus in die Nacht.

»Nein«, sagte Peroni langsam. »Ich will gar nichts andeuten.«

Die Kröte war noch immer da, auch wenn Bombarone sie nicht sehen konnte, aber Peroni hatte beschlossen, dass er selbst herausfinden musste, wer sie in die Welt gesetzt hatte. Die Fakten, die er in der Hand hatte – wenn man etwas derart Dürftiges überhaupt als Fakten bezeichnen konnte –, hatten nicht ausgereicht, um den *Brigadiere* davon zu überzeugen, dass Cordelias Tod kein Unfall gewesen war, und sie würden auch den Bürgermeister nicht überzeugen.

Bombarone goss den letzten Rest aus der Flasche in Peronis Glas. »Nun, ich will Ihnen nicht verhehlen, dass ich darüber erleichtert bin«, sagte er. »Sie haben mich beunruhigt. Ich meine, wenn eine Touristin hier ermordet würde, wäre das sehr schlecht für den Tourismus.«

Einen Augenblick dachte Peroni, das sei wieder ein Scherz, doch ein kurzer Blick verriet ihm, dass es dem Bürgermeister völlig ernst damit war.

4

Das Haus, in dem Cordelia gewohnt hatte, war eine kleine Überraschung. Man erreichte es über einen Hof und eine Außentreppe, und als Peroni an der Tür geläutet hatte und von einer runzeligen, alten, ganz in Schwarz gekleideten Frau hereingelassen worden war, befand er sich in einer kleinen Welt für sich, die weit entfernt war von den Boutiquen, Discos und schicken Bars von Garda, vielleicht das einzige noch unberührte Fleckchen im Dorf. Und das, so überlegte er, war wahrscheinlich der Grund, warum sie sich dafür entschieden hatte. Das Haus war dunkel und kühl, trotz der Julihitze draußen, mit Steinfußböden, spärlichen schlichten Möbeln, alten Fotos und Heiligenbildern.

Er stellte sich als Freund der *signorina inglese* vor, was heftiges mitleidiges Zungenschnalzen auslöste, und fragte, ob er ihre Sachen durchsehen dürfte. Die alte Frau sagte, sie würde ihm eine Tasse Kaffee machen, während er beschäftigt sei, und führte ihn in Cordelias Zimmers.

Ein kleiner spartanischer Raum mit einem Fenster, das vom See weg auf die Berge ging, deren Grün allmählich durch Ferienhäuser verdrängt wurde. Ihre Kleidung hing in einem Schrank, und Peroni wurde von Trauer ergriffen, als er das dunkelblaue Kleid sah, das sie zu ihrem ersten gemeinsamen Abendessen getragen hatte. Als er die übrigen Sachen durchging, musste er sich bei den Gegenständen, die das Bild der lebenden Cordelia heraufbeschworen (die Zahnbürste, der Kamm, der das rote Haar gekämmt hatte, der Spiegel, in den diese offenen blauen Augen geblickt hatten) zwingen, an etwas anderes zu denken. Er fand jedoch keinen Hinweis darauf, was sie am See gemacht hatte.

Er ging in die Küche, wo der Kaffee wütend in der Espressomaschine brodelte.

»Sie hat mir in einem Brief geschrieben«, log er mit gekonnter Routine, »dass sie hier am See nach irgendwas gesucht hat, aber sie hat nicht gesagt, wonach, und da ich nun versuche, ihre Angelegenheiten ein wenig zu regeln, dachte ich, Sie wüssten vielleicht, was es war.«

»Sie hat gesagt, dass sie ein Buch schreibt.« Die alte Dame sagte das mit ehrfürchtigem Unverständnis.

Ein Buch? Peroni nippte an dem Kaffee, den sie ihm eingeschüttet hatte. »Hat sie gesagt, worüber?«

»Oh nein.« Ihre Mimik machte deutlich, dass sie selbst dann nichts verstanden hätte, wenn Cordelia ihr etwas erzählt hätte.

»Sie war wohl viel unterwegs?«

»Meistens ist sie bloß zum Schlafen hergekommen.«

»Haben Sie eine Ahnung, wo sie hingegangen ist?«

»Sie hat's mir nicht erzählt, und ich habe sie nicht gefragt. Sie war eine nette junge Dame, und sie hat ihre Miete anstandslos gezahlt. Alles andere ging mich nichts an.«

»Hatte sie hier am See Freunde oder Bekannte?«

»Falls ja, hat sie sie nicht mit hergebracht.«

»Köstlicher Kaffee.« Peroni schenkte ihr ein sonniges neapolitanisches Lächeln.

»Meraviglioso«, sagte sie, und er brauchte eine Sekunde, um zu begreifen, dass sie ihm die Kaffeemarke genannt hatte. »Außer am ersten Tag.«

»Verzeihung?«

»Außer am ersten Tag. Ich weiß, wo sie am ersten Tag hinwollte, weil sie mich nach dem Weg gefragt hat.«

»Und wohin war das?«

»San Vigilio.«

San Vigilio ist eine kleine Halbinsel, die auf der nach Verona hin gelegenen Seite des Sees ins Wasser ragt. Man verlässt die Hauptstraße und geht einen Pfad entlang, bis man an ein Tor kommt, das auf das große Grundstück einer prächtigen Privatvilla führt. Wenn man kein Gast ist, kann man sich an dieser Stelle rechts halten und direkt zum öffentlichen Strand gehen, oder links, ein paar Stufen hinunter, zu einem Miniaturhafen mit Bar und Hotel. Peroni beschloss, dort mit seinen Ermittlungen anzufangen, ging in die Bar und bestellte sich einen Campari Soda.

Er wurde von einem vornehm aussehenden Herrn bedient, der eine Reithose aus Twill, einen Blazer und eine Krawatte trug, die aussah, als gehöre sie zur Uniform eines englischen Privatschülers.

»Vielleicht können Sie mir helfen«, begann Peroni freundlich.

»Wenn ich kann, Sir.« Sein Ton klang, als ob er dies für höchst zweifelhaft hielt, und das »Sir« am Ende war das sprachliche Äquivalent zu einer deplatziert wirkenden Fee auf der Spitze eines ohnehin überladenen Weihnachtsbaumes.

»Eine Bekannte von mir, eine junge Engländerin, die letzte Nacht im See ertrunken ist – vielleicht haben Sie davon gehört? –, nun, sie hat hier offenbar irgendwelche Forschungsarbeiten betrieben, und ihre Angehörigen haben mich gebeten, so viel ich kann darüber herauszufinden, weil sie großen Wert darauf legen, diese Arbeit, falls möglich, in Erinnerung an sie fortführen zu lassen.« Sein Verstand konzentrierte sich auf die Improvisation, und so nahm er nicht bewusst wahr, dass er sich in den Prototypen des internationalen reichen Aristokraten verwandelte, der sich in dieser Umgebung ganz wie zu Hause fühlt. Daher stellte er mit einiger Überraschung fest, dass man ihm mit respektvoller Aufmerksamkeit zuhörte. »Sie soll unmittelbar nach ihrer Ankunft hier gewesen sein«, fuhr er fort, »und ich frage mich, ob dieser Besuch mit ihren Nachforschungen in Zusammenhang stand. Sie war etwas über zwanzig, sehr attraktiv, mit rotgoldenem Haar.«

»Ja, Sir, ich erinnere mich an die junge Dame. Ich habe selbst mit ihr gesprochen.« Peroni staunte über die Freundlichkeit, dann bemerkte er, in welche Rolle er geschlüpft war, und strich seine Jetset-Hose glatt. »Doch ich selbst konnte ihr leider keinerlei Informationen für ihr Buch über Vivien Leigh geben.«

Über wen? Vivien Leigh? War das nicht *Vom Winde verweht*? Peroni erinnerte sich noch gut daran, wie ihre Schönheit sein pubertäres Begehren entzündet hatte, nachdem er sich verbotenerweise durch den Notausgang in ein neapolitanisches Billigkino geschlichen hatte. Das war eine Sache. Aber Vivien Leigh als das Motiv für Cordelias rätselhafte Umtriebe am See war etwas völlig anderes. Konfuzius wäre kaum weniger plausibel gewesen.

»Das Hotel gehörte früher einmal einem Engländer namens Walsh«, redete der Herr weiter, »aber der ist nun schon etliche Jahre tot. Ich konnte die junge Dame also lediglich an eine Person verweisen, die hier beschäftigt war, als *Signorina* Leigh zu Gast war. Sie hat sich dann herzlich bei mir bedankt und ist gegangen.«

»An wen haben Sie sie verwiesen?«

»An die junge Frau, die damals hier als Zimmermädchen gearbeitet hat und jetzt in Garda eine Bar namens »Capri« führt. Man kennt sie als *Signorina* Alice.«

Auch Peroni dankte dem Herrn herzlich, bezahlte seinen Campari und ging zurück zum Wagen.

Das Capri kümmerte mürrisch in einer Seitengasse von Garda vor sich hin, als ob es wüsste, dass es mit diesem Namen geographisch rund 800 Kilometer danebenlag. Da es von der frischen Seebrise nichts mitbekam, war es heiß und stickig, was vermutlich erklärte, warum es auch menschenleer war, bis auf einen der vielen als Fischer kostümierten Touristen im Dorf, der sinnlos betrunken vor einer Karaffe Wein saß, und einer gewaltigen Dame, ein Gebirge aus Fleischrollen und Falten und Hügeln, die hinter der Kasse hervorquoll wie ein gefräßiger Springteufel.

»Ich würde gern *Signorina* Alice sprechen«, sagte Peroni, als er auf sie zuging.

Flinke, verschlagene, kleine Augen sahen ihn aus Fettwülsten an. »Ich bin *Signorina* Alice«, sagte sie.

Peroni war verblüfft. Der Mann in San Vigilio hatte von einer jungen Frau gesprochen. Dann machte er sich klar, dass seitdem genug Zeit vergangen war, um ein Mädchen in diese massige Frau zu verwandeln, die er vor sich sah. Er trug ihr sein Anliegen vor.

»Also wissen Sie«, sagte Alice, »ich kann meine Zeit nicht damit verschwenden, mit Fremden zu reden. Wir haben Hochsaison, und ich bin ständig auf Trab.«

Die nahezu leere Bar machte unmissverständlich klar, worauf sie hinauswollte, und Peroni holte zwei 10000-Lire-Scheine hervor, die sie argwöhnisch beäugte, bevor sie sie in die Kasse tat. »Die junge Frau war tatsächlich hier«, sagte sie, »und sie hat mich auch nach Vivien Leigh gefragt.«

»Was haben Sie ihr erzählt?«

»Ach, was sie so gemacht hat, als sie im Hotel wohnte.« Sie sagte das mit einer unangenehm vielsagenden Betonung.

»Und das war?«

Sie erzählte es ihm. Eine typische Klatschgeschichte für

die Skandalpresse, zwar dementsprechend deftig, doch kaum ausreichend, um den Verstand und die Energie einer Frau wie Cordelia zu fesseln. Mehr denn je hatte Peroni das Gefühl, dass etwas nicht stimmte. »Hat sie Ihnen noch andere Fragen gestellt?«

Die kleinen Augen huschten zu der Tasche, wo er sein Portemonnaie aufbewahrte. »Könnte sein.« Peroni unterdrückte einen Seufzer und holte weitere 20 000 hervor, wobei er sich fragte, wie viel sie wohl aus Cordelia rausgeschlagen hatte. »Sie hat mich nach anderen berühmten Leuten gefragt, die im Hotel abgestiegen sind, als ich noch dort war«, sagte sie, nachdem die Scheine ebenso sicher verstaut waren wie ihre Vorgänger.

»Als da wären?«

»Och, alle möglichen Leute«, sagte sie mit einem verschlagenen Blick. »Das Hotel war berühmt, und Mr Walsh konnte sich seine Gäste aussuchen.«

»War jemand Besonderes darunter?«

Ein schlaues Lächeln regte sich unter den Fleischtaschen um ihren Mund. »Tja«, sagte sie, »zum Beispiel Winston Churchill.«

Peronis Verstand war augenblicklich hellwach. Churchill, das wusste er, hatte sich einige Zeit nach dem Krieg am See aufgehalten. Angeblich wollte er sich im Urlaub nur seiner Malerei widmen, aber es hatte Gerüchte gegeben, dass er irgendwas gesucht habe. Wahr oder nicht wahr, endlich gab es etwas, das Cordelias Interesse verdient hatte. Und noch dazu etwas, für das sie hätte ermordet werden können.

»Sie hat Sie nach ihm gefragt?«

»Wenn Sie mich fragen, hat sie sich im Grunde nur für ihn interessiert.«

Auch das machte Sinn. Falls Cordelia hinter etwas wirklich Wichtigem her gewesen war, konnte diese Geschichte mit Vivien Leigh bloß ein Ablenkungsmanöver gewesen sein. »Was hat sie gefragt?«

»Was er gemacht hat, wo er hingegangen ist, welche Leute er getroffen hat. Aber ich konnte ihr nicht viel sagen. Die haben alles, was mit ihm zu tun hatte, ganz diskret gehalten. Wir wussten, dass er Urlaub machte, und er ist fast jeden Tag malen gegangen. Das war alles.«

Aber etwas in ihrer Stimme ließ ihn vermuten, dass das nicht alles war. »Sind Sie sicher?«

»Na ja«, sagte Alice nach einem kurzen gespielten Zögern, »da war noch eine Sache.«

»Ja?«

»Ich habe immer mitgeholfen, die Farben und Staffeleien und so Zeug zum Wagen zu tragen, und an einem Morgen habe ich zufällig gehört, wie der Mann, der immer bei ihm war – ein Engländer, so eine Art Polizist, aber er sprach sehr gut Italienisch –, also ich habe gehört, wie er dem Fahrer gesagt hat, wo es hingehen sollte.«

»Wohin?«

Diesmal blickte sie ganz unverwandt auf seine Gesäßtasche. Und er versuchte nicht, den Seufzer zu unterdrücken; 60000 Lire waren viel Geld, ohne Aufwandsentschädigung. Aber es war ja für Cordelia. Er reichte ihr die Scheine.

»Villa Mimosa.«

5

Die Villa Mimosa stand hoch oben auf den Bergen über dem Dorf Albisano, umgeben von Steinmauern und mit einem herrlichen Panoramablick über den See, der jetzt von einer flammenden späten Abendsonne mit Goldglanz überzogen wurde. Peroni parkte seinen Wagen vor dem schmiedeeisernen Tor, stieg aus und drückte auf den Knopf der Sprechanlage. Eine förmliche Frauenstimme antwortete, und er bat darum, von Graf Attilio Remigi empfangen zu werden – der, wie *Signorina* Alice ihn großzügig informiert hatte, der Besitzer war –, wobei er so präzise wie möglich den Grund seines Besuches erläuterte. Kommentarlos wurde das Tor geöffnet, und Peroni fuhr bis zur Eingangstür. Diese stand bereits offen, und eine Frau, deren Erscheinungsbild zu der Stimme passte, erwartete ihn. Hinter ihr ertönte wuchtig dröhnend Beethovens Fünfte, und Peroni konnte nicht sagen, ob ihr missbilligender Gesichtsausdruck der Musik galt oder ihm oder beidem.

»Graf Attilio wird Sie empfangen«, rief sie über die Musik hinweg. »Bitte folgen Sie mir.«

Sie schritten über die glänzenden Böden der Villa auf die Quelle der Musik zu und blieben vor einer Tür stehen, hinter der der letzte Satz mit voller Lautstärke erschallte. Überflüssigerweise, da die Person in dem Raum es unmöglich hören konnte, klopfte sie an und öffnete dann die Tür, um Peroni hineinzuführen.

Es war ein prachtvolles Arbeitszimmer mit Blick auf den See, geschmückt mit vielen modernen Gemälden und einer

Fülle von Büchern. Der Bewohner – ein gut aussehender Mann mit Löwenmähne in kariertem Hemd und Cordhose – stand leicht schwankend in der Mitte des Raumes und dirigierte ein unsichtbares Orchester. Auf dem Tisch neben ihm stand eine Flasche Whisky, die sich in ständiger Gefahr befand, von der ausladend gestikulierenden rechten Hand des Mannes beiseitegefegt zu werden.

Peroni hüstelte, begriff dann, dass es sinnlos war und rief in das Tosen hinein: »*Mi scusi!*«

Der Mann drehte sich blinzelnd um und richtete den Blick auf ihn. »Ach ja«, sagte er. »*Signorina* Adelaide hat mir Bescheid gesagt. Ein Verwandter der rothaarigen Journalistin, die ertrunken ist. Moment.« Er stellte die Musik leiser und bedeutete Peroni, sich in einen Sessel zu setzen. »Whisky?«, fragte er und füllte großzügig zwei Gläser, ohne die Antwort abzuwarten. »Chin-chin!«, sagte er. »Wissen Sie, warum ich trinke?«

»Weil das Zeug da ist?«, schlug Peroni vor.

Der Graf schielte zu ihm herüber. »Geistreich«, sagt er, »aber nein. Ich trinke, weil es das Einzige ist, was ich wirklich gut kann. Wenn ich wie Karajan dirigieren könnte, hätte ich das nicht nötig. Aber das soll nicht Ihre Sorge sein. Was kann ich für Sie tun?«

»Meine Cousine, Cordelia ...«

»Aber sie war doch Engländerin.«

»Meine Tante hat einen Engländer geheiratet.«

»Ich verstehe. Bitte fahren Sie fort.«

»Wie ich höre, war sie kurz vor Ihrem Tod bei Ihnen.«

»Die beiden Ereignisse stehen in keinerlei Zusammenhang.«

»Das will ich damit nicht sagen. Aber die Familie hat mich gebeten, so viel wie möglich über ihre letzten Lebenstage herauszufinden ...«

»Und deshalb möchten Sie wissen, warum sie hergekommen ist. Ganz einfach. Sie wollte etwas über eine der vielen ruhmreichen Stunden meiner Familie erfahren – genauer gesagt, über diejenige, in der unser Ahnensitz von Sir Winston Churchill mit einem Besuch beehrt wurde.«

»Für ein Buch?«

»Das hat sie jedenfalls gesagt.« Hinter dem Whisky und der Exzentrik, erkannte Peroni, steckte Scharfsinn. »Welche anderen Gründe hätte es denn für ihre Erkundigungen geben können?«, fragte er.

»Das Mussolini-Gold.«

»Was?«

»Erzählen Sie mir nicht, Sie hätten noch nie davon gehört. Diesen Namen hat man dem Schatz gegeben, den unser geliebter Duce angeblich im See versenkt haben soll, und zwar irgendwann vor seinem missglückten Versuch, gegen Ende des Krieges in die Schweiz zu fliehen. Seitdem haben alle möglichen Leute versucht, ihn in die Hände zu bekommen. Und wenn Sie mich fragen, hatte es auch Ihre bezaubernde rothaarige »Cousine« darauf abgesehen.«

Die Anführungszeichen waren so unmissverständlich, dass Peroni beinahe körperlich das Gefühl hatte, ihm würde der Boden unter den Füßen weggezogen. Der Graf betrachtete ihn mit einem schadenfrohen, aber nicht unfreundlichen Grinsen. Er beschloss, die Wahrheit zu sagen. »Sie haben recht«, sagte er.

»Das habe ich meistens.« Der Graf winkte entschuldigend ab. »Aber diesmal war keine besonders große geistige Anstrengung erforderlich, um den berühmten *Commissario* Achille Peroni zu erkennen. Ich habe Ihr Bild bei meinem Zahnarzt in einer Illustrierten gesehen. Sie sind eine lebende Legende, was äußerst beneidenswert ist. Warum die Mühe eines Inkognitos?«

»Weil ich nicht an die offizielle Theorie glaube, dass der Tod des Mädchens ein Unfall war. Ich glaube, sie wurde ermordet, aber ich will nicht zu viel Staub aufwirbeln, indem ich allen erzähle, dass ich ermittle.«

»Ich werde Ihr Geheimnis hüten. Glücklicherweise gehen ja nicht alle zu meinem Zahnarzt, und falls doch, sind sie bestimmt nicht so gute Physiognomen wie ich. Denken Sie, ich könnte sie getötet haben?« Das Gespräch entglitt Peroni, aber wie sollte er den Grafen unter Kontrolle halten? Der redete munter weiter drauflos. »Als Verdächtiger wäre ich doch ganz gut geeignet. Ich bin hinter ihr Geheimnis gekommen und könnte vielleicht auch noch mehr herausgefunden haben. Wenn dem so war, hätte sie zwischen mir und dem Mussolini-Gold gestanden, und in diesem Fall könnte ich sie durchaus ermordet haben.«

»Haben Sie?«

»Eine pirandelloeske Frage. Ganz gleich, was ich antworte, Sie können stets das genaue Gegenteil glauben.«

»Wie würden Sie das Gold bergen?«

»Das dürfte kein großes Problem sein, wenn man genau weiß, wo es liegt. Aber der Gardasee ist der größte See Italiens, und der Schatz könnte überall sein, falls er überhaupt existiert. Die zahlreichen Versuche, die unternommen wurden, um ihn zu finden, sind alle deshalb gescheitert, weil keiner die blasseste Ahnung hat, wo er liegt. Aber verzeihen Sie«, fuhr er fort, während er die Gläser erneut füllte. »Ich nutze meinen anfänglichen Vorteil schamlos aus. Von jetzt an rede ich nur noch, wenn ich gefragt werde. Stellen Sie alle Fragen, die Sie auf dem Herzen haben.« Er nahm einen großen Schluck Whisky und lehnte sich erwartungsvoll zurück.

Nachdem Peroni der Ball mit so unerwarteter Plötzlichkeit zugespielt worden war, zögerte er einen Augenblick und überlegte, was er damit machen sollte. Er konzentrierte sich. »Vielleicht«, sagte er, »wären Sie so nett, mir das Gespräch mit ihr zu schildern.«

»Also, sie hat mir das Märchen von ihrem Buch erzählt, und ich habe verständnisvoll genickt und mitgespielt. Sie war sehr hübsch, und ich war neugierig, worauf sie hinauswollte. Sie hat gesagt, ihr Buch handele von Churchills rätselhaften Aufenthalten in Italien nach dem Krieg, und da sie gehört habe, dass er Gast in diesem Hause war, hoffte sie, ich könne ihre etwas über diesen Besuch erzählen.«

»Und konnten Sie? Sie müssen damals noch sehr jung gewesen sein.«

»Dreizehn. Aber ich hatte guten Grund, mich an diesen Besuch zu erinnern. Zunächst einmal ist das wenn auch kurze Auftauchen einer Gestalt wie Winston Churchill im Leben eines jungen Burschen etwas, das man nicht leicht vergisst. Und außerdem habe ich zum Ablauf jenes Tages meinen eigenen kleinen Teil beigetragen. Ich weiß noch genau, wie außerordentlich heiß es an jenem Morgen war ...«

Normalerweise garantierte der Standort der Villa Mimosa hoch über dem See selbst an besonders heißen Tagen eine kühle Brise, heute jedoch nicht. Die Sonne brannte erbarmungslos, die Hunde lagen wie Kadaver herum, und die Diener, die Vorbereitungen für den schändlichen Besuch trafen, gingen ihrer Arbeit lustlos nach, versuchten, jede unnötige Bewegung zu vermeiden.

Attilio hockte auf einem schattigen Ast hoch oben in seinem Baum, sicher verborgen vor irgendwelchen lauernden Partisanen oder englischen oder amerikanischen Truppen, und wartete auf die Ankunft des Feindes. Attilio war einer der wenigen noch übrig gebliebenen Faschisten Italiens, und was ihm an Alter und Autorität fehlte, machte er durch seinen Eifer wett. Er hatte vor, die faschistische Partei so bald wie möglich wieder ins Leben zu rufen, um sie dann höchstpersönlich an die Regierungsmacht zu führen und Italien wieder zu der alten imperialen Größe zu verhelfen, die in den Tagen des Duce doch schon zum Greifen nah gewesen war.

Bedauerlicherweise war er gezwungen, seine Pläne geheim zu halten, denn sein Vater und das gesamte gesellschaftliche Leben in der Villa Mimosa war noch immer, vier Jahre nach dem Krieg, leidenschaftlich antifaschistisch. Graf Remigi war Partisan gewesen, und seine Aktivitäten hatten den Einmarsch der alliierten Streitkräfte in Italien wirksam unterstützt. Attilios politische Vorlieben waren im Grunde nur die Gegenreaktion auf seinen ungestümen und dominanten Vater, aber er war noch zu jung, um das zu erkennen.

Als die anfängliche Entrüstung, die er bei der Ankündigung von Churchills bevorstehendem Besuch empfunden hatte, abgeklungen war, machte sich Ratlosigkeit in ihm breit. Sein erster Gedanke war gewesen, den ehemaligen britischen Premier zu ermorden, aber das brachte einige Nachteile mit sich. Erstens einmal könnte es schwierig werden – Churchill wurde mit Sicherheit von einer Eskorte begleitet –, und außerdem würde es, abgesehen von der momentanen Befriedigung, eigentlich nicht viel bringen. Ob es einem nun gefiel oder nicht, die Briten und Amerikaner hatten den Krieg nun mal gewonnen, und daran war nichts mehr zu ändern. Überdies konnte Attilio kaum hoffen, ungeschoren davonzukommen, und seine Chancen, die faschistische Partei zum Ruhm zu führen, wären mit einem Schlag dahin.

Nein, hier war eine raffiniertere Strategie erforderlich. Wenn er es geschickt genug anstellte, könnte Attilio vielleicht etwas herausfinden, das ihm für seine zukünftigen politischen Pläne von Nutzen war. Warum zum Beispiel kam

Churchill überhaupt her? Der Graf hatte gesagt, es wäre ein reiner Höflichkeitsbesuch, aber das kaufte Attilio ihm nicht ab. Wieso sollte ein ehemaliger britischer Regierungschef den weiten Weg zu einer einsamen Villa hoch oben in den Bergen auf sich nehmen? Ebenso wenig überzeugend war die Behauptung des Grafen, dass der Besuch eine Ehrung seiner Leistungen als Partisan darstellte; Italien platzte aus allen Nähten vor lauter Expartisanen, die sich um die sogenannte Befreiung verdient gemacht hatten. Churchill hätte wohl kaum einem von ihnen einen Besuch abgestattet. Und schon gar nicht einen so geheimen Besuch.

Offensichtlich steckte mehr dahinter, als der Graf verraten wollte.

Die Lösung des Rätsels, da war Attilio ziemlich sicher, hing mit der allgemeineren Frage zusammen, was Churchill überhaupt am Gardasee machte. Die offizielle Erklärung, er mache Malferien, war ebenso unglaubwürdig wie das Gerede des Grafen von einem Höflichkeitsbesuch.

Vier Jahre zuvor, unmittelbar nach dem Krieg, hatte Churchill schon einmal sogenannte Malferien in Italien verbracht – damals am Comer See. Und nun war er hier am Gardasee. Ein seltsamer Zufall wollte es, dass Mussolini sein Hauptquartier während der letzten Tage der Republik von Salò in Gargnano errichtet hatte – am Ufer des Gardasees. Dann war er Ende April 1945, nach einem gescheiterten Treffen mit Kardinal Schuster in Mailand, nach Como gegangen, wie es hieß, um eine eigene Widerstandsbewegung in den Bergen aufzubauen. Und die letzten beiden Nächte, bevor er schließlich von den Partisanen ergriffen wurde, hatte er in Como verbracht.

Alles zusammengenommen, war es durchaus wahrscheinlich, dass Mussolini etwas zurückgelassen hatte, bevor er sich auf seine letzte und verhängnisvolle Reise in die Schweiz machte. Und was immer es war, Churchill war darauf erpicht, es in die Hände zu bekommen. So erpicht, dass er unmittelbar nach dem Krieg nach Como gereist war, wohl in der Annahme, dass Mussolini das, was immer es war, an seinem letzten Aufenthaltsort zurückgelassen haben musste. Aber die Spur, so konnte man wohl folgern, hatte ins Nichts geführt, und Churchill war, abgesehen von seinen Ölbildern, mit leeren Händen zurück nach London gefahren.

Und jetzt war er wieder da – diesmal am Gardasee, dem Hauptquartier der Republik von Salò. Hatte er vielleicht irgendetwas in Erfahrung gebracht, das ihn vermuten ließ, dass etwas nicht am Comer See, sondern am Gardasee zurückgelassen worden war? Attilio war davon überzeugt. Und das würde auch den heutigen Besuch zum Mittagessen erklären: Churchill wollte etwas von dem Grafen. Aber was? An diesem Punkt endeten Attilios Überlegungen in einer Sackgasse. Aber wenn er heute Augen und Ohren offen hielt, würde er es vielleicht herausfinden.

Sein belaubter Aussichtspunkt bot ihm einen hervorragenden Überblick über die Landschaft ringsum, die sich schwindelerregend steil nach unten zu dem glänzenden See erstreckte, und jetzt sah er, wie weit unter ihm eine große schwarze Limousine um die Kurve einer weißen und staubigen Straße bog und sich zielstrebig den Berg hinaufmühte. Der »Feind«.

Sofort kletterte Attilio den Baum hinunter. Dann ging er über die Rasenflächen zu dem großen kiesbestreuten Vorhof vor der Villa. Als er dort ankam, hatte sich schon ein Empfangskomitee formiert. Der Graf stand am Fuß der Treppe, das Kinn in seiner üblichen heroischen Pose vorgestreckt. Die Gräfin, direkt hinter ihm, wirkte ein wenig nervös, sah aber in ihrem beigen Kostümkleid, das sie normalerweise nur bei königlichen Anlässen trug, äußerst elegant aus. Und oben auf der Treppe standen wie bei einer Truppenparade die Diener in Reih und Glied, in ihren besten Uniformen unbeweglich vor sich hin leidend.

»Attilio!«, rief die Mutter entsetzt. »Du hast dich nicht umgezogen und noch nicht mal gewaschen!«

Die arroganten Augen des Grafen erfassten die Situation mit einem Blick. »Das ist jetzt nicht mehr zu ändern«, fauchte er, »Mr Churchill hat in seinem Leben schon Schlimmeres gesehen als einen dreckigen kleinen Jungen. Attilio«, fuhr er fort, wobei er in prägnantes Englisch wechselte, »wenn wir uns in den Salon begeben, gehst du nach oben und ziehst dich zum Mittagessen um. Ist das klar?«

»Ja, Papa.« Es war sinnlos zu widersprechen, wenn der Graf fragte, ob etwas klar war.

Die Aufmerksamkeit des Grafen, die vorübergehend Attilio gegolten hatte, richtete sich nun wieder auf die Biegung der Auffahrt, hinter der man bereits das Geräusch eines nahenden Wagens hören konnte. Nach wenigen Sekunden kam eine majestätische Motorhaube mit einem schimmernden silbernen Kühler in Sicht, und der Wagen bewegte sich würdevoll weiter, bis er schließlich knirschend vor dem Grafen hielt. Sofort flog die Beifahrertür auf, und ein junger Mann im dunklen Anzug sprang heraus. Er öffnete die Tür zum Fond und nahm respektvoll Haltung an.

Der »Feind« entstieg dem Wagen mit der langsamen Bedächtigkeit einer großen Wolke. Auf dem Kopf trug er einen monströsen breitkrempigen Hut, und aus seinem Mund ragte eine gleichermaßen überdimensionale Zigarre. Er reichte der Gräfin und dem Grafen die Hand, und man tauschte höfliche Floskeln auf englisch aus. Dann richteten sich die bedrohlichen blauen Augen auf Attilio.

»Mein Sohn«, sagte der Graf.

Der »Feind« gab ein anerkennendes »Hm« von sich, die

blauen Augen noch immer auf Attilio gerichtet. »Ich habe den Eindruck«, dröhnte er, »der Junge hat irgendwelche Dummheiten im Sinn.«

Die Gräfin lachte höflich. Die Diener konnten zwar unmöglich etwas verstanden haben, lächelten aber trotzdem gehorsam. Der Graf bleckte die Zähne. Und dann stieg Churchill, eskortiert von seinen Gastgebern und dem jungen Mann, der ihm die Wagentür geöffnet hatte, die breite Treppe hinauf und trat ins Haus, gefolgt von den Dienern.

Attilio bildete die Nachhut und scherte dann aus der Gesellschaft aus, um hinauf in sein Zimmer zu gehen. Dort wusch er sich rasch und zog seinen besten Anzug an. Als er fertig war, ging er hinunter. Gerade noch rechtzeitig, um sich der Gesellschaft auf dem Weg ins Esszimmer anzuschließen, einem luxuriösen Raum im hinteren Teil der Villa, wo ein schimmernder Tisch aus dem 18. Jahrhundert mit dem schweren getriebenen Familiensilber gedeckt war. Der Graf und die Gräfin warfen Attilio einen kurzen Blick zu, dann, zufrieden mit seiner Erscheinung, achteten sie nicht weiter auf ihn, was genau seinem Wunsch entsprach.

Ein älteres Dienstmädchen glitt hinter den Stühlen entlang und servierte Spargelrisotto von einer großen Silberplatte. Normalerweise ließ die Gräfin *Pasta* servieren, doch bei dieser Gelegenheit, so dachte sich Attilio, hatte sie dem »Feind« vermutlich die denkbare Peinlichkeit unbeholfenen Gabeldrehens ersparen wollen.

Die Räder der höflichen Konversation drehten sich mühelos, zweifellos geölt durch das ständige Nachfüllen der Gläser von Churchill und dem Grafen. Wortführerin war die Gräfin, die, wie Attilio bei zahlreichen langweiligen gesellschaftlichen Gelegenheiten erfahren hatte, diese Kunst meisterlich beherrschte. Geschickt lenkte sie das Gespräch in angemessene Bahnen: die Malerei, das wohlbekannte

Hobby des Gastes, die Schönheiten des Gardasees, die lange und faszinierende Geschichte der englisch-italienischen Freundschaft, die kulinarischen Reichtümer beider Länder und so weiter. Das Ganze lief natürlich in Englisch ab, aber das bereitete Attilio keinerlei Schwierigkeiten, denn er war mit Englisch als zweiter Sprache aufgewachsen. Das Problem war, dass ihm nichts entgehen durfte, was möglicherweise interessant sein konnte. Aber es war alles bloß glattzüngiges Erwachsenengeschwätz, und obwohl der »Feind« seine Rolle dabei ausgesprochen höflich spielte, hatte Attilio den Eindruck, dass er in Gedanken woanders war.

So ging das auch beim Hauptgang und beim Obstsalat mit Eiscreme weiter, doch dann wurde Attilios Aufmerksamkeit von Churchills Adjutanten in Anspruch genommen, der seit Beginn des Essens kein Wort gesagt hatte. Er sah gut aus, mit glattem hellen Haar und raschen, wachsamen grauen Augen in einem jungenhaften, sehr britischen Gesicht. Einen Moment fragte sich Attilio, was an dem jungen Mann seine Aufmerksamkeit erregt hatte, und dann begriff er, dass es an dem Umstand liegen musste, dass Churchills Begleiter das Gespräch genauso aufmerksam verfolgte wie er selbst. War das so erstaunlich? Es war seine Aufgabe, das Geschehen zu verfolgen. Und doch konnte Attilio sich des Eindrucks nicht erwehren, dass das Interesse des Mannes mehr als nur beruflicher Natur war.

Doch wenn dem so war, konnte er keinesfalls befriedigter sein als Attilio, denn schließlich war man schon bei Kaffee und Cognac angekommen, ohne dass auch nur irgendetwas von Belang angedeutet worden wäre.

»Möchten Sie sich vielleicht ein wenig die Beine vertreten, Mr Churchill?«, fragte der Graf, als sie sich vom Tisch erhoben.

»Ein ausgezeichneter Vorschlag«, dröhnte der »Feind«,

»bestens geeignet, auf den Appetit, den Sie, *Contessa*, durch Ihr köstliches Mahl angeregt haben, eine gute Verdauung folgen zu lassen.« Die Gräfin, die der rollenden Prosa offensichtlich etwas hinterherhinkte, aber verstanden hatte, dass es sich um ein Kompliment handelte, lächelte charmant. »Und was Sie angeht, mein Bester«, wandte sich der »Feind« an seinen Adjutanten, »in einem so abgeschiedenen Paradies wie diesem ist wohl nicht damit zu rechnen, dass mir ein Mörder mit seinem Messer auflauert. Wenn Sie sich also kurz von Ihrer Wachsamkeit entspannen möchten, so haben Sie meine Erlaubnis dazu.«

»Sehr freundlich von Ihnen, Sir«, sagte der Adjutant.

Attilio sah dem Grafen und Churchill nach, wie sie durch die Terrassentür hinaus in die flirrende Hitze traten. Das war es also. Die eigentliche Angelegenheit sollte draußen unter vier Augen, sogar ohne den Adjutanten besprochen werden. Sie musste wirklich brandheiß sein. Er murmelte seiner Mutter, die ohnehin viel zu sehr auf den gelungenen Ablauf des Besuches konzentriert war, um sich mit ihm zu befassen, irgendwas zu und rannte dann wieder nach oben in sein Zimmer, von wo aus er einen guten Blick über den Park hatte. Er entdeckte die beiden Männer – der eine massiv, wuchtig, mit einem leichten Buckel, der andere groß und schlank –, die tief im Gespräch versunken über den Rasen schlenderten, gefolgt von Arrigo, dem Lieblingssetter seines Vaters. Churchill redete, und der Graf hatte den Kopf geneigt, während er stumm lauschte. Alle Hoffnungen, hinter das Geheimnis zu kommen, waren dahin – und eine Chance wie diese würde sich nicht noch einmal ergeben!

Doch dann geschah das Unvorhergesehene. Die beiden Männer kamen an eine dichte Baumgruppe neben dem künstlichen Teich und setzten sich, der »Feind« immer noch redend, auf eine Steinbank. Es gab noch eine Chance. Wenn Attilio um das Treibhaus lief, würde er von der anderen Seite an die Baumgruppe kommen, und dann könnte er sich gut geschützt von den Bäumen wie ein Indianer auf dem Bauch bis auf Hörweite heranschleichen.

Betend, dass er nicht von seiner Mutter oder einer anderen Nervensäge aufgehalten würde, raste er die Treppe hinunter und durch den Seitenausgang aus der Villa. Niemand war zu sehen, und er erreichte die Bäume ohne Zwischenfall. Leise legte er sich auf den Bauch und fing an, sich mit einer Geräuschlosigkeit nach vorn zu schieben, die er durch langes Üben bei Kriegsspielen erworben hatte.

Er musste nicht weit kriechen, bis er die typisch moduliert dröhnende Sprechweise Churchills vernahm, aber er war noch nicht nah genug, um einzelne Wörter unterscheiden zu können. Ein Zweig knackte unter seinem Gewicht, und er erstarrte, aber das Gespräch ging ungestört weiter, und nach ein paar Sekunden fing er wieder an zu kriechen. Dann, als er sich gerade abmühte, das Gesagte zu verstehen, hörte Churchill auf zu reden, und der Graf begann mit leiserer, eintönigerer Stimme. Vorsichtig schlich Attilio sich näher heran.

» … Faschistenfamilien, die relativ nah am See wohnen«, sagte der Graf gerade. »Nun, damals war selbstverständlich jeder Faschist, wie Sie sicherlich wissen. Aber ich meine, von dem Format, das Ihrer Beschreibung entsprechen würde – also ganz oben in der Hierarchie, vertrauenswürdig und natürlich in der Lage, das zu tun, was Sie gesagt haben.« (Was *hatte* er gesagt?) »Eine von ihnen war die Familie del Duca und die andere waren die Pagani.«

»Wie schreibt man das? Ich kann mich einfach nicht in euer Italienisch einhören.«

Noch während der Graf antwortete, begann Arrigo zu

bellen. »Er muss etwas gewittert haben«, sagte der Graf. »Er bellt nie ohne Grund. Vielleicht ein Kaninchen.«

Genau, ein Kaninchen, versuchte Attilio seinem Vater telepathisch einzureden, während er sich umwandte und, so schnell er konnte, zurückkroch, in der verzweifelten Hoffnung, dass Arrigo sich nicht einfallen lassen würde, das Kaninchen aufzustöbern.

Er erreichte unbehelligt den Rand der Baumgruppe und dachte sich gerade, dass er es riskieren könnte, geduckt auf die Rückseite der Treibhäuser zu sprinten, wo er in Sicherheit wäre, als etwas, das sich anfühlte wie ein herabstoßender Adler, auf seiner Schulter landete, und er spürte, wie er hochgerissen wurde, um in zwei unbarmherzige graue Augen zu blicken.

»Was machst du hier, junger Mann?«, fragte Churchills Adjutant.

»Ich habe gespielt!« Attilio versuchte dabei, entrüstet zu klingen. »Ich spiele immer hier!«

»Das werden wir ja sehen!«

Und Attilio wurde in einem unnachgiebigen Griff um die Baumgruppe herum zum Teichrand getragen, wo sein Vater und Churchill auf der Bank saßen. Arrigo, so bemerkte Attilio wutschnaubend, hatte tatsächlich den Nerv, mit dem Schwanz zu wedeln.

»Ich habe den jungen Mann dabei erwischt, wie er sich auf der anderen Seite der Bäume davonschlich«, sagte der Adjutant.

»Bei so etwas täusche ich mich selten«, sagte der »Feind«, mit zusammengepresstem Bulldoggenmund, und etwas lag in seinen blauen Augen, das Attilio nicht recht deuten konnte. »Vom ersten Moment an, als ich diesen Jungen zu Gesicht bekam, wusste ich, dass er irgendwelche Dummheiten im Sinn hat.«

Mit überwältigender Erleichterung begriff Attilio, dass das, was er nicht hatte deuten können, ein amüsiertes Zwinkern gewesen war.

»Nicht lange nach diesem denkwürdigen Besuch«, schloss der Graf, »stellte meine Mutter ein neues Dienstmädchen namens Serenella ein, in das ich mich leidenschaftlich verliebte, was mir alles in allem wesentlich interessanter erschien, als Italien zur Größe des alten Roms zurückzuführen, und so habe ich Churchills Geheimnisse völlig vergessen.«

»Und diese beiden Familien, die Ihr Vater erwähnte?«

»Nun, ich nehme an, dass Churchill sie aufgesucht hat, aber ich bin der Sache nicht weiter nachgegangen.«

»Gibt es diese Familien noch?«

»Allerdings. Das heißt, der Sohn der Paganis lebt in der Familienvilla ganz in der Nähe von Garda. Eine Art Einsiedler. Ein ziemlich trauriger kleiner Mann, und ich habe gehört, dass er kränkelt. Die Familie del Duca bewohnt eine Villa bei Bardolino. General del Duca – der Mann, den Churchill wohl aufgesucht hätte – lebt noch. Ein alttestamentarischer Patriarch und fanatischer Faschist.«

Peroni überlegte, wo er den Namen schon einmal gehört hatte. Ach ja, der Bürgermeister, Bombarone, hatte ihn erwähnt: der Mann, der den Wein herstellte. »Noch ein letztes«, sagte er, »haben Sie aus Ihrer Unterhaltung mit der Engländerin irgendeinen Anhaltspunkt, einen Hinweis entnehmen können, warum sie gerade hier an den See gekommen ist?«

»Das gerade nicht. Sie blieb bis zum Schluss bei ihrer Geschichte mit dem Buch. Aber im Großen und Ganzen bin ich mir sicher. Sie war dem Mussolini-Gold auf der Spur.«

6

Das Haus war von einem scheinbar undurchdringlichen Dschungel umwachsen, aber bei genauerem Hinsehen entdeckte Peroni einen Pfad, der noch nicht von der Vegetation überwuchert war. Er ging ihn entlang und kam zum Haus der Familie Pagani, ein Gebäude aus dem ausgehenden 19. Jahrhundert, dessen ehrwürdige Erscheinung durch den vorherrschenden Verfall irgendwie angegriffen zu sein schien. Es war nicht, wie man erwartet hätte, von gestutzter und gezähmter Natur umgeben, sondern musste sich mit einer wilden Flora abfinden, die sich respektlos an seine Mauern klammerte. Die Fenster sahen aus, als hätten sie ein Anrecht auf feine Manieren und Ordnung, und nun glotzten sie vorwurfsvoll auf Staub und zerbrochene Rollläden. Alles wirkte völlig verlassen, bis auf den kleinen klapprigen Fiat, der vor dem Haus parkte.

Da es keinen Klingelknopf gab, klopfte Peroni an die Tür und wartete, jedoch ergebnislos. Er versuchte es ein paarmal und begann schließlich, die Umgebung zu erkunden. Er war nervös. Das Wort »Einsiedler« hatte einen beunruhigenden Beiklang, und er hatte keine Lust, plötzlich von einem haarigen wilden Mann angefallen zu werden. Doch das Einzige, was ihm begegnete, war Stille.

Auf der Rückseite des Hauses erstreckte sich ein ehemaliger Garten bis hinunter zum See und einem baufälligen Bootshaus, doch diese Seite des Hauses war ebenso verwildert und verlassen wie die andere. Und noch immer keine Spur von dem Einsiedler.

Durch das Blattwerk hindurch konnte Peroni einen kiesigen Uferstreifen ausmachen, an den kleine friedliche Wellen plätscherten und der einen weiten Blick über den See bot, bis hin zu dem Berg am anderen Ufer mit der napoleonischen Silhouette. Die Aussicht wirkte so einladend, dass Peroni zum Ufer ging, sich auf einen Felsen setzte und eine Zigarette anzündete.

»*Buon giorno.*«

Die melancholische Stimme kam für ihn völlig überraschend. Er fuhr herum und sah nur zwei Meter von sich entfernt einen Mann, der, gänzlich verborgen im Schatten eines Baumes, in einem Korbsessel saß und einen beigen Leinenanzug trug, der ihm zu weit war.

»*Buon giorno*«, sagte Peroni. »*Signor* Pagani?«

»Genau der. Was kann ich für Sie tun?«

Peroni ging hinüber, um ihm die Hand zu reichen und auch um ihn etwas besser betrachten zu können. Er musste um die sechzig sein, ohne besondere Kennzeichen, mit einem friedlichen Gesichtsausdruck und leeren, leicht wässrigen Augen. Bei seinem Anblick musste Peroni an ein paar ihm bekannte Häftlinge denken, die lange im Gefängnis gewesen waren und sich so an die Gefangenschaft gewöhnt hatten, dass sie schon gar nicht mehr über Freiheit nachdachten, doch dann fiel ihm wieder ein, dass der Graf gesagt hatte, der Mann sei krank; also lag es vielleicht daran.

»Ich versuche, dem Tod einer jungen Engländerin namens Cordelia Hope auf den Grund zu gehen, die vorletzte Nacht im See ertrunken ist. Vielleicht haben Sie davon gehört?«

»Oh ja, in der Tat. Ich habe es heute Morgen in der Zeitung gelesen. Äußerst tragisch.« Er blinzelte und betupfte sich die Augen mit einem Taschentuch.

»Mein Besuch ist völlig inoffiziell«, fuhr Peroni fort. »Ich handele im Auftrag der Angehörigen, die mich gebeten haben, so viel wie möglich über die letzten Tage ihres Lebens herauszufinden, und wie ich hörte, hat sie Sie noch vor einigen Tagen besucht.«

»Ja. Oh ja. Ganz recht. Eine bezaubernde junge Frau. Ich war wirklich sehr erfreut, sie kennenzulernen. Sie müssen wissen, dass ich ein recht eintöniges Leben führe. Meine Einkäufe erledige ich im Dorf, setze mich ein, zwei Stunden in die Bar, lese die Zeitung und spiele Dame.« Seine Hände spielten ruhelos auf den Lehnen des Sessels, und einen Augenblick schien er vergessen zu haben, worüber sie gesprochen hatten. »Jaja«, nahm er den Faden wieder auf, »ein einfaches Leben und recht langweilig, sodass der Besuch einer so attraktiven jungen Person schon etwas ganz Besonderes war.«

»Wären Sie wohl so nett, mir diesen Besuch zu schildern?«

»Oh ja, selbstverständlich …« Peroni hatte den Eindruck, dass es für Pagani eine geistige Anstrengung bedeutete, sich daran zu erinnern. »Sie suchte nach Material für ein Buch, an dem sie schrieb. Über – ja, Winston Churchill in Italien. Sie hatte irgendwo erfahren, dass er im Jahr 1949 dieses Haus hier besucht hatte, und sie wollte gern mehr Informationen darüber.«

»Und konnten Sie ihr welche geben?«

»Wenige, aber nicht die, die sie sich erhofft hatte, fürchte ich. Wissen Sie, sie war in dem Glauben – ganz wie vor ihr schon Churchill –, dass der Duce, als die Republik von Salò unterging, meiner Familie irgendwas anvertraut hat, Dokumente, eine Karte, etwas in der Art. Aber ich habe ihr gesagt, wie ich es auch vor vielen Jahren Churchill gesagt habe, dass diese Möglichkeit völlig ausgeschlossen ist.«

»Darf ich fragen warum?«

»Wissen Sie, als die Republik von Salò unterging, befand sich meine Familie schon seit einiger Zeit in der Schweiz.

Ich kam erst 1947 zurück, nachdem meine Eltern bei einem Autounfall ums Leben gekommen waren. Es erschien mir sinnlos, weiter im Ausland zu bleiben, und so kam ich zurück und zog wieder in dieses Haus.«

»Wo Sie zwei Jahre später von Churchill besucht wurden?«

»So ist es.«

»Und sonst konnten Sie der jungen Engländerin nichts erzählen?«

»Bedauerlicherweise nein.«

»Wie hat sie reagiert?«

»Sie kam mir irgendwie – eh – enttäuscht vor, doch dann wurde sie wieder fröhlicher und sagte – ich erinnere mich wörtlich daran –: ›Ach, na ja, es gibt noch eine andere Möglichkeit.‹«

Die Familie del Duca, dachte Peroni, mit ihrem Wein anbauenden, faschistischen Patriarchen.

Sie lag auf einem Liegestuhl im Schatten einer gewaltigen Eibe, umgeben von einer Schar von Kindern, die unter den vielfachen Problemen Heranwachsender litten, von ungewechselten Windeln, über Nasenbluten, Hunger und Durst bis hin zu heftigsten Meinungsverschiedenheiten mit ihresgleichen. Ihre Mutter, falls sie denn die Mutter einer derart monströsen Horde war, fand Trost in einer großen Karaffe Wein auf dem Tisch neben sich und in einem recht niveaulosen italienischen Skandalblatt, in dessen Lektüre sie sich glückselig vertieft hatte.

Peroni betrachtete sie aus einiger Entfernung. Sie war eine reife, aber noch immer attraktive Frau, nachlässig gekleidet mit einem zerrissenen und schmuddeligen Hemd und ausgefransten Jeans-Shorts. Ihr Haar war ebenso ungebändigt wie ihre Kinder. Dann und wann wischte sie, ohne ihre anderen Aktivitäten zu unterbrechen, geistesabwesend einen

Mund oder eine Nase ab, oder sie sprach einen Tadel aus, der keinerlei Wirkung zeitigte.

Peroni hüstelte, um sie auf sich aufmerksam zu machen, sah jedoch ein, dass ein Hüsteln in diesem Tollhaus ebenso wenig bewirken würde wie ein falsches Fünf-Lire-Stück im Spendenfonds zur Rettung Venedigs. Also rief er: »*Mi scusi, Signora ...*«

Sie blickte auf, und offenbar gefiel ihr, was sie sah, denn sie lächelte und ließ gute Zähne mit einer hübschen Lücke zwischen den beiden Schneidezähnen sehen. »*Sì?*«, fragte sie in einem Tonfall, der andeutete, dass sie Andeutungen gegenüber nicht abgeneigt war.

»*Signora* del Duca?«

»Nein«, sagte sie. »Ich bin bloß die Tochter. Aber kommen Sie doch trotzdem rein. Setzen Sie sich und trinken Sie ein Glas Wein. Roberto, zieh Christina nicht an den Haaren. Habe ich Sie nicht schon mal irgendwo gesehen?« Peroni öffnete den Mund, doch sie kam ihm zuvor. »Nein, lassen Sie mich raten. Auf den Boden in den Schatten legen und still liegen bleiben.« Er brauchte eine Sekunde, um zu begreifen, dass diese Anweisung nicht ihm, sondern einem kleinen Jungen galt, der Nasenbluten hatte. »Bei irgendjemandem, der hier am See wohnt?«, fuhr sie fort. »Nein, zu intelligent. Im Fernsehen? Nein, dito. Sie waren doch nicht zufällig mal mit mir verheiratet, oder? Nein, noch mal dito, und außerdem hätte ich mich an Sie erinnert. Wirf den Fisch sofort wieder in den Teich, Alberto. Ich gebe auf. Nein, tu ich nicht. Chin-chin.«

Peroni hatte gerade sein Glas gehoben, um zu trinken, als sie mit solcher Heftigkeit »*Stopp!*«, schrie, dass er sich den größten Teil des Weines über das Hemd kippte. »Da habe ich Sie gesehen!«, fuhr sie ungeachtet dessen triumphierend fort. »*Stop!* – die Illustrierte.« Zum Beweis hielt sie das

Skandalblatt hoch, in dem sie gelesen hatte. »Sie sind der Rudolfo Valentino der italienischen Polizei.« Peroni zuckte zusammen. »Was im Himmel führt Sie hierher?«, redete sie weiter. »Nicht auf die Azaleen pinkeln, Marco! Mord?«

»Nur eine Routinesache.« Peroni machte einen schwachen Versuch.

»Ach, nicht so langweilig!«

Diesmal musste Peroni sich erst klarmachen, dass dieser negative Imperativ ihm galt und keinem Kind. »Ich fürchte, ich bin nicht …«, setzte er an.

»Der aufregendste Polizist Italiens kommt hier hereinspaziert und verkündet dann, er sei bloß in einer Routinesache da! Da müssen Sie sich wirklich etwas Interessanteres einfallen lassen!«

»Ich kann doch keine Tatumstände erfinden!«

»Ich bin sicher, dass Sie das können, wenn Sie es versuchen …«

»Wenn ich es könnte, würde ich es für niemanden lieber tun als für Sie.«

»Dann versuchen Sie es …«

Als sie sich verführerisch zu ihm vorbeugte, fiel Peroni mit Entsetzen auf, dass er in Reaktion auf sie unwillkürlich in eben jene Rolle geschlüpft war, die sein verhasster Beiname ihm vorgab. Er versuchte erfolglos, wieder auf den leidenschaftslosen nordeuropäischen Polizeibeamten umzuschalten. »Ich ziehe Erkundigungen über eine junge Engländerin ein, die offenbar hier bei Ihnen gewesen ist.«

»Die Rothaarige?« Sie blinzelte ihm vielsagend zu, und er gab vor, es nicht zu bemerken. »Was hat sie angestellt?«

»Sie ist tot.«

»Was?« Die Nachricht war offensichtlich ein echter Schock für sie. »Oh nein – das arme Kind!« Zu Peronis Verblüffung traten ihr dicke Tränen in die Augen.

»Haben Sie sie gut gekannt?«

»Nein, nein.« Sie tupfte die Tränen mit einem schmuddeligen Taschentuch ab, das bereits verschiedene Zwecke im Dienste der Kinderhygiene erfüllt hatte. »Ich habe sie kaum gekannt, aber ich finde es immer furchtbar traurig, wenn ich höre, dass jemand gestorben ist.« Die Tränen rannen ungehemmt. »Roberto«, fuhr sie geistesabwesend fort, »hör auf, Martina mit dem Spaten zu schlagen ...« Sie hielt inne, als ob ihr etwas eingefallen wäre. »Wie ist sie gestorben?«

»Sie ist vorletzte Nacht im See ertrunken, als sie mit ihrem Boot draußen war.«

Plötzlich starrte sie ihn an, als hätte sie einen Geist gesehen. »Ermordet?«

»Die offizielle Version lautet auf Unfall.«

»Und warum sind Sie dann ...?«

»Ihre Familie hat mich darum gebeten.« Er tischte die beruhigende Erklärung auf. Allmählich wich die Furcht aus ihren Augen, aber sie war da gewesen, und Peroni hätte sehr gern gewusst, warum. »*Signora* ...«

»Nennen Sie mich nicht *Signora*«, sagte sie, offenbar wieder ganz die alte. »Nenn mich Nausikaa, und ich werde dich Achille nennen.« Sie reichte ihm die Hand, um diese Vereinbarung zu besiegeln.

»Nausikaa«, sagte Peroni in dem Bemühen, die Situation unter Kontrolle zu bringen, »ich versuche nur, mehr über die Hintergründe zu erfahren.«

»Und jetzt willst du wissen, was sie hier gemacht hat?«

»Genau.« Ihm war klar, dass sein Versuch, alles unter Kontrolle zu bringen, nicht dadurch erleichtert wurde, dass seine Hand noch immer in der ihren ruhte. Mit Bedauern, aber mit Bestimmtheit zog er seine Hand zurück.

»Sie ist hergekommen, um mit Papa zu reden. Ich habe

hier gesessen – so wie jetzt –, und sie kam durch das Tor und hat gefragt, ob sie General del Duca sprechen könnte. Eins der Kinder hat sie in sein Arbeitszimmer geführt.«

»Hat sie gesagt, warum sie ihn sprechen wollte?«

»Sie hat bloß gesagt, dass sie für irgendein Buch Recherchen machen würde, und ich habe ihr viel Glück gewünscht.«

»Für das Buch.«

»Nein, für Papa. Selbst wenn er gut gelaunt ist, hat man es nicht leicht mit ihm, und wenn es eine Kategorie von Menschen gibt, die er überhaupt nicht leiden kann, dann sind das Journalisten.«

»Und das war alles?«

»Leider ja.«

»Vielleicht könnte ich dann kurz mit dem General sprechen?«

»Polizisten mag er auch nicht besonders.«

Plötzlich spürte Peroni einen Hagel eiskalter Pfeile auf seinem Rücken und Nacken, und er brauchte ein paar Sekunden, bis er begriff, dass er mit einem Gartenschlauch bespritzt wurde.

»Antonio, tu sofort den Schlauch weg!«, rief Nausikaa, die endlich doch aus ihrem bequemen Liegestuhl hochkam und hinter dem unachtsamen Gärtner herrannte. »Hoffentlich bist du nicht zu nass geworden«, fuhr sie fort, als sie einen Moment später zurückkam, und dann, ohne eine Antwort abzuwarten: »Also wenn du Papa wirklich die Stirn bieten willst, dann gehen wir besser zuerst zu Aristoteles. Komm mit.«

»Aristoteles?«, fragte Peroni, der versuchte, sich abzutrocknen, während er hinter ihr zum Haus ging.

»Papas Sekretär. Ich nenne ihn Aristoteles, weil er immer philosophische Bücher liest. Er kann dir vielleicht auch etwas erzählen, weil sie mit ihm gesprochen hat, nachdem sie bei Papa war, und ich habe die beiden am nächsten Tag zusammen im Dorf gesehen. Wenn du mich fragst, hat er sich ein bisschen in sie verguckt.«

Sie traten aus der flirrenden Hitze des Gartens in einen großen *salotto*, nach dem Sonnenlicht kühl und dunkel, da alle Fensterläden geschlossen waren. Der Raum wurde von einem großen angestrahlten Porträt eines umwerfend gut aussehenden jungen Mannes in der Uniform der Faschisten beherrscht. Er trug einen kleinen schwarzen Bart und hatte glühende Augen.

»Mein älterer Bruder, Gervaso«, sagte Nausikaa, als sie bemerkte, dass das Porträt Peronis Aufmerksamkeit geweckt hatte. »Er ist ganz kurz nach dem Krieg von Partisanen getötet worden. Papa vergöttert ihn immer noch. Hier entlang.«

Sie verließen den *salotto* und gingen über einen Flur in ein kleines Büro, wo ein adretter junger Mann hinter einem Schreibtisch an der Schreibmaschine saß und mit dem Ausdruck tiefer Trauer schrieb.

»*Ciao*, Aristoteles«, sagte Nausikaa. »Der Herr hier ist von der Polizei. Er will mit Papa über die junge Engländerin reden. Wusstest du übrigens, dass das arme Kind tot ist?«

»*Si, Signora.*« Aristoteles ließ bekümmert den Kopf hängen. »Es stand heute Morgen in der Zeitung. Ich habe es eben gelesen.«

»Ich habe gesagt, dass du ihm vielleicht auch helfen kannst«, fuhr Nausikaa fort. »Sie hat doch mit dir geredet, nachdem sie bei Papa war, nicht? Und ich habe dich am nächsten Tag mit ihr im Dorf gesehen.«

Aristoteles' Trauer wich einem weniger leicht bestimmbaren Gefühl, das ihn knallrot anlaufen ließ. »Oh, das war rein z-zufällig, *Signora*«, sagte er hastig, und Peroni wusste nicht, ob das Stottern chronisch war oder die Folge seiner Erregung. »Wir sind uns über den W-Weg gelaufen, als ich für den General Einkäufe gemacht habe, und ich habe sie auf einen K-Kaffee eingeladen.«

Das Stottern war chronisch, so viel war klar. Weniger klar war jedoch der Wahrheitsgehalt von Aristoteles' Aussage. »Wie sind Sie ihr das erste Mal begegnet?«, fragte Peroni.

»Sie wollte gerade das Haus verlassen«, sagte Aristoteles argwöhnisch. »Wir sind uns per Zufall b-begegnet, und sie hat mich gefragt, wann der Bus nach Garda fährt. Ich habe ihr die Abfahrtszeiten genannt. Das war alles.«

»Und am Tag danach?«

»Wie gesagt, das war rein z-zufällig. Wir haben bloß einen Kaffee zusammen getrunken.«

»Hat sie Ihnen erzählt, was sie hier in der Gegend gemacht hat?«

»Sie hat gesagt, sie mache Urlaub.«

»Haben Sie sie wiedergesehen?«

»Nein.« Aber Peroni witterte den unverkennbaren Geruch der Lüge.

Nausikaa hatte ihr Gespräch fasziniert verfolgt und den Blick dabei wie bei einem Tennisspiel von einem zum anderen wandern lassen. Jetzt mischte sie sich ein: »Also, Aristoteles, bitte bring den Herrn zu Papa. Und was dich angeht«, sagte sie zu Peroni, »ich werde im Garten auf dich warten, um dich wieder zusammenzuflicken.« Und nach einem zärtlichen Lodern im Blick verließ sie den Raum.

»Würden Sie mir bitte f-folgen«, sagte Aristoteles. »Ich glaube der General ist im Keller.«

Er führte Peroni durch den Hinterausgang aus dem Haus heraus und dann wieder durch eine kleine Metalltür hinein, die den Weg in einen dunklen, abwärts führenden Tunnel eröffnete. Sobald sie eingetreten waren, schloss er die Tür hinter ihnen und sagte: »Der General will nicht, dass Licht einfällt. Das ist schlecht für den Wein.« Dann ging er voraus in den Tunnel, der in die heißen Tiefen der Erde zu führen schien und lediglich von einer schwachen nackten Glühbirne erhellt wurde.

Peroni musste an Dantes Abstieg ins Inferno denken, und tatsächlich war ihr Ziel, als sie es erreichten, zwar weniger schrecklich, aber ebenso erstaunlich. Nachdem sie eine Biegung im Tunnel hinter sich gelassen hatten, kamen sie an drei Steinstufen, die in einen gewaltigen Keller hinunterführten, der aus dem gewachsenen Fels geschlagen und als Weinkeller mit allem Drum und Dran eingerichtet worden war. Nach der glühenden Julihitze war es so kalt, dass Peroni sich erneut an Dante und dessen Eissee in der Tiefe der Hölle erinnert fühlte. Stalaktiten ragten aus der wuchtigen Decke, und die rauen Wände waren mit Feuchtigkeitstropfen besetzt. Im schwachen Licht einer Öllampe ruhten ringsum gewaltige Fässer wie die versteinerten Fossilien prähistorischer Ungeheuer, während die hier und da verstreuten önologischen Geräte in dieser seltsamen Umgebung ein Eigenleben anzunehmen schienen.

Auf den ersten Blick schien kein menschliches Wesen in der Höhle zu sein. Doch dann ertönte ein bedrohliches Rumpeln, das Peroni beklommen an den vulkanischen Ursprung der Berge um Garda denken ließ. Das Rumpeln steigerte sich zu einem donnernden Crescendo, das jedoch offenbar nicht aus dem Fels, sondern aus einer Gestalt hervorbrach, die gebückt im Schatten neben einem Fass stand und Wein dekantierte. Und bei genauem Hinhören konnte das Donnern als Frage verstanden werden: »Was zum Teufel wollen Sie?« Gleichzeitig richtete sich die Gestalt auf und entpuppte sich als hagerer, knorriger Alter mit einem gewaltigen weißen Schnurrbart, kantiger Hakennase und feurigen Augen.

»Verzeihung, General!«, sagte Aristoteles, »aber dieser Herr ist von der Polizei und ...«

»Polizei!« Der vulkanische Charakter der sprachlichen Äußerungen nahm deutlich an Intensität zu. »Begreif doch endlich, dass die Wörter ›Polizei‹ und ›Herr‹ unvereinbar sind. Ich bin nicht zu Hause.«

Peroni steckte in einer Zwickmühle. Er konnte den General zu nichts zwingen, obwohl er seine letzte Hoffnung war, etwas über Cordelias Tod herauszufinden. Verzweifelte Situationen verlangen nach verzweifelten Mitteln. Er schnüffelte in der Luft wie ein Jagdhund, der versucht, eine Witterung aufzunehmen.

»Was zum Teufel ist mit dem Mann los?«, brauste der General auf, als Peronis Vorstellung unmöglich länger zu ignorieren war.

»Hier kränkelt irgendwo ein Wein«, sagte Peroni.

»Was wissen Sie über Wein?«, sagte der General misstrauisch.

»Nichts im Vergleich mit einem wahren Önologen, wie Sie es sind, aber meine Nase ist doch gut genug, um mir zu verraten, wenn ein Wein leidet.«

»Meinen Sie meinen 83er *Reciotto*?«, fragte der General, noch immer streitlustig, aber mit einem Funken echten Interesses in den aggressiven Augen.

»Ich hätte nicht sagen können, welcher Jahrgang«, sagte Peroni bescheiden.

»Der Bursche ist ein Magier«, sagte der General zu niemand Speziellem. »Der einzige andere Mensch mit einer solchen Nase, den ich je kennengelernt habe, war ein alter Bauer in Brianza vor dem Krieg – und die Einheimischen dachten, er hätte einen Pakt mit dem Teufel geschlossen.«

Peroni spürte eine Welle der Befriedigung in sich aufsteigen. Wieder einmal hatte ihn seine angeborene Intuition nicht im Stich gelassen, und darauf zu setzen, dass in einem derart großen Keller wenigstens ein Wein litt, hatte sich gelohnt.

»Und dann noch Polizist, zum Donnerwetter!«, fuhr der General fort und streckte Peroni die Hand entgegen, als wäre sie ein Bajonett. »Ich irre mich selten, Sir«, sagte er, »aber als Soldat habe ich gelernt, es zuzugeben, wenn es denn so ist.« Der Händedruck war fürchterlich, und Peroni musste eine schmerzverzerrte Grimasse hinter einem Lächeln verbergen. »Ich stehe zu Ihrer Verfügung«, meinte der General.

»Das ist sehr freundlich von Ihnen, Sir«, sagte Peroni und fiel in die Rolle des respektvollen untergebenen Offiziers. »Wie ich gehört habe, sind Sie vor Kurzem von einer jungen Engländerin aufgesucht worden ...«

»Verdammte Journalisten! Kann das Pack nicht leiden!«

»Sie ist später ertrunken ...«

»Das kommt davon, wenn man seine Nase in anderer Leute Angelegenheiten steckt!«

»Es könnte äußerst hilfreich sein, wenn ich erfahren könnte, was zwischen Ihnen beiden beredet wurde.«

»Zwischen uns wurde nichts beredet, Sir. Die Frau ist mit einem Ammenmärchen angekommen, dass der Duce mir irgendein Dokument anvertraut haben sollte, nach dem sich auch Churchill, als er später hier war, erkundigt haben soll, aber ich habe ihr was gehustet, und das war alles.«

»Also gab es kein Dokument?«

»Nein – wie ich auch Churchill gesagt habe.«

»Haben Sie eine Idee, Sir«, sagte Peroni und hätte fast militärisch strammgestanden, »wie dieses Gerücht über ein Dokument oder mehrere in die Welt gelangt ist?«

»Wie kommen solche verdammten törichten Gerüchte in die Welt? Irgendein verdammter Narr fängt an, über Dinge zu reden, von denen er nichts versteht. In der Zeit der Republik von Salò hatte ich Kontakt mit dem Duce, und er hat mir tatsächlich einmal die Ehre erwiesen, mich in meinem Haus zu besuchen, das wir damals in Costermano bewohnten. Das dürfte für einen Haufen Idioten schon mehr als genug gewesen sein, um sich ohne Sinn und Verstand die Mäuler zu zerreißen.«

»Aber Ihnen wurde nichts anvertraut?«

»Überhaupt nichts.«

Mehr war nicht drin. Cordelia hatte zwei Spuren verfolgt, die beide im Sande verlaufen waren. Noch während Peroni das dachte, bemerkte er Aristoteles, dessen Augen mit einem schwer zu deutenden Ausdruck auf dem General ruhten. Auch der General bemerkte das.

»Warum zum Teufel starrst du mich so an? Was soll das?«

»N-nichts, Sir«, erwiderte Aristoteles.

Der General sah aus, als ob er der Sache weiter nachgehen wollte, doch da wurde er durch das Geräusch der sich öffnenden Metalltür unterbrochen, und eine Stimme, die Peroni wiedererkannte, rief: *»Generale? Permesso?«*

»Avanti, avanti!«, rief der General, der die Stimme ebenfalls erkannt hatte. Schritte hallten durch den Tunnel, und dann kam die Gestalt des Bürgermeisters Bombarone die Stufen hinunter in den Keller.

»Buon giorno, buon giorno, buon giorno!«, sagte er und wollte dem General schon die Hand schütteln, als er plötzlich stockte. *»Dottor* Peroni! Was treibt Sie denn hierher?« Er hob theatralisch die rechte Hand. »Sie müssen es mir gar

nicht sagen. Sie sind hier, um ein paar Flaschen Wein vom General zu erwerben.«

»Falsch«, sagte der General, »er ist hier, um sich nach dieser verdammten Närrin zu erkundigen, dieser Frau, die im See ertrunken ist.«

Im stillen verfluchte Peroni den alten Soldaten; er wollte keinesfalls, dass in offiziellen Kreisen etwas über sein anhaltendes Interesse an Cordelias Tod bekannt wurde.

»Tatsächlich?«, sagte Bombarone. »Ich dachte, das wäre alles geklärt.«

»Ihre Familie hat mich gebeten, Erkundigungen einzuholen«, log Peroni glattzüngig.

»Ich verstehe, ich verstehe, ich verstehe. Nun, solange Sie nicht den Verdacht erwecken, dass da etwas nicht mit rechten Dingen zugegangen ist, soll es mir recht sein. Wie ich schon bei unserer letzten Begegnung sagte, könnte das für unseren Tourismus katastrophale Folgen haben. Doch nun wollen wir uns dem ernsthaften Thema Wein zuwenden …«

»Ah, *Dottore* …«

Peroni blickte von der Titelseite der *Times* auf, die er relativ erfolglos zu entschlüsseln suchte, und sah den *Brigadiere*, der die Untersuchung geleitet hatte, vor dem Tisch des *Caffè* am See stehen, wo Peroni einen letzten Drink vor seiner Abfahrt nach Venedig nahm, denn er musste am nächsten Morgen wieder seinen Dienst antreten. »*Buon giorno*«, sagte er kühl.

»Ihnen *buon giorno*«, sagte der Brigadiere. »Ich habe Neuigkeiten, die Sie interessieren könnten – über die Engländerin.«

»Ja?« Peroni konnte ein erneutes Aufkeimen von Hoffnung nicht unterdrücken. Seine Gespräche mit Pagani und del Duca hatten bei ihm das dumpfe Gefühl hinterlassen, dass nur geringe Aussicht bestand, je die Wahrheit herauszufinden (falls es überhaupt eine Wahrheit herauszufinden gab). »Was möchten Sie trinken?« Die Hoffnung stimmte ihn freundlich.

»Tja, bei dieser Hitze würde ich zu einem Bier nicht Nein sagen, *Dottore*.«

Peroni winkte dem Kellner und bestellte ein großes Bier.

»Also«, sagte der *Brigadiere*, als das Bier vor ihm stand, »nun zu ihrer englischen Freundin. Heute Morgen ist eine Frau in mein Büro gekommen – die macht in Peschiera Keramiken, bemalt sie mit der Hand und verscheuert sie sündhaft teuer an die Touristen. Nennt sich selbst eine Tierkreis-Keramikerin, was immer das sein soll. Jedenfalls hat sie offenbar gerade erst von dem Todesfall gehört und hatte eine Information, von der sie meinte, dass sie uns nützlich sein könnte.«

Komm zur Sache, drängte Peroni im Stillen.

»Sie und die Tote – wie hieß sie noch gleich? Hope« (er sprach es Oppäh aus) – »waren befreundet. Gemeinsam Pizza essen und lange vertrauliche Gespräche bis in den frühen Morgen bei einem Glas Wein. Nun, offenbar hat die junge Oppäh der Keramikerin erzählt, dass sie hier am See nach irgendwas auf der Suche war; sie hat zwar nie gesagt wonach, aber allem Anschein nach war es was ganz Wichtiges. An dem Morgen, bevor sie ertrunken ist, haben sie sich dann das letzte Mal getroffen, und die Oppäh hat gesagt, dass ihr Projekt gescheitert wäre, was immer es auch war, und dass sie nichts mehr hätte, für das es sich zu leben lohnt. Dass sie das wirklich ernst meinte, war der Keramikerin nicht klar, aber als sie gehört hat, dass Oppäh tot ist, hat sie erkannt, dass es Selbstmord gewesen sein muss. Sie war auch ganz schön erschüttert darüber.«

Peroni betrachtete distanziert das Gesicht des *Brigadiere* – rot, fleckig und zur Trauer unfähig –, als ob er es im Fernsehen sähe, und gleichzeitig fügte er sich in die traurige Erkenntnis, dass er wohl an einem wortwörtlich toten Punkt angelangt war.

TEIL 2

Die Tiefen

Peroni saß in seinem Büro in der *Questura*, dem Polizeipräsidium an der *Fondamenta San Lorenzo* in Venedig und starrte auf das düster aussehende Altenpflegeheim auf der anderen Seite des trägen Kanals, der unter seinem Fenster dahinfloss. Etwas, das er nicht genau benennen konnte, rumorte ruhelos in seinem Kopf.

Drei Tage waren seit seiner Abfahrt vom Gardasee vergangen, und in dieser Zeit hatte er sein Möglichstes getan, um jeden Gedanken an Cordelia in einer Arbeitsorgie zu ersticken. Aber die Arbeit, die ihm zugeteilt worden war, hatte diesen Zweck nicht erfüllt, und wenn er spät abends in den zerfallenden, feuchten *Palazzo* am Rialto zurückkehrte, wo er ein Zimmer gemietet hatte, wartete Cordelias Geist bereits auf ihn, ihr rotes Haar wehte in der modrigen Luft, wie es an jenem tragischen Morgen im Wasser des Sees getrieben war, und ihre blauen Augen sahen ihn flehend an.

Um was flehend?, fragte er sie, wenn er sich mit einem Chivas Regal als Schlummertrunk auf das durchgesessene Sofa fallen ließ. Und stets erklang die Antwort flüsternd in der Stille: dass ihr Geist Ruhe finden möge. Und das konnte erst geschehen, wenn die Wahrheit über ihren Tod ans Licht kam.

Was aber, wenn es keine andere Wahrheit gab als die grausame Tatsache, dass sie Selbstmord begangen hatte?, polterte der nüchterne Polizeibeamte, der im Laufe der Jahre ein untrennbarer Teil von Peroni geworden war. Und was, wenn sie nicht Selbstmord begangen hatte?, konterte der neapolitanische Gassenjunge, der in eben jenen Jahren nie völlig verdrängt worden war. Und so weiter. Der Disput zwischen den zwei Seiten in Peronis Charakter ging ergebnislos weiter.

Als er jedoch jetzt über den Kanal blickte, kam ihm der irrationale Gedanke, dass das, was ihm da im Kopf herumging, diesen Disput endgültig so oder so entscheiden würde. Doch als er gerade kurz davor war, es an die Oberfläche seines Bewusstseins zu holen, klingelte das Telefon auf seinem Schreibtisch.

»*Pronto?*«

»*Mi scusi, Dottore,* hier ist eine Dame, deren Tochter von zu Hause weggelaufen ist.«

Peroni seufzte ungeniert auf. »Schicken Sie sie rauf.« So war das Leben. Just in dem Moment, wo man kurz vor einer Erkenntnis stand, musste immer einer ankommen und einem Knüppel zwischen die Beine werfen.

Die Dame war, wie sich herausstellte, welk, verweint und am Boden zerstört, und Peroni hatte ein schlechtes Gewissen, weil er ihr persönliches Drama als Knüppel zwischen den Beinen betrachtet hatte. »Setzen Sie sich, *Signora*«, sagte er und reichte ihr die Hand. »Erzählen Sie mir, was passiert ist.«

»Meine Tochter Lidia«, sagte sie nervös, »ist von zu Hause weggelaufen.«

»Wann war das?«

»Vorgestern. Ich habe noch eine Zeit lang gewartet, bevor ich hergekommen bin, nur für den Fall …« Ihre Stimme erstickte in einem Aufschluchzen, sie verlor die Fassung und versuchte dann wieder, sich zusammenzureißen. »Verzeihen Sie …«

»Das macht gar nichts, *Signora*. Jetzt«, dabei nahm er ein Blatt Papier zur Hand, »brauche ich ein paar nähere Informationen …«

Die Geschichte, die Peroni in der folgenden Viertelstunde zu hören bekam, war ihm so vertraut wie die Treppe der *Questura*, aber jedes Mal wieder neu in ihrer anrührenden Menschlichkeit. Das Mädchen hieß Lidia Martelli, war fünfzehn Jahre alt und das einzige Kind. Der Vater war gestorben, als sie zehn war, und seitdem herrschte zwischen ihr und der Mutter ein zermürbender Kriegszustand. Nicht, dass sie einander nicht auf ihre eigene Weise liebten, aber alles, was eine der beiden tat, erregte den instinktiven und leidenschaftlichen Zorn der anderen. Lidia war unzuverlässig, großzügig, verträumt, schlampig und wild. Die Mutter glaubte an Ordnung, Sparsamkeit, Disziplin und Pünktlichkeit. Lidia machte ihr Szenen, die Mutter nörgelte.

In den vergangenen zwei Monaten war der Konflikt eskaliert, weil Lidia sich mit einer herumziehenden Breakdance-Gruppe eingelassen hatte.

»Lauter Tagediebe, die sonst nichts zu tun haben«, sagte die Mutter. »Sie tanzen, wo sie gerade sind, auf der Straße, schmeißen sich auf den Boden wie die Irren. Und dann gehen sie rum und betteln um Geld – ich bitte Sie! Die Hälfte von ihnen nimmt Drogen, und ich bin fast verrückt vor Sorge, dass sie auch damit anfängt.«

Der unmittelbare Auslöser für die Flucht des Mädchens war die Weigerung der Mutter gewesen, ihr zu erlauben, mit auf eine Breakdance-Tour zu gehen.

»Hat diese Gruppe so was wie einen Anführer?«, fragte Peroni.

»Ja, und das ist die zweite Sache, die mir Sorgen macht. Sie wird von einem jungen Mann namens Maurizio geleitet. Sie sagt, dass sie ihn liebt, aber was ich so über ihn höre, gefällt mir ganz und gar nicht. Dauernd kommandiert er sie herum, und sie, die dumme Gans, tut alles, was er ihr sagt. Ich habe Angst, dass er sie – na ja, ausnutzt.«

»Wie alt ist er?«

»Neunzehn.«

»Das könnte ihm fünf Jahre einbringen«, sagte Peroni. »Haben Sie ein Foto von ihr?«

Schluchzend zog die Mutter ein Passfoto aus der Handtasche. »Es ist kein besonders gutes Bild von ihr«, sagte sie und reichte es Peroni.

Er studierte es sorgfältig. Die jungen Augen starrten ihn trotzig an. Das Haar fiel ihr über die Schultern und war in eben jenem strähnigen und ungepflegten Zustand, über den die Mutter sich beschwert hatte. Und doch …

Im Leben eines Polizisten kommt es immer mal wieder vor, dass ein Routinefall durch irgendeine Einzelheit zu einem persönlichen Kreuzzug wird. So verhielt es sich jetzt mit dieser Fotografie. Denn neben all dem Negativen und Billigen, das sie zeigte, spürte er eher, als dass er es sah, eine rührende Verletzlichkeit und Unschuld, und er schauderte bei dem Gedanken daran, was die Halbwelt, in der Ausbeutung, Drogen und Amateurprostitution an der Tagesordnung waren, einem Kind wie diesem antun konnte. Er nahm seine Befragung mit verstärkter Intensität wieder auf, was die Mutter selbst in ihrem besorgten und bekümmerten Zustand in Erstaunen versetzte. Schließlich stand er auf und reichte ihr die Hand. »Das geht sofort raus«, sagte er, »und ich werde eine groß angelegte Suchaktion veranlassen. Versuchen Sie, sich nicht zu sehr aufzuregen – wir werden sie bald finden.«

Er wünschte, er wäre so zuversichtlich, wie er klang. Hunderte von Mädchen wie Lidia verschwanden in Italien Jahr für Jahr, ohne je wiederaufzutauchen oder, was vielleicht noch schlimmer war, um als unwiderruflich zerstörte menschliche Wracks wiederaufzutauchen.

Und als die Mutter gegangen war, stellte Peroni zu seiner

Überraschung fest, dass diese Sache, die so unbestimmbar in seinem Unterbewussten rumort hatte, nun von ganz allein an die Oberfläche gekommen war und jetzt deutlich, klar und bestimmt vor ihm lag: jenseits des Kanals ein Altenpflegeheim; jenseits des Sees eine Villa mit einem Park drumherum.

»Wem die wohl gehört?« Er wusste nicht, ob er den Satz ausgesprochen hatte oder ob er nur sein eigenes Echo aus der Vergangenheit hörte.

»Auch das weiß ich.« Cordelias Stimme war kein geisterhaftes Flüstern mehr, sondern schien vor lebendiger Energie zu vibrieren. »Diese Villa ist eins von diesen superteuren Alten- und Pflegeheimen, wo die Schwestern nicht gehen, sondern schweben und ein eingebautes Lächeln haben und wo die Gäste so ehrfurchtsvoll behandelt werden, als wären sie unbezahlbare Porzellanstücke.«

Woher hatte sie das gewusst? Das Heim lag zu weit entfernt, als dass sie per Zufall darauf gestoßen sein konnte. Außerdem ließ die Beschreibung darauf schließen, dass sie dort gewesen sein musste. Und das bedeutete mit Sicherheit, dass diese Villa ein Schauplatz ihrer Nachforschungen war.

Peroni nahm sich gerade noch die Zeit, eine Suchmeldung nach Lidia aufzusetzen, dann war er wieder auf dem Weg zum Gardasee.

Die Sonne hing wie eine flimmernde Orange gnadenlos heiß an einem wolkenlosen Himmel, als Peroni seinen Wagen draußen abgestellt hatte und durch das Tor in den Park trat, der die Klinik umgab. Dort war es schattig und angenehm, mit Fontänen, die in Teichen mit prächtigen Fischen plätscherten, tadellos gepflegten Blumenbeeten und Statuen von ausgelassenen und eitlen Bewohnern des Olymps. Und überall, wo man hinsah, fast noch regloser als die Statuen, waren Patienten der Klinik. Manche wurden in Rollstühlen spazieren gefahren, andere saßen auf Bänken und starrten in eine unvorstellbare Vergangenheit, aber alle machten sie den peinlichen Eindruck, wie Puppen gekleidet zu sein. Peroni erinnerte sich an Cordelias Satz: » ... wo die Gäste so ehrfurchtsvoll behandelt werden, als wären sie unbezahlbare Porzellanstücke«, und erschauderte bei der Vorstellung, dass er selbst einmal so alt sein würde.

Er ging durch die Vordertür in eine weiße, elegante Eingangshalle mit Marmorsäulen, zwei riesigen Bildern von Seeschlachten und einem sorgsam zusammengestellten, undefinierbaren Luxusgeruch, der wohl die zahlreichen eher deprimierenden Gerüche menschlichen Verfalls überdecken sollte. Es gab einen Empfang, an dem eine professionell lächelnde, penibel herausgeputzte Frau mittleren Alters saß.

»Kann ich Ihnen helfen?«

Peroni sagte: »Polizei« und zeigte seinen Ausweis, woraufhin das Lächeln irgendwie verlegen wurde. »Ich ermittle die näheren Umstände des Todes einer jungen Engländerin, die letzte Woche im See ertrunken ist. Ich habe Grund zu der Annahme, dass sie hier gewesen ist.«

Das Lächeln war wieder im Dienst. »Bitte nehmen Sie Platz. Ich melde Sie der *Signora*.«

Sie benutzte die Sprechanlage mit befriedigendem Ergebnis und führte Peroni dann eine breite geschwungene Treppe hinauf in den ersten Stock, wo sie an eine Tür klopfte und ihn in das Empfangszimmer der *Signora* führte.

Die herausgeputzte Frau, das sah Peroni auf den ersten Blick, war lediglich Schaufensterdekoration gewesen, während die *Signora* die wahre geschäftliche Seite der Klinik repräsentierte. Sie war es, so nahm er an, die einschritt, wenn die Gäste Wutanfälle bekamen, die mit den Angehörigen verhandelte und, wenn der Sensenmann rief, dafür sorgte, dass der Sarg diskret hinein- und wieder hinausgeschmuggelt wurde, damit die verbliebenen Insassen nicht unruhig wurden. Sie war eine große, knochige Frau um die fünfzig.

»Was kann ich für Sie tun?«, fragte sie, nachdem sie Peroni bedeutet hatte, Platz zu nehmen.

Er erklärte sein Anliegen, ganz der nordische Polizeibeamte, ohne eine Spur des neapolitanischen Einschlags, der sie, wie er sofort bemerkt hatte, nur abgeschreckt hätte.

»Ja«, sagte sie, »die junge Frau, die Sie beschrieben haben, war tatsächlich hier.«

Eine plötzliche Erregung durchfuhr ihn. »Darf ich fragen, warum sie hier war?«

Die Signora zögerte kurz. »Sie wollte mit einem unserer Gäste sprechen. Sie sagte, dass sie Material für ein Buch sammle und dass sie der Ansicht sei, er könne ihr helfen. Die Bitte war zwar ungewöhnlich, aber der fragliche Herr, obgleich ...«, sie zögerte, suchte nach den richtigen Worten, »... obgleich er zuweilen ein klein wenig geistesabwesend ist, freut sich über jede Gelegenheit, über die Vergangenheit zu sprechen, also war ich der Meinung, dass der Besuch nicht schaden könne.«

»Wer ist der Herr?«

»Sein Name ist Volpi.« Das sagte Peroni nichts, doch dann fuhr sie fort: »Er gehörte gegen Ende des Krieges zu Mussolinis Stab.« Der *scugnizzo* in ihm sprang vor Begeisterung auf, doch der nordeuropäische Beamte wahrte eine unbeteiligte Miene. »Und hat die junge Dame tatsächlich mit ihm gesprochen?«

»So ist es.«

»Können Sie mir in etwa sagen, was zwischen ihnen beredet wurde?«

»Leider nein. Ich habe sie zu seinem Zimmer geführt und

sie vorgestellt, aber dann ließ ich die beiden allein. Sie können sich ja denken, dass ich sehr viel zu tun habe.«

»Selbstverständlich. Dann gibt es also keine Zeugen ihrer Unterhaltung?«

»Keine.«

Damit blieb nur eine Möglichkeit übrig. Peroni würde selbst mit Volpi sprechen müssen, aber als er um die Erlaubnis dazu bat, blickte die *Signora* skeptisch drein. »In den letzten Tagen war er ein wenig unpässlich. Er ist 91, müssen Sie wissen, und ich fürchte, er gerät leicht in Verwirrung.«

»Es wäre uns eine große Hilfe«, sagte Peroni, wobei er das Pronomen besonders betonte, damit es klang, als spreche er im Namen des gesamten italienischen Innenministeriums.

»Na ja«, sagte sie, »wir werden mal sehen, wie es ihm geht.«

Sie stand auf und ging vor ihm her aus dem Büro und zurück ins Erdgeschoss, wo sie sich ihren Weg durch ein verwirrendes Labyrinth von Fluren suchten. Beim Gehen bemühte Peroni sich nach Kräften, seine Augen von den zahlreichen Zeugnissen der Senilität abzulenken, die seinen Weg säumten, aber seine Ohren konnte er nicht kontrollieren, die von Stöhnen, Wimmern, Krächzen und Heulen bedrängt wurden; die *Signora* ließ das alles offensichtlich kalt. Schließlich blieb sie vor einer Tür stehen, an der eine Karte mit der Aufschrift *Col. Massimiliano Volpi* hing, und trat ein, ohne anzuklopfen. Peroni folgte ihr.

Das Zimmer war dunkel, und seine Augen brauchten etliche Sekunden, um sich daran zu gewöhnen. Nachdem das geschehen war, sah er, dass ein sehr alter Mann auf Kissen gestützt in einer Art Kinderbett lag, das offenbar verhindern sollte, dass er hinausfiel. Sein Mund stand offen; der Kopf, der bis auf ein paar fedrige Haarbüschel kahl war, hing zur Seite, und die Augen waren geschlossen. Peroni dachte, er müsse tot sein, aber die *Signora* wusste es besser.

»*Colonnello*«, dröhnte sie überlaut, »hier ist ein Herr, der Sie sprechen möchte.«

Nach einer Weile flackerten die Augen, der zahnlose Mund zuckte leicht und gab ein Geräusch von sich, das Peroni nicht interpretieren konnte. Doch die *Signora* wusste vermutlich etwas damit anzufangen, denn sie brüllte, allem Anschein nach in Antwort auf eine Frage, zurück: »Er möchte ein bisschen mit Ihnen plaudern.« Darauf waren weitere unverständliche Laute zu vernehmen, und Peroni fragte sich verzweifelt, wie er je ein einziges Wort verstehen sollte, vorausgesetzt, der Oberst würde überhaupt mit ihm reden wollen.

»Ich lasse euch beide allein«, sagte die *Signora* neckisch mit Lautsprecherstimme, und dann, die Stimme auf normale Phonstärke senkend, fügte sie überflüssigerweise hinzu: »Sie müssen laut reden – er hört nicht besonders gut. Und ganz gleich was Sie tun, regen Sie ihn nicht auf. Wenn Sie mich brauchen, ich bin in meinem Büro.«

Sie ging hinaus und ließ Peroni in einem Sumpf der Trübsal zurück. Abgesehen von dem Problem, das zu verstehen, was der Oberst sagte, bestand zunächst einmal das Problem, ihn dazu zu bringen, überhaupt etwas zu sagen. Er konzentrierte sich. »Ich glaube«, rief er, »dass Sie neulich Besuch von einer jungen Engländerin hatten. Sie wollte Ihnen für ein Buch, an dem sie schrieb, einige Fragen stellen.«

Etwas rührte sich in dem alten Gesicht. Die trüben Augen wanderten zu Peroni, dann sanken sie wieder hinab zur Bettdecke, als ob die Anstrengung zu groß wäre. Wieder kamen Laute aus dem Mund des Obersts, und Peroni merkte, dass er anfing, sie zu verstehen, aber das war ein schwacher Trost, denn der Oberst sagte, offenbar halb tränenerstickt:

»Ich erinnere mich nicht. Ich erinnere mich an gar nichts. Ich erinnere mich nicht ...«

»Churchill«, versuchte es Peroni. »Sie hat Sie nach Churchill gefragt.«

»Churchill«, echote der Oberst traurig. »Ich erinnere mich nicht ...«

»Winston Churchill – der englische Regierungschef während des Krieges!«

»Ich erinnere mich nicht ...«

Es war aussichtslos. Der Oberst würde ihn nicht weiterbringen. War es wirklich möglich, dass Cordelia aus diesem trüben Meer des Vergessens eine Erinnerung gefischt hatte? Und dann, als ob ihn schon allein der Gedanke an sie beflügelte, wurde ihm klar, dass er auf der falschen Spur war.

»Das Mussolini-Gold«, sagte er. »Erzählen Sie mir von dem Mussolini-Gold.«

Wieder wanderten die Augen zu Peronis Gesicht, aber diesmal sahen sie ihn wirklich an. »Das Mussolini-Gold«, sagte er. »Ich weiß noch. Es war Anfang 1945 ...«

Oberst Volpi stand am Kai und überwachte das Abladen der Lastwagen. Es war bereits März, aber es hätte auch tiefster Winter sein können. Die Nacht war bitterkalt, und ein eisiger Wind fegte von den Bergen, wo es am Vortag heftig geschneit hatte, über den See und peitschte ihnen ins Gesicht. Volpi zitterte unkontrolliert in seinem schweren Soldatenmantel, und da ein guter Faschist noch nicht einmal eine solche natürliche Schwäche zeigen sollte, brüllte er die Männer an, die sich unter der Last von einer der beiden stahlgepanzerten Kisten krümmten. »Passt auf, ihr Idioten! Wenn ihr sie fallen lasst, bringe ich euch vors Kriegsgericht!«

Und tatsächlich war die Verantwortung, die er zu tragen hatte, schwer. Drei Tage zuvor hatte ihn der Duce persönlich zu sich rufen lassen – eine Ehre, die ihm erst zweimal zuteilgeworden war, und bei diesen Gelegenheiten war er gemeinsam mit anderen Offizieren gerufen worden. Diesmal jedoch war er allein: von Angesicht zu Angesicht mit dem größten Staatsmann seit Julius Cäsar.

Mussolini sah müde aus. Er war unrasiert, die Haut seiner Wangen hing schlaff herab, und die Augen blickten stumpf und übernächtigt.

»Volpi«, sagte er. »Ich habe einen Auftrag für Sie. Es ist ein Auftrag von höchster Wichtigkeit, und ich habe lange und gründlich überlegt, bevor ich entschieden habe, welchen Offizier ich damit betrauen soll.«

Volpi, der verbissen strammstand, glühte vor finsterer Freude. »Setzen Sie sich«, sagt Mussolini, und Volpi setzte sich, aber noch immer in Habachtstellung. »Es steht nicht gut um unsere Sache«, fuhr der Duce fort. »Es könnte bald erforderlich werden, dass ich mich in die Berge zurückziehe, um von dort aus mit einem kleinen Kreis meiner besten Männer – Männer wie Ihnen, Volpi, unter denen keine Feiglinge, Narren und Verräter mehr sind, die uns in die derzeitige missliche Lage gebracht haben – den Kampf fortzusetzen, an dessen Ende die Wiedererrichtung des ruhmreichen alten Italiens stehen wird!«

Volpi durchlief ein Schauer. Jahre zuvor hatte er Mussolini auf der Piazza Venezia in Rom vor einer gewaltigen, begeisterten Menge reden hören und war dieser Lichtgestalt durch die bloße Kraft der Worte verfallen. Nie hätte er sich träumen lassen, dass der Duce eines Tages für ihn allein reden würde, und die Tatsache, dass diese Worte gerade in einem Augenblick gesprochen wurden, in dem alles verloren schien, machte sie nur noch bewegender.

»Der Rückzug in die Berge steht bevor, vielleicht in allernächster Zukunft, und wenn der Augenblick gekommen ist, müssen wir mit leichtem Gepäck reisen. Wir dürfen nur das mitnehmen, was wir unbedingt brauchen, um als Helden leben und sterben zu können. Und dabei spielt Ihr Auftrag eine entscheidende Rolle, Volpi. Ich habe hier eine Menge Goldbarren, den Staatsschatz dieser Republik. Derlei überflüssigen Kram können wir in diesem erhabenen und geschichtlich bedeutsamen Augenblick nicht gebrauchen – und außerdem würden die Deutschen es mit an Sicherheit grenzender Wahrscheinlichkeit konfiszieren, wenn wir versuchen würden, es mitzunehmen –, aber der Tag wird kommen, an dem das Gold für die Errichtung des neuen Reiches wieder gebraucht wird. Bis dahin ist es unsere Pflicht, dafür zu sorgen, dass es sicher vor den gierigen Händen von Verbrechern und Verrätern gelagert wird. Ich habe lange darüber nachgedacht, und ich habe beschlossen, dass es nur einen Ort gibt, an dem es völlig sicher ist. Wissen Sie, welchen Ort ich meine, Volpi?«

»Nein, Exzellenz.«

Der Duce hob die schicksalsschwangeren, müden Augen zu den hohen Fenstern neben seinem Schreibtisch und deutete majestätisch auf das Wasser unter ihnen. »Der See«, sagte er. Er hielt inne, dann fuhr er fort: »Aber es muss heimlich geschehen – die Deutschen sind überall. Wie Sie wissen, verlässt jede Nacht ein Lastwagen das Dorf, um Nachschub zu holen. Wenn Sie eine geeignete Stelle gefunden haben, um das Gold dort zu lagern – eine Stelle, von der es leicht wieder geborgen werden kann, wenn der Moment gekommen ist –, werde ich es in Kisten auf diesen Lastwagen verladen lassen. Sie werden mit einer genügenden Zahl von Männern mitfahren, um die Operation durchzuführen. Die Deutschen sind daran gewöhnt, dass der Lastwagen um diese Uhrzeit kommt, und werden ihn nicht anhalten. Haben Sie verstanden?«

»Ja, Exzellenz.«

Mussolini stand auf. »Ich lege die Zukunft Italiens in Ihre Hände«, sagte er.

Volpi hob den rechten Arm zum faschistischen Gruß. *»Saluto al Duce!«*, sagte er.

Die folgenden drei Tage waren anstrengend gewesen. In diesem Zeitraum musste Volpi sich eine Unmenge von Wissen aneignen, das im Laufe der Jahrhunderte über das Bett des Gardasees zusammengetragen worden war. Der See war an einigen Stellen seicht, an anderen unermesslich tief; aus den seichten Stellen konnte das Gold zu leicht von Räubern geborgen werden; aus den tiefen würde es auch der Duce nie wieder herausholen können, wenn der Tag des Triumphes nahte.

Die richtige Tiefe betrug circa 20 Meter, und es gab viele Stellen, wo der See ungefähr so tief war, aber immer wieder mussten diese möglichen Stellen aus unterschiedlichen Gründen verworfen werden: Manche waren zu nah am Ufer, manche zu weit draußen, an manchen war der Boden vermutlich nicht geeignet, um schwere Gegenstände zu lagern, wieder andere hatten eine Strömung, die die Bergung behindern würde.

Volpi fuhr in einem Motorboot kreuz und quer über den See, sondierte, rechnete, nahm Schätzungen vor. Und schließlich fand er die Stelle, die er für genau richtig hielt. Sie lag ungefähr einen Kilometer vom Ufer entfernt, in einem ruhigen, geschützten Teil des Sees, hatte keine nennenswerte Strömung und einen kleinen Hafen in der Nähe, den von San Benedetto di Lugana, was sich als praktisch erweisen konnte, wenn die Barren geborgen werden sollten. Außerdem hatte sie den zusätzlichen Vorteil, dass sie vom Ufer nicht unmittelbar einzusehen war.

Nachdem das geklärt war, erstatte Volpi dem Duce Bericht und übergab ihm eine Karte, auf der die Stelle, wo die Goldbarren im See versenkt werden sollten, genau eingezeichnet war. Volpi hatte den Punkt vorläufig mit einer Boje markiert. War diese Boje erst entfernt, wäre niemand, noch nicht einmal Volpi, in der Lage, die genaue Stelle ohne die Karte zu finden.

Mussolini überwachte das Verladen der Goldbarren höchstpersönlich, und am frühen Morgen des folgenden Tages verließ ein Militärlaster, der Nachschub holen sollte, mit Volpi, seinen Männern und den beiden großen Kisten Gargnano. Sie passierten zwei deutsche Kontrollen und erreichten San Benedetto di Lugana ohne Zwischenfall.

Der Transport der Kisten vom Lastwagen auf das wartende Boot dauerte zwanzig Minuten und kostete Nerven, weil Volpi wusste, dass sie jeden Augenblick von einer deutschen Patrouille gestört werden konnten, aber auch das ging reibungslos über die Bühne, und schließlich legte das Boot ab und fuhr leise tuckernd hinaus in die Nacht. Der Kapitän war ein nervöser kleiner Mann, der lediglich wusste, dass er an einer Aktion beteiligt war, die seinen Horizont weit überschritt, und er steuerte ergeben schweigend das Boot, während Volpi, der neben ihm stand, ihn in die Richtung dirigierte, wo die vorläufige Boje auf sie wartete.

In der fast völligen Finsternis, die nur durch die schwachen Lichter des Bootes erhellt wurde, dauerte es länger, als er gedacht hatte, bis sie die Boje fanden, und es dämmerte schon fast, als die Motoren abgestellt wurden, der Anker fiel und die Männer sich auf einer Seite des Bootes daran machten, das Mussolini-Gold den Tiefen des Gardasees anzuvertrauen.

Die Stille, in der sie arbeiteten, wurde nur durch angestrengtes Stöhnen und einsilbige Kommandos unterbrochen. Diese letzte Phase der Operation verlief rasch und ohne Schwierigkeiten, und zehn Minuten später hatten die Fluten des Sees ein weiteres Geheimnis in sich aufgenommen, zusätzlich zu den zahllosen, die sie bereits beherbergten.

Volpi fragte sich, wann sie es wieder hergeben würden, und eine düstere Ahnung ergänzte hinter dem Wort »wann« die sorgenvollen Worte »wenn überhaupt«.

» … ich hörte es platschen, als die zweite Kiste auf die Wasseroberfläche schlug, und in der Dunkelheit konnte ich nur noch die ersten Wellen ausmachen. Dann verschwand sie. Die Männer ließen die Ketten so tief hinunter, wie es ging, dann klinkten sie sie aus und zogen sie wieder hoch. Ich weiß noch, dass von ihnen Wasser aufs Deck tropfte. Dann entfernten wir die vorläufige Boje, starteten die Motoren und fuhren zurück zum Hafen. Der Auftrag war ausgeführt.«

Der Oberst verstummte. Die Art, wie er die Geschichte erzählt hatte, erinnerte Peroni an die Vorführung eines sehr alten Films, der aus den Archiven ausgegraben worden war. Kaum war er auf die Filmrollen gespult, fing er an zu laufen, verkratzt, ruckartig und manchmal unverständlich, aber immer noch klar genug, sodass der Zuschauer dem Geschehen folgen konnte. Dann endete die Rolle mit der Nahaufnahme der Ketten, die aufs Deck tropften, und der Totalen, in der das Boot in der Dunkelheit auf den Hafen zutuckerte, der Soundtrack erstarb, die Leinwand war einen Moment voller flackernder bedeutungsloser Zeichen und wurde dann schwarz.

Aber ohne Rolle Nummer zwei war Rolle Nummer eins nutzlos. Wie sollte er sie finden und ans Laufen bringen?

»Die Karte«, sagte Peroni. »Was ist aus der Karte geworden?«

Die Augen des alten Mannes waren leer; sein Mund stand wieder offen, die Finger zupften krampfartig an der Bettdecke. »Ich erinnere mich nicht …«

»Als Mussolini von den Partisanen gefangengenommen wurde, hat man keine Karte bei ihm gefunden«, sagte Peroni. »Die Nacht davor hatte er in Como verbracht, und auch die gründlichsten Nachforschungen haben nichts zutage gefördert. Wo könnte er also die Karte gelassen haben?«

»Ich kann mich nicht erinnern ...«

»Das muss hier am Gardasee gewesen sein! Denken Sie nach, Oberst Volpi – hat Mussolini, bevor er Garda verließ, Kontakt zu irgendjemandem gehabt, bei dem er die Karte gelassen haben könnte?«

Die Finger zupften weiter an der Bettdecke, aber die Augen waren tot und das Gesicht ohne jedes Begreifen.

»Haben Sie gehört, dass er irgendjemandem irgendetwas anvertraut hat?«

»Ich kann mich nicht ...« Und dann, mit nahezu erschreckender Plötzlichkeit, zuckten die Gesichtsmuskeln, als ob der alte Mann einen Stromstoß bekommen hätte, und die Augen schienen flackernd eine wiederkehrende Erinnerung wahrzunehmen. »In der Nacht, bevor der Duce nach Como abreiste ...«

Eine neue Filmrolle wurde abgespielt. Es blieb abzuwarten, ob es die Richtige war.

»Volpi ...«

»Exzellenz?«

»Einen Wagen, Volpi, besorgen Sie mir sofort einen Wagen. Einen kleinen Wagen, auf den die Deutschen nicht aufmerksam werden. Einen Balilla, Volpi, und einen Fahrer. Morgen fahren wir nach – Das spielt jetzt keine Rolle. Besorgen Sie den Wagen. Ich muss heute Nacht einen Besuch machen. Sofort. Sie werden mich als mein Adjutant begleiten. Verstanden?«

»Ja, Exzellenz.«

»Ich treffe Sie gleich unten im Hof.«

»Zu Befehl, Exzellenz.«

Das Zusammentreffen mit dem Duce auf dem Gang war fast wie die Begegnung mit einem Geist gewesen, und gleichzeitig schien es beinah, als wäre es Mussolini, der den Geist erblickte, denn er fuhr zusammen und starrte Volpi einen Moment an, bevor er den Befehl stammelte, ihm einen Wagen zu besorgen.

Sein Aussehen hatte sich seit dem Tag, als er das Verpacken der Goldbarren überwacht hatte, dramatisch verschlechtert. Jetzt machte er einen regelrecht kranken Eindruck. Seine Gesichtszüge sahen aus, als ob sie sich auflösten, und die Augen blickten wild und gehetzt.

Und die allgemeine Situation hatte sich nicht weniger verschlechtert. Die empörendsten Gerüchte schwirrten umher wie Kugeln während einer Schlacht: Er würde nach Südamerika fliehen; er hätte vor, Selbstmord zu begehen; er hätte sich auf einen geheimen Pakt mit den Engländern eingelassen. Er selbst behauptete weiterhin krampfhaft, dass er Zuflucht in den Bergen suchen würde und bis zum Tode den Widerstandskampf leiten wollte.

Volpi hoffte, dass das stimmte, denn die Aussicht, einen Heldentod zu sterben, behagte ihm mehr als die Vorstellung, von Partisanen gefangen und erschossen zu werden, was in diesen letzten Wochen die wahrscheinlichste Alternative für Offiziere im Umfeld Mussolinis geworden war. Und nun hatte der Befehl, einen Wagen zu besorgen, seine Hoffnungen auf einen letzten Rückzug in die Berge genährt; vielleicht wollte der Duce jemanden besuchen, um ihre Abfahrt aus Gargnano vorzubereiten.

Wagen und Fahrer waren rasch organisiert, und Volpi fragte sich, während er im Hof wartete, ob der Duce wohl kommen würde. In letzter Zeit war er entweder aus Vergesslichkeit, oder weil er seine Meinung änderte, zunehmend unberechenbar geworden, was seine geplanten Auftritte anging.

Diesmal jedoch nicht. Leicht stolpernd trat er nur wenige Minuten nach Ankunft des Wagens aus dem Gebäude, eine Mappe in der Hand. Er kam die Treppe hinunter und gab dem Fahrer kurze Anweisungen, jedoch so leise, dass Volpi nichts verstehen konnte. Ob das mit Absicht geschah, konnte er nicht sagen. Danach stieg er in den Fond des Wagens und bedeutete Volpi, neben ihm einzusteigen.

Wieder war es weit nach Mitternacht, und es gab kaum Verkehr. Der Wagen fuhr schnell in Richtung Peschiera. Die vorschriftsmäßig blau getönten Scheinwerfer ließen kaum mehr als verwischte Eindrücke von der Straße erkennen.

Mussolini hatte zwar um Volpis Gesellschaft gebeten, aber er schien nicht den Wunsch zu verspüren, sie zu nutzen. Er rutschte unruhig auf seinem Sitz hin und her, murmelte Unzusammenhängendes vor sich hin, öffnete und schloss den Verschluss der Mappe, starrte mürrisch aus dem Fenster.

Sie waren noch nicht weit gekommen, als der Fahrer von der Hauptstraße, die am See entlangführte, abbog und über kleinere Straßen weiterfuhr, von denen manche kaum mehr als Feldwege waren. Volpi nahm an, dass er Straßensperren umgehen wollte. Bald jedoch hatte er aufgrund der unbekannten Strecke und der abgedunkelten Scheinwerfer jede Orientierung verloren und wusste nur noch, dass sie, von ihrem Ausgangspunkt aus betrachtet, mehr oder weniger auf der gegenüberliegenden Seite des Sees waren.

Nach ungefähr einer Stunde erreichten sie ihr Ziel. Der Wagen bog in eine Einfahrt, die zu einer Villa mit einem großen Grundstück drumherum führte. Sie lag in völliger Dunkelheit ohne ein Zeichen von Leben, aber das war nichts Besonderes, denn in jenen Tagen, da überall Gefahren lauerten, versuchte jeder mit allen Mitteln den Eindruck zu erwecken, dass niemand zu Hause war.

Als der Wagen vor dem Eingang hielt, schien Mussolini einen Augenblick zu zögern. Er wollte etwas zu Volpi sagen, änderte dann aber seine Meinung. »Sie warten hier«, sagte er nach einem weiteren Moment der Unentschlossenheit. »Halten Sie Wache – passen Sie auf, dass niemand kommt. Niemand! Schießen Sie, falls nötig.«

»*Eccellenza, si!*« Volpi stieg aus und ging um den Wagen, um Mussolini die Tür zu öffnen, der schwerfällig mit offensichtlicher Mühe ausstieg und dann halb schlurfend auf den Eingang zuging, wo er einen Moment stehen blieb, anscheinend, um sich zu konzentrieren, bevor er anklopfte. Dann stand er wartend da, und sein mächtiger Rücken, der in der Dunkelheit aufragte, schien gebeugt und besiegt.

Von der Straße her waren Motorengeräusche zu hören, die näher kamen, und Volpi zog seine Pistole aus dem Halfter, bereit, den Befehlen des Duce Folge zu leisten. Die Geräusche wurden lauter und lauter, erreichten einen Höhepunkt und wurden dann allmählich wieder schwächer. Nach einer Minute herrschte erneut Stille. Wahrscheinlich ein Militärkonvoi von Deutschen auf der Flucht.

Er blickte zurück zum Eingang, wo Mussolini noch immer wartete, reglos wie ein Fels. Vielleicht war das Haus wirklich verlassen. Oder, was wahrscheinlicher war, die Bewohner reagierten einfach nicht.

Mussolini klopfte erneut, und diesmal wurde die Tür nach ein paar Sekunden geöffnet. Die Person im Innern leuchtete sich rasch mit einer Taschenlampe ins Gesicht, fast so, als wollte sie Mussolini beruhigen. Und sie musste ihn tatsächlich erkannt haben, denn daraufhin hob sie die Hand zum Faschistengruß. Es handelte sich um einen jungen Mann mit einem kurzen schwarzen Bart, und er trug einen Soldatenmantel. Sie wechselten ein paar Worte, und dann trat er zur Seite, um Mussolini einzulassen, bevor er die Tür hinter ihnen schloss.

Die Zeit verging wie im Schneckentempo. Dann und wann ein Auto auf der Straße, das Rascheln der Blätter, das unterdrückte Räuspern des Fahrers. Dann, nachdem Volpis Zeitgefühl ihm sagte, dass mindestens eine Stunde vergangen war, während es auf seiner Uhr nur zehn Minuten später war, wurde die Tür wieder geöffnet, und Mussolini kam heraus. Volpi konnte bloß erkennen, dass derselbe junge Mann erneut den Arm zum Faschistengruß erhob. Mussolini grüßte geistesabwesend zurück und ging dann schweren Schrittes zurück zum Wagen. Volpi stieg aus, ging um den Wagen herum, um ihm die Tür aufzuhalten, und der Duce murmelte dem Fahrer »Gargnano« zu, während er einstieg.

Genau in dem Augenblick, als Volpi zurück auf seine Seite des Wagens ging, bemerkte er die Sonne.

Sie war neben dem Eingang in den Stein gemeißelt und erinnerte ein wenig an eine Kinderzeichnung. Sie hatte ein menschliches Gesicht, jovial und gutmütig, und ihre Strahlen waren geformt wie Wellen. Aus irgendeinem Grund blieb dieses Detail in Volpis Erinnerung haften und wurde für ihn zum Symbol für die seltsame Fahrt mit Mussolini in der letzten Nacht der Republik von Salò.

2

Jungfrau, darauf wette ich!«, sagte die Frau mit der dicken Schicht Make-up, die eine violette Jeans trug, passend zu Finger- und Zehennägeln.

»Wie bitte?« Peroni war verblüfft.

»Ich meine natürlich Ihr Tierkreiszeichen.«

»Oh. Nein, bin ich nicht.«

Die Frau lächelte ihn gewinnend an. »Sie meinen das wohl kaum im streng astrologischen Sinn, glaube ich«, sagte sie. »Nein, mal im Ernst, lassen Sie mich raten. Wenn ich mir richtig Mühe gebe, liege ich so gut wie nie falsch.«

»Sie würden nur Ihre Zeit verschwenden«, sagte Peroni. »Es ist nämlich so, dass ich mein Geburtsdatum nicht kenne.« Das stimmte nicht, aber er war irgendwie davon überzeugt – ein unausrottbares Überbleibsel aus seiner neapolitanischen Kindheit –, dass das Tierkreiszeichen, wie auch der Name, auf geheimnisvolle Weise einen selbst repräsentiert und nicht leichtfertig preisgegeben werden sollte. Schon gar nicht einer Hexe. Und irgendetwas in Peroni, das der *Commissario* gern geleugnet hätte, sagte ihm, dass diese Frau eine Hexe war.

»Oh, aber das müssen wir unbedingt herausfinden«, sagte sie neckisch. »Meine Stücke werden alle für bestimmte Tierkreiszeichen entworfen, und es wäre ganz und gar nicht ratsam, eins zu nehmen, das nicht für Sie gedacht ist. Ich bin nämlich«, fuhr sie nun ernster fort, »die erste Tierkreis-Keramikerin in ganz Europa.«

»Ich bin nicht hier, um Keramik zu kaufen.«

»Ach nein?« Ein argwöhnischer Ausdruck schlich sich in ihre Augen. »Warum sind Sie dann hier?«

Als die zweite Filmrolle von Oberst Volpis Geschichte abrupt zum Stillstand gekommen war, hatte Peroni erkannt, dass er in der Sache Cordelia Hope an einen Punkt gelangt war, an dem es kein Zurück mehr gab. Bis dahin hatte die Theorie, dass ihr Tod ein Unfall gewesen war, ungeachtet seiner persönlichen Meinung, noch immer einigermaßen überzeugend geklungen, jetzt jedoch war er davon überzeugt, dass ihr Weg sie in einen mörderischen Hinterhalt geführt hatte, und er hatte nicht vor, die Ermittlung einzustellen, bevor er nicht herausgefunden hatte, was ihr widerfahren war.

Angenommen, sie hatte aus Oberst Volpi die beiden selben Geschichten herausgeholt, dann hätte sie, wie Peroni, den jungen Mann in der Villa, der Mussolini empfangen hatte, als General del Ducas toten Sohn erkannt, dessen Porträt auch sie zweifellos gesehen hatte. Und sie wäre wahrscheinlich ebenfalls zu dem Schluss gekommen, dass die Mappe, die Mussolini in jener Nacht bei sich hatte, die Karte enthielt, die er bei der Familie del Duca, die damals in Costermano lebte, in Verwahrung geben wollte.

Aber ihr Besuch bei Oberst Volpi hatte stattgefunden, nachdem sie bei dem General gewesen war, und der hatte kategorisch abgestritten, dass seiner Familie irgendeine Karte zur Aufbewahrung übergeben worden war. Zu wem würde sie also gegangen sein, nachdem sie mit Volpi gesprochen hatte? Peroni dachte, er könne es erraten, und hatte vor, dieselbe Person aufzusuchen. Eine weitere Frage lautete, wie Cordelia auf den greisen Oberst im Altenheim gekommen war. Und auch das könnte noch wichtig sein.

Als er aus der Klinik trat, stand die tyrannische Sonne kurz vor ihrer Entthronung, und er musste noch am selben

Abend wieder in Venedig sein. Wenn er Glück hatte, so kalkulierte er, hatte er gerade noch Zeit, den geplanten Anruf zu machen und auf dem Rückweg bei der Keramikerin in Peschiera vorbeizuschauen, die dem *Brigadiere* von Cordelias angeblichem Selbstmord erzählt hatte und deren libidinöse Herzlichkeit so abrupt erkaltet war, nachdem Peroni verkündet hatte, dass er nicht gekommen war, um Keramik zu kaufen.

»Warum sind Sie dann hier?«

»Polizei«, sagte Peroni und zeigte seinen Ausweis.

Der argwöhnische Blick wurde zu eiskalter Berechnung. »Wenn das so ist, kommen Sie besser in mein Büro.«

Sie wandte sich um und ging voraus in ein kleines Büro hinter dem Ausstellungs- und Verkaufsraum, und während Peroni ihr folgte, musterte er die ausgestellten Keramiken, allesamt dramatisch mit Tieren und Pflanzen oder anderen weniger leicht erkennbaren und vermutlich weniger freundlichen Motiven bemalt. Sie zeugten von handwerklichem Geschick, aber er hatte das Gefühl, dass er ihnen auch misstraut hätte, wenn er weniger davon überzeugt gewesen wäre, dass die Hand, die sie geformt hatte, einer Hexe gehörte. »Was zu trinken?« Als sie sich im Büro zu ihm umdrehte, nachdem sie sorgsam die Tür geschlossen hatte, war alle Berechnung aus ihrem Gesicht verschwunden und hatte einer seltsamen Munterkeit Platz gemacht.

»Nein, danke.«

»Ich aber, wenn es Ihnen nichts ausmacht.« Sie mixte sich an der Miniaturbar in der Ecke ein Gebräu zusammen, zündete sich dann eine Zigarette an, die in einer langen Zigarettenspitze im Stil der dreißiger Jahre steckte, und blies den Rauch langsam in Peronis Richtung. Die ganze Vorstellung hatte etwas beunruhigend Rituelles an sich. »Nun?«, fragte sie schließlich.

»Wie ich höre, waren Sie mit einer jungen Engländerin befreundet, die letzte Woche im See ertrunken ist, und Sie haben den *Carabinieri* erzählt, dass sie Ihrer Ansicht nach Selbstmord begangen hat?«

Sie hatte sich in einen derart mächtigen Bann gehüllt, dass es unmöglich war, ihre Reaktion einzuschätzen. »Das ist richtig«, sagte sie. »Armer *tesoro*! Es hat mich ganz traurig gemacht, als ich die Nachricht erfuhr!«

»Es hat ziemlich lange gedauert, bis Sie davon erfahren haben, nicht wahr?«

»Ich lese keine Zeitung – die Horoskope darin sind gefährlich irreführend. Und wie hätte ich sonst davon erfahren sollen?«

Peroni beschloss, das so stehen zu lassen. »Wie haben Sie sie kennengelernt?«

»Sie ist in meine Galerie gekommen und hat meine Keramiken bewundert. Die Freundschaft, die zwischen uns entstand, war unmittelbar, spontan und so tief wie der See.«

Das schien unwahrscheinlich; die Cordelia, die Peroni gekannt hatte, hätte sich niemals mit dieser theatralischen Hexe angefreundet. »Erzählen Sie weiter.«

»Danach hat sie mich oft besucht, und dann saßen wir bis spät in der Nacht zusammen und offenbarten einander die tiefsten Geheimnisse unserer Seelen.«

Es wurde immer unwahrscheinlicher. »Sie hat Ihnen erzählt, dass sie hier am See nach etwas gesucht hat?«

»Das ist richtig.«

»Hat sie Ihnen gegenüber Andeutungen gemacht, was das war?«

»Nicht die geringsten. Das war das einzige Geheimnis, das sie vor mir hatte. Aber so, wie sie darüber sprach, habe ich angenommen, dass es etwas von großer Wichtigkeit gewesen sein muss.«

»Weshalb sind Sie so sicher, dass sie Selbstmord begangen hat?«

»Als ich sie das letzte Mal sah – genau an dem Morgen, bevor sie starb, wie ich später erfuhr –, hat sie mir erzählt, dass sie keinerlei Hoffnung mehr hatte, das zu finden, wonach sie suchte, und dass sie deshalb nichts mehr hatte, wofür es sich zu leben lohnt. »Ich würde gern mit meinem Boot hinaus in die Mitte des Sees segeln«, sagte sie, »und mich dann einfach ins Wasser gleiten lassen und schwimmen, schwimmen, schwimmen, bis ich nicht mehr schwimmen kann und der See mich sanft in sein Arme schließt.« Ich habe natürlich nicht im Traum daran gedacht, dass sie das wirklich vorhatte.«

»Nein, natürlich nicht«, sagte Peroni mit plötzlich aufscheinender Herzlichkeit und reichte ihr die Hand. »Sie waren eine große Hilfe bei der endgültigen Klärung der Angelegenheit.«

»Ach ja?«, sagte sie, von seinem Stimmungswandel verunsichert. »Nun, ich freue mich natürlich, der Polizei behilflich sein zu können.«

»Sie als Künstlerin müssen sie faszinierend gefunden haben.«

»Oh ja.«

»Ihre äußere Erscheinung war derart auffällig, finden Sie nicht? Besonders ihr langes schwarzes Haar.«

»Das ist wahr«, sagte die Hexe, »so schwarz wie das Herz der Finsternis.«

Aus der glänzenden Stereoanlage auf dem Straßenpflaster, die fast so lang wie ein Auto war, dröhnte Hardrock, während Lidia mit Maurizio tanzte. Eine ganz passable Zuschauermenge hatte sich versammelt, und das Paar bot tatsächlich ein ansehnliches Spektakel. Er hatte einen purpur, grün und gelb gefärbten Punkerhaarschnitt, und am Handgelenk trug er ein schweres Armband, das mit Nieten besetzt war, die schimmerten und blitzten, wenn er tanzte. Sie hatte langes, helles, zerzaustes Haar, trug ein auffälliges Perlenhalsband, und ihr Gesicht war grellrot, grün und schwarz gestreift.

Maurizio tastete mit flachen Händen in der Luft herum, als ob er versuchen würde, aus einem unsichtbaren Glaskäfig zu entfliehen. Lidia riss an nicht vorhandenen Fäden, die an verschiedenen Teilen ihres beängstigend zuckenden Gesichts befestigt zu sein schienen. Dann wurde ihr Tanz allmählich immer wilder; sie sprangen herum und rollten sich mit wahnsinniger Energie auf dem Boden.

Lidia war im siebten Himmel. Das war endlich das wahre Leben. Das mit *Mamma* tat ihr leid, aber sie hatte es ja nicht anders gewollt, und überhaupt war alles viel zu aufregend, um sich ihretwegen lange Sorgen zu machen. Immer häufiger nahm Maurizio sie als Partnerin, und nicht diese dumme Kuh von Susanna, die, wie sie sehen konnte, mit den beiden anderen Jungs aus der Gruppe auf der anderen Straßenseite stand und sie rachsüchtig beobachtete. Sollte sie doch neidisch sein, wenn es ihr gefiel. Was konnte Lidia denn dafür, wenn Maurizio lieber mit ihr zusammen war?

Die Musik näherte sich einem lärmenden, hämmernden Höhepunkt, und die beiden wirbelten so schnell herum, dass es unmöglich war, ihre fliegenden Gliedmaße einzeln auszumachen. Dann endlich waren Musik und Tanz zu Ende, und aus den Reihen der Zuschauer erklang hier und da Applaus.

»Schnell!«, zischte Maurizio ihr aus dem Mundwinkel zu. »Kollekte, bevor die Arschlöcher Zeit haben, sich zu verpissen. Du nimmst die Schwänze, ich die Mösen.« Nachdem er das mit einem bezaubernden Kleinjungenlächeln gesagt hatte, ging er mit einem der Zinnteller, die sie zum

Geldsammeln nahmen, zwischen den Leuten hindurch. Lidia folgte ihm mit dem anderen.

Plötzlich blieb sie entsetzt stehen. Ein junger *Carabiniere* kam offenbar zielstrebig auf sie zu. Hatte *Mamma* ihre Flucht bei der Polizei gemeldet? Das war derart lächerlich und altmodisch, dass es zu ihr passen würde. Ging es denn nicht in ihr Spatzenhirn, dass Lidia ein verantwortungsbewusster, reifer, erwachsener Mensch war und kein Baby mehr? Aber darüber sollte sie sich jetzt nicht den Kopf zerbrechen. Falls *Mamma* sie tatsächlich bei der Polizei verpetzt hatte, würde man sie suchen, und es bestand die unmittelbare Gefahr, dass der *Carabiniere* sie erkannt hatte. Falls er versuchen sollte, sie festzunehmen, würde sie wegrennen, aber für Erste musste sie so tun, als wenn nichts wäre. Sie sammelte weiter Geld und blickte bemüht gleichgültig drein.

»Macht, dass ihr weiterkommt, ihr beiden«, sagte der *Carabiniere*. »Betteln auf der Straße ist verboten.«

Erleichterung durchströmte Lidia. Er war doch nicht hinter ihr her.

»Okay«, sagte Maurizio, sanft wie ein Lamm. »Es tut mir sehr leid, Herr Wachtmeister. Wenn wir gewusst hätten, dass das verboten ist, hätten wir es nie und nimmer gemacht. Wir sind sofort weg.« Der *Carabiniere* nickte, wandte sich um und ging weiter, besänftigt durch den respektvollen Ton. Als er sich ein Stückchen entfernt hatte, flüsterte Maurizio ein leises »Du Arschloch«, und das mit einem Gesichtsausdruck, dessen Gehässigkeit die fehlende Lautstärke wettmachte.

Lidia kicherte. Er war so umwerfend clever und witzig.

Zwei Stunden später ging der junge *Carabiniere*, nachdem sein Dienst zu Ende war, zurück ins Polizeipräsidium, wo sein Blick praktisch als Erstes auf das Foto eines vermisst gemeldeten Mädchens fiel, und trotz des vergleichsweise nicht vorhandenen Make-ups war er sicher, dass es dasselbe Mädchen war, das er vorhin auf der Straße hatte tanzen sehen.

»Pech«, sagte sein Chef, dem er darüber Meldung machte. »Ist erst heute Nachmittag reingekommen. Wir werden uns umsehen, aber inzwischen können die Gott weiß wo sein. Außerdem sollten wir Venedig informieren. Die Göre ist minderjährig.«

3

Während der Fahrt nach Bardolino zog Peroni seine Schlüsse aus dem, was er gerade in Erfahrung gebracht hatte. Irgendjemand musste die Hexe instruiert haben, mit einer falschen Selbstmordgeschichte zu den *Carabinieri* zu gehen. Warum? Um zu verhindern, dass Peroni seine Ermittlungen fortsetzte. Wieder warum? Weil er der einzige Mensch war, der auch nur den Verdacht hegte, dass Cordelia ermordet worden war.

Und wer könnte die Hexe instruiert haben? Derjenige, der Cordelia getötet hatte. Oder jemand, der diese Person schützen wollte. Peroni ging in Gedanken einige Leute durch, die er im Verlauf seiner Ermittlungen kennengelernt hatte. Der Bürgermeister, Bombarone, sympathisch, trinkfreudig, der verschlagene Politiker, dem es Spaß machte, den Bauern zu spielen; der Herr in Reithosen aus Twill in San Vigilio, vielleicht etwas abwegig, aber das Feld war noch weit offen; Graf Attilio, oben in der Villa Mimosa, ein Zyniker, der sich seines gescheiterten Lebens bewusst war und sich darüber mokierte, indem er sich mit Whisky volllaufen ließ und unsichtbare Orchester dirigierte; Pagani, der kränkelnde Einsiedler; General del Duca, der bärbeißige Faschist und Hersteller erlesener Weine; oder, wenn er schon dabei war, seine Tochter Nausikaa, mit ihrer fürchterlichen Horde von Kindern und der aufreizenden Lücke zwischen den Schneidezähnen; oder der philosophische Sekretär Aristoteles. Einfach jeder.

Und wie sollte er jetzt weiter vorgehen? Wenn er offiziell

in einem Mordfall ermittelte, wäre es das Nächstliegende gewesen, die Hexe zum Verhör mit aufs Präsidium zu nehmen, um herauszufinden, wer sie beauftragt hatte, obwohl es sicherlich kein Leichtes wäre, die Wahrheit aus ihr herauszuquetschen, da Zauberkräfte ihren Trägern eine seltsame Immunität verliehen. Aber gegen diese Vorgehensweise gab es zwei Einwände. Erstens hatte Peroni nicht die erforderliche Befugnis. Zweitens würde jede Aktion gegen sie ihren unbekannten Auftraggeber alarmieren, was Peronis Chancen, die Wahrheit herauszufinden, ein für alle Mal zunichtemachen konnte.

Nein, es war besser, wenn er fürs Erste Stillschweigen darüber bewahrte, dass er die Selbstmordgeschichte für eine Lüge hielt, und die Ermittlungen so fortführte, als hätte er nicht mit der Hexe gesprochen. Später dann, wenn oder falls er herausgefunden hatte, wer Cordelias Mörder war, konnte er sie sich vorknöpfen.

Als er im Dorf Bardolino eintraf, leuchteten dort gerade die ersten Lichter in der Dämmerung auf. Eine glücklich ausgesuchte alte Dame, die vor ihrer Haustür saß und strickte, gab ihm die Information, die er brauchte, und er fuhr zu dem Bungalow am Rande des Dorfes, den sie ihm gezeigt hatte.

Als er klingelte, öffnete ihm Aristoteles selbst die Tür, und seine Reaktion, als er Peroni erblickte, war sogar noch heftiger als bei ihrer ersten Begegnung. Er fuhr zusammen und wurde leichenblass.

»Nur ein paar kurze Fragen«, sagte Peroni liebenswürdig, als ob er nichts bemerkt hätte.

»K-kommen Sie rein«, sagte Aristoteles. »Würden Sie mich bitte einen M-moment entschuldigen …« Er ging in das vordere Zimmer und wirkte derart aufgewühlt, dass Peroni der Gedanke durch den Kopf schoss, er könnte sich etwas antun. Stattdessen sprach er jedoch mit zwei älteren Herrschaften, vermutlich seinen Eltern, die Peroni auf dem Sofa vor dem Fernseher sitzen sah. »Da ist ein Herr, d-der mich sprechen will«, sagte er. »Etwas Geschäftliches von der Villa.« Die alten Leutchen nickten wie Puppen, ohne ihre Augen vom Bildschirm abzuwenden. »Wenn es Ihnen nichts ausmacht, kommen Sie bitte in den G-garten«, sagte Aristoteles zu Peroni und ging voraus in ein winziges Rechteck aus Rasen mit ungefähr sieben Blumen hinter dem Bungalow.

Unter einem Sonnenschirm standen zwei unbequem gerade Stühle, auf denen sie Platz nahmen. »Was kann ich für Sie tun?«, fragte Aristoteles, und das Zittern in seiner Stimme strafte die gelassene Höflichkeit der Frage Lügen.

Peroni nahm sich Zeit. Schließlich sagte er: »Mir sind Informationen« – und dabei schien er das Wort unter die Lupe zu nehmen wie ein fragwürdiges Museumsstück – »zu Ohren gekommen, nach denen Ihr Umgang mit *Signorina* Hope nicht ganz so oberflächlich war, wie Sie mich glauben gemacht haben.«

»Ich verstehe nicht ganz ...«

»Ich denke, das tun Sie doch.« Peroni bemerkte irritiert, dass er in die Rolle eines aalglatten Filmdetektivs geschlüpft war und dass es ihm nicht gelang, sie wieder abzuschütteln. »Hören Sie«, fuhr er fort, »wenn Sie mir wahrheitsgemäß erzählen, was sich abgespielt hat, kann ich vielleicht dafür sorgen, dass nichts davon außerhalb dieses ...«, er sah sich um, »Gartens dringt. Falls Sie das jedoch nicht tun, bin ich gezwungen, Sie als unkooperativen Zeugen zu betrachten, was bedeutet, dass jeder davon erfahren wird. Entscheiden Sie.«

Es war eine jämmerliche Vorstellung, aber es funktionierte. »Also meinetwegen!«, sagte Aristoteles, und eine Art Trotz trat an die Stelle des Schreckens. »Ich weiß, was ich getan habe, war falsch, aber ich habe sie geliebt! Ich habe noch nie eine F-Frau so geliebt wie sie, und wenn sie mich gebeten hätte, etwas zu tun, was noch t-tausendmal mal schlimmer gewesen wäre, ich hätte es getan!«

»Ich verstehe«, sagte Peroni, diesmal absolut aufrichtig; es war ihm ja selbst so gegangen. »Fahren Sie fort.«

Irgendwo überraschend nah erklang eine Gitarre, und eine schmeichelnde Männerstimme sang ein Liebeslied. »Nachdem sie mit dem G-General gesprochen hatte – als ich sie zur Tür brachte –, habe ich sie gefragt, ob ich sie wiedersehen könnte, und sie hat mich irgendwie prüfend angesehen und gesagt: »Wenn Sie das wirklich möchten.« Dann hat sie einen M-Moment überlegt und gesagt: »Vielleicht können Sie ja auch etwas für mich tun.« Ich habe ihr gesagt, dass ich alles tun würde, und sie hat gesagt, dass sie die N-Namen der Leute haben wollte, die gegen Ende des Krieges zum Stab Mussolinis in der Villa Feltrinelli in Gargnano gehörten. Für ein Buch, an dem sie schrieb. Nun, wie der Zufall es wollte, hatte ich vor nicht allzu langer Zeit unter den Papieren des Generals eine Liste des relevanten P-Personals gesehen. Er selbst war zwar nicht dabei gewesen, aber er war irgendwie für die S-Sicherheit zuständig. Ich habe gesagt, dass ich die Liste für sie kopieren würde. Eigentlich war ja nichts Schlimmes dabei – es ist schließlich lange her. Also habe ich die Namen abgeschrieben und sie ihr am nächsten Tag gegeben.«

»War einer der Leute auf der Liste ein Oberst Volpi?«

Aristoteles blickte sehr erstaunt. »Ja«, sagte er, »der war tatsächlich dabei. Es war der einzige N-Name, den ich kannte, weil der General ihn ein paarmal in einer Klinik bei Sirmione besucht hatte.«

Damit war also geklärt, wie Cordelia auf Volpi gekommen war. »Und die anderen Namen?«

»Die k-kannte ich nicht. Ich habe ihr gesagt, dass sie mittlerweile wahrscheinlich alle tot sind, aber sie meinte, sie würde trotzdem versuchen, s-sie ausfindig zu machen.«

»Wissen Sie, ob ihr das gelungen ist?«

»Sie hat mir nichts davon erzählt.«

»Könnten Sie diese Namen noch einmal beschaffen?«

»Sie sind in der Villa. Ich kann sie morgen abschreiben. Wenn Sie mich hier gegen Mittag anrufen, werde ich sie Ihnen geben.« Er gab Peroni seine Telefonnummer.

Ein verlegenes Schweigen trat ein. Es war nicht nur offensichtlich, dass Aristoteles' Geschichte unvollendet war, sondern auch, dass der peinlichste Teil erst noch kam.

»Fahren Sie fort«, sagte Peroni.

»Zwei Tage später habe ich sie wiedergesehen, und sie hat mich gefragt ...« Er schluckte. »Sie hat mich gefragt, ob ich ihr dabei helfen würde, etwas zu s-suchen, von dem sie mit gutem Grund glaubte, dass es in der Villa war.«

»Hat sie gesagt was?«

»Ein D-Dokument.« Das war es also: Peronis Vermutung war richtig gewesen. (»Wieso sollte ich nicht in etwas Illegales verwickelt sein?« klang ihm Cordelias Stimme aus der Vergangenheit entgegen.) »Sie wollte es nicht stehlen«, redete Aristoteles weiter, »nur abfotografieren, um Informationen für das Buch zu bekommen, an dem sie schrieb. Sie brauchte es bloß für ihre historische Forschung.« (»Aber eigentlich weiß ich selbst nicht so recht, wie es ethisch einzustufen ist. Nach dem Gesetz falsch, moralisch richtig, könnte man vielleicht sagen.«) »Niemandem würde ein Schaden zugefügt werden, und der General würde es nie erfahren. Aber wie sollte sie die Villa durchsuchen, ohne gesehen zu werden, habe ich sie gefragt. ›Schlafen die denn n-nie?‹, hat sie gesagt. Und tatsächlich geht der General früh zu Bett. Die Signora, seine Tochter, falls sie überhaupt da ist, und die Kinder sind alle in ihrem Teil des Hauses, und die Dienerschaft sitzt vor dem Fernseher. Ich bin oft abends dort, um zu arbeiten – ich habe einen eigenen Schlüssel –, und dann habe ich den unteren T-Teil des Hauses ganz für mich allein. Spätestens um Mitternacht sind alle im Bett. »Wir könnten morgen Nacht hochgehen«, hat sie gesagt. Ich hatte ein b-bisschen Angst, aber sie hat gemeint: »Machen Sie sich keine Sorgen – wir werden schon nicht erwischt.« Und sie hatte so eine Art, dass man das, was sie sagte, einfach glauben musste.«

Ich weiß, dass sie die hatte, dachte Peroni, ich weiß.

»Also sind wir in der folgenden Nacht hochgegangen, und ich habe ihr das Arbeitszimmer des Generals gezeigt, wo besagtes Dokument am ehesten zu finden sein würde. Dann habe ich Wache g-gestanden, und sie hat gesucht. Nach ungefähr zwanzig Minuten hörte ich sie flüstern: »Ich h-hab's!«, und ihr Fotoapparat hat mehrmals geklickt. Das war alles. Wir sind dann aus dem Haus und zu Fuß zurück ins Dorf gegangen …«

»Haben Sie sie gefragt, was das für ein Dokument war?«

»Ja, das habe ich. Sie hat gesagt, es sei eine alte Karte.«

Na also. Die Karte, auf der eingezeichnet war, wo sich das Mussolini-Gold befand, war General del Duca anvertraut worden, und Cordelia hatte sie abfotografiert. So viel war klar. Aber was hatte sie wohl als Nächstes getan? Ohne die Möglichkeit, das Gold zu bergen, war die Karte nicht mehr als ein bloßes Stück Papier. Sie brauchte Hilfe, und es war nicht unwahrscheinlich, dass jemand, der ihr die Art von Hilfe bieten konnte, die sie benötigte, ein ziemlich harter Brocken sein würde. Die Sorte Mensch, der ein Mord zuzutrauen war, um sich die Exklusivrechte an dem bekanntermaßen ziemlich großen Schatz zu sichern.

Wer? Die Antwort lautete noch immer: Jeder, außer vermutlich General del Duca, der größeren Wert darauf legte, das Andenken des Duce zu ehren. Oder etwa nicht?

In dieser Phase hätte Peroni sehr viel Zeit und eine kleine Schar von Assistenten gebrauchen können, um die Ermittlungen fortzuführen. Aber er hatte weder das eine noch das andere. Und er konnte seine Verpflichtungen in Venedig nicht gänzlich vernachlässigen. Also musste die Suche nach der Wahrheit um Cordelia eine Freizeitbeschäftigung bleiben. Und selbst dann stand er vor dem Problem, was als Nächstes zu tun war. Nun, da der grelle Erkenntnisblitz, den Oberst Volpi und Aristoteles bei ihm ausgelöst hatten, ein wenig verblasst war, schien ihm der Weg, den er beschreiten sollte, ebenso dunkel wie zuvor.

Eine rot-grüne Neonreklame blinkte einladend vor ihm am Straßenrand, und Peroni bog auf den Parkplatz einer Bar und ging hinein, um etwas zu trinken. Der Raum war leer, bis auf eine Gruppe von Männern beim Kartenspielen und eine Frau hinter dem Tresen.

»Campari Soda, *per piacere*.«

Er setzte sich mit seinem Drink und der *Arena*, der Lokalzeitung Veronas, an einen Tisch. Die Todesanzeigen – jedes *caro defunto* in seinem eigenen sargähnlichen gedruckten Kasten, häufig mit Foto – boten immer reichlich Anlass zur Meditation. Er wollte sie aufschlagen, blieb aber auf Seite drei an dem Wort »Garda« in der Schlagzeile hängen.

Pfahlbautensiedlungen für Gardas früheste Bewohner lautete die rätselhafte Überschrift. Aber mehrere Zwischentitel machten die Sache klarer. *Kongress über die prähistorischen Pfahlbausiedler am See in San Benedetto di Lugana* verkündeten sie. *Eröffnung morgen Abend. Delegationen aus zahlreichen europäischen Ländern. Ausstellung von Fotos und Gerätschaften. Vorträge von international bekann-*

ten Fachleuten. Doch erst der letzte Zwischentitel fesselte Peronis Aufmerksamkeit, sodass er wie gebannt auf die Seite starrte. *Unterwasser-Forschungsteam unter der Leitung von Prof. Daniele Bellini,* stand da zu lesen.

Peroni las mit angespannter Konzentration weiter, und der Campari neben seinem Ellenbogen wurde warm. Zunächst kam ein ziemliches Wirrwarr von halbwissenschaftlichen Informationen über die Pfahlbausiedler, von deren Existenz er noch nie etwas gehört hatte. Um sich vor wilden Tieren und Räubern zu schützen, hatten sie ihre Wohnstätten auf Flößen errichtet, die wiederum auf Pfählen ruhten, die ihrerseits im Grund des Sees eingelassen waren. Überreste von derlei Siedlungen waren in Seen überall in Europa gefunden worden, in der Schweiz, Österreich, Norddeutschland, den Baltikstaaten, Holland und England, doch die bemerkenswertesten gab es in Italien, besonders am Gardasee. Die Siedler waren kleine Bauern und Fischer gewesen, und sie hatten alle möglichen Haustiere gehalten – bis auf Pferde, die in solchen Pfahlbauten wohl etwas unpraktisch gewesen wären. Ihre friedliche aquatische Existenz hatte von der Steinkupferzeit bis zur Bronzezeit gewährt. Peronis Interesse ließ ein wenig nach, wurde aber gegen Ende des Artikels erneut entfacht, als wieder von Professor Bellini und seinem vierköpfigen Team die Rede war. Sie hatten rund um den Globus Forschungsexpeditionen unter Wasser durchgeführt, und Peroni erinnerte sich sogar daran, einmal eine Fernsehsendung über sie gesehen zu haben. Bellini, so verkündete die Zeitung voller Stolz, stammte aus der Gegend. Er war berühmt für seinen Wagemut und Einfallsreichtum, und er hatte ein bemerkenswertes Tauchboot entwickelt und gebaut, eine Kombination aus Bathyskaph und technisch hoch kompliziertem Schlepper; man konnte damit nicht nur die Unterwasserwelt in atemberaubender Tiefe erkunden, sondern es diente auch als Tauchstation und ließ sich zum Laden und Transportieren von Unterwasserfunden verwenden.

Doch der krönende und aufschlussreichste Clou des Ganzen stand im letzten Abschnitt; dort hieß es, dass Bellini und sein Team circa zehn Tage zuvor am See eingetroffen waren, um Unterwasserforschungen über bestimmte Arten von Mollusken durchzuführen, die auf dem Grund des Sees vorkamen. Sie waren also schon etliche Tage hier gewesen, als Cordelia ertrank.

Eine Millionen Lire gegen eine Packung Spaghetti, dachte Peroni, dass Professor Bellini ihre nächste Anlaufstation gewesen war, nachdem sie die Karte in die Hände bekommen hatte.

***

Die Neuigkeit, dass Lidia am See gesehen worden war, freute ihn doppelt. Einerseits bestand so eine sehr viel größere Chance, dass sie schnell gefunden wurde. Andererseits hatte Peroni somit einen Vorwand, wieder zum See zu fahren und vor der Eröffnung des Kongresses über die prähistorischen Pfahlbausiedler um sechs Uhr abends wenigstens noch eine weitere Erkundigung einzuziehen.

Er schickte eine Sondersuchmeldung an sämtliche Polizei- und *Carabinieri*-Stationen am See und verbrachte dann den Rest des Morgens damit, einen Teil der Arbeit zu erledigen, die in Venedig liegen geblieben war. Um die Mittagszeit ließ er sich ein Bier und zwei getoastete Sandwiches kommen und rief Aristoteles wegen der versprochenen Liste von Mussolinis Stab in der Villa Feltrinelli in Gargnano an. Sie umfasste 28 Namen, von Stabschefs bis hinunter zu Köchen und Fahrern, doch der einzige Name, der Peroni irgendetwas sagte, war der von Oberst Volpi. Mit Sicherheit waren die meisten anderen entweder tot oder nicht mehr auffindbar, doch er durfte selbst die unwahrscheinliche Möglichkeit, dass Cordelia mit einem oder mehreren von ihnen Kontakt aufgenommen hatte, nicht außer Acht lassen. Daher gab er die Liste einem jüngeren Kollegen mit der Bitte, sie so schnell wie möglich überprüfen zu lassen. Um zwei Uhr war er bereits wieder unterwegs zum See.

Zunächst einmal machte er einen Abstecher zum Dorf Garda. Wie sich herausstellte, gab es hier drei Fotogeschäfte, doch schon beim zweiten hatte er Glück.

»Ja, ich erinnere mich an sie«, sagte die leicht irre aussehende Geschäftsführerin mit absurd gefärbtem Haar und einer rosa Brille mit Schmetterlingsflügeln. »Die Arme – ich habe gehört, dass sie ertrunken ist. Die Menschen sollten wirklich vorsichtiger sein, finden Sie nicht auch? Ja, sie hat ein- oder zweimal Fotos zum Entwickeln abgegeben. Ich biete einen 24-Stunden-Service, falls Sie mal selbst ... Ich weiß ja nicht, ob Sie fotografieren ... Nein, ich kann mich leider nicht erinnern, wann sie das letzte Mal hier war. Um diese Jahreszeit habe ich ständig alle Hände voll zu tun. Aber ja, jetzt, wo Sie es erwähnen, fällt mir ein, dass hier noch ein paar Abzüge für sie sein müssten. Na ja, ich denke, wo sie tot ist, die Arme, und Sie von der Polizei sind, ist es wohl nicht schlimm ...«

Sie zog eine Schublade unter der Theke auf und fing an, die Umschläge mit den Abzügen durchzugehen. Sie ging sie einmal durch, dann runzelte sie die Stirn und fing wieder von vorne an, diesmal sorgfältiger.

»Das ist ja seltsam«, sagte sie, als sie durch war. »Ich hätte schwören können, dass welche für sie dabei waren.«

»Könnte sie jemand ohne Ihr Wissen weggenommen haben?«

»Nun ja, *möglich* wäre das schon. Natürlich nur jemand, der sich hier im Laden auskennt. Manchmal bin ich hinten am Telefon oder in der Dunkelkammer, aber nie lange.«

»Sie haben vermutlich keine Vorstellung, was auf den Fotos war?«

Sie schüttelte den gesträhnten Kopf. »Ich bin leider viel zu beschäftigt, um mir die Bilder der Kunden anzusehen. Außerdem entwickle ich sie nicht selbst. Ich habe einen Mitarbeiter, der in der Hauptsaison zweimal am Tag vorbeikommt, um Abzüge abzuliefern und Negative abzuholen. Wenn Sie möchten, könnte ich ihn anrufen.«

»Bitte.« Es war wenig aussichtsreich, und wie er erwartet hatte, kam nichts dabei heraus. Also machte sich Peroni auf den Weg zur Kongresseröffnung, mit dem beunruhigenden Wissen, dass jemand eine Serie von Cordelias Fotos gestohlen hatte, mit unbekanntem Motiv.

4

Peroni hatte das Gefühl, verfolgt zu werden. In San Benedetto angekommen, hatte er seinen Wagen geparkt und festgestellt, dass bis zur Kongresseröffnung noch ein wenig Zeit war. Also hatte er sich auf einen Inspektionsrundgang durch das Dorf gemacht und fast augenblicklich das unverkennbare Gefühl gehabt, dass jemand ihm nachging.

Die vielen Feriengäste, deren Flut durch die Delegierten und Besucher des Kongresses noch angeschwollen war, machten es unmöglich, der Sache auf den Grund zu gehen. Er ergriff alle möglichen Gegenmaßnahmen: Er benutzte Schaufensterscheiben als Spiegel, drückte sich seitlich in Hauseingänge, einmal drehte er sich unvermittelt um und ging denselben Weg zurück, alles vergeblich. Wer auch immer es war, er blieb ihm hartnäckig auf den Fersen.

Schließlich gelangte er an eine Kirche, und da kam ihm eine Idee. Er schlüpfte hinein und sah sich rasch um, während er hastig niederkniete und sich bekreuzigte. Der Raum war menschenleer, und dort, günstig im Schatten gelegen, stand ein altmodischer Beichtstuhl. Er eilte hinein, zog die Vorhänge zu und wartete.

Und wirklich, etwa zehn Sekunden später öffnete sich die Haupttür der Kirche einen Spalt, und ein Frauenkopf schaute vorsichtig herein. Dann folgte ein Frauenkörper, und als Peroni, der zwischen den Vorhängen hindurchspähte, beides zusammen sah, hatte er keine Schwierigkeiten, Nausikaa zu er kennen, die zahnlückige Mutter einer wimmelnden Kinderhorde.

Auch sie machte ein Knicks in Richtung Altar und blickte sich gleichzeitig um. Dann, als sie niemanden sah, bewegte sie sich wie ein Schnüffler in einem Hollywoodfilm auf eine Seitentür zu, durch die Peroni, so dachte sie wohl, hinausgegangen war. Er ließ sie bis zur Tür gehen, und dann dröhnte er so schauerlich, wie er konnte: »Nausikaa!«

Sie wirbelte herum, und in ihrem Gesicht lag ein Ausdruck, wie er auch in dem Evas gelegen haben muss, als Gott sie im Garten Eden zu sich rief, nachdem sie den Apfel gegessen hatte. »Achille?«, sagte sie leicht nervös.

Peroni kam aus seinem Versteck hervor wie ein mythischer Held, der aus den Wellen steigt – jedenfalls gefiel ihm diese Vorstellung.

»Ach Achille«, sagte sie erleichtert, »du hast mir vielleicht einen Schreck eingejagt! Obwohl«, fuhr sie fort, und die Erleichterung wurde zum Vorwurf, »ich nicht weiß, ob ein Beichtstuhl als Versteck noch im Rahmen der Regeln liegt. Wenn das nicht sogar Blasphemie ist.«

»Welche Regeln?«

»Jedenfalls«, fuhr sie fort, die Frage ignorierend, »musst du zugeben, dass ich ganz gut war. Eine ganze Viertelstunde lang habe ich dich in Atem gehalten, und dabei bin ich doch eine blutige Anfängerin.«

»Anfängerin als was?«

»Als Detektivin natürlich!«, sagte sie in einem Ton, wie sie ihn wohl auch bei ihren begriffsstutzigeren Kindern verwendete.

»Nausikaa, würdest du mir erklären, was das alles soll?«

»Gerne, aber zuerst solltest du mich zu einem Drink einladen, finde ich.«

Peroni fand diesen Vorschlag angenehm, und so verließen sie die Kirche und setzten sich in ein *Caffè* am See. »Was nimmst du?«

»Eine Flasche San Benedetto di Lugana, bitte«, sagte sie, als ob es das Normalste von der Welt wäre, und dann, als sie seinen leicht verblüfften Gesichtsausdruck sah, setzte sie erklärend hinzu: »Für uns beide zusammen, meine ich. Es ist immer billiger, flaschenweise zu bestellen.«

Peroni gab die Bestellung an einen Kellner weiter, und wiederholte dann die Frage nach ihrem ungewöhnlichen Verhalten.

»Ich bin dir natürlich gefolgt«, sagte sie. »Ich dachte, das wäre klar.«

»Ja, aber warum?«

»Na ja, warum nicht?« Sie mochte ja eine Nervensäge sein, aber es war nicht zu bestreiten, dass sie einen eigenartigen Charme besaß. Peroni betrachtete sie mit Vergnügen, was ihr zu gefallen schien. Sie war nicht gepflegter als bei ihrer ersten Begegnung. Sie trug eine schmuddelige cremefarbene Hose, Espadrilles und ein weites Herrenhemd. »Ich habe dich zufällig gesehen, als du aus dem Auto gestiegen bist«, redete sie weiter. »Du hast ausgesehen wie Hamlet – das war doch der, der immer so viel nachgedacht hat, oder? Da kam mir die Idee, mal zu sehen, wie lange ich dir folgen könnte, ohne dass du es merkst. Ich meine, es war ein bisschen so wie eine Schachpartie mit einem Großmeister. Und ich hätte auch gewonnen, wenn du nicht diesen blasphemischen Zug mit dem Beichtstuhl gemacht hättest.«

»Aber wieso sollte ich auf den Gedanken kommen, dass jemand mich verfolgt?«

»Aber das bist du doch, oder? Ich konnte von hinten förmlich sehen, wie deine grauen Zellen gearbeitet haben. Ganz zu schweigen von dem ganzen Gehüpfe in Türeingänge und dem dauernden Gestarre in Schaufensterscheiben.«

Sie war eine seltsame Frau, daran bestand kein Zweifel. Und dann, als der Wein kam und der Kellner die Flasche aufmachte, fragte er sich, ob sie nicht auch eine gefährliche Frau war. Die Geschichte, dass sie ihm aus einer Laune heraus gefolgt war, passte zwar zu ihrem Charakter, aber stimmte sie auch? Sie war zweifellos irgendwo am Rand des Labyrinthes um das Mussolini-Gold; wer konnte wissen, ob sie nicht sogar mittendrin steckte?

Mit einem kleinen Fft löste sich der Korken aus der Flasche, der Kellner goss ihnen ein und ließ die Flasche auf dem Tisch stehen. »Chin-chin!«, sagte sie. »Du fragst dich, ob ich die Wahrheit sage, stimmt's?«

»Keineswegs«, log Peroni unverfroren. »Wie kommst du denn darauf?«

»Ich kenne Männer in- und auswendig wie die Comics meiner Kinder.«

»Apropos«, sagte Peroni, die Chance ergreifend, das Thema zu wechseln, »wer kümmert sich um deine Kinder?«

»Sie sind bei Papa. Hin und wieder mache ich das, und es tut uns allen gut. Ich kann mich erholen. Papa wird wieder zum aktiven General mit einer eigenen Privatarmee, die er anbrüllen kann. Und die Kinder machen genau das, wozu sie Lust haben.«

»Ich dachte, das machen sie sowieso.«

»Du solltest sie mal mit Papa erleben.«

»Und was tust du hier in dieser Ecke des Sees?«

»Och«, sagte sie vage, »ich kenne ein paar Leute, die hier an dem Kongress teilnehmen. Was ist mit dir?«

Als sie die letzten vier Worte sprach, war in ihrem Verhalten eine kaum merkliche Anspannung wahrzunehmen, die Peroni verriet, dass die Frage nicht spontan kam, und er erinnerte sich an die Furcht, die in ihre Augen gestiegen war, als er Cordelias Tod erwähnt hatte. »Ich interessiere mich für Unterwasserforschung.« Diesmal war die Lüge eleganter.

»Wirklich?«, versetzte sie misstrauisch.

»Wieso nicht? Das ist ein faszinierendes Gebiet.«

»Ja, das ist es wohl, nicht?« Sie nahm einen großen Schluck San Benedetto, und Peroni kam es so vor, als wäre es ein Erleichterungsschluck. »Wenn das so ist«, fuhr sie fort, wieder ganz die alte, »könnte ich mir vorstellen, dass du gern den ›Helden der Tiefe‹, den König der Unterwasserwelt kennenlernen würdest.«

»Daniele Bellini?« Sie nickte. »Du kennst ihn?«

»Oh ja, ich kenne ihn.«

Etwas in ihrer Art ließ ihn aufmerken. »Er war doch nicht zufällig mal dein Gatte, oder?«

»Oh nein, weiß Gott nicht – ich würde Daniele niemals heiraten. Ich kannte ihn schon als kleinen Jungen – er ist hier geboren. Wenn du willst, stelle ich euch vor. Ihr beiden solltet euch wirklich kennenlernen.« Aus irgendeinem Grund schien sie die Idee zu amüsieren, dann blickte sie auf ihre Uhr und fuhr theatralisch auf. »*Santo cielo!* Die Eröffnungsfeier hat bestimmt schon angefangen.« Sie kippte den letzten Rest Wein in Peronis Glas. »Trink aus, schnell« – als ob sie einem ihrer Sprösslinge befehlen würde, seine Milch auszutrinken –, »wir müssen los.«

» … der Junge aus dem Dorf, der sein Glück macht. Eine Geschichte, wie sie die Menschen seit ewigen Zeiten lieben. Und Professor Bellini – Daniele, wenn er gestattet – ist die Personifizierung dieser Geschichte.«

Als Peroni und Nausikaa den großen, hohen Saal betraten, sprach Bürgermeister Bombarone gerade in leutseliger Stimmung vor einem vielköpfigen Publikum, das sämtliche Stühle besetzt zu haben schien. An den Wänden ringsum hingen große Fotos, auf denen einzelne oder mehre Hütten auf Plattformen zu sehen waren, die auf Pfählen über dem Wasser schwebten. Außerdem gab es Aufnahmen von spärlich bekleideten Männern und Frauen mit primitiven Geräten zum Ackerbau oder Fischen, bei denen es sich vermutlich um Pfahlbausiedler handelte. Darunter standen Reihen von hell erleuchteten Vitrinen mit Gerätschaften und Knochen, wie man glaubte, von all den Haustieren – Pferde ausgeschlossen –, die die Pfahlbausiedler hielten.

»Da vorn sind noch zwei Plätze frei!«, tuschelte Nausikaa laut. »Komm!« Dann nahm sie ihn bei der Hand und führte ihn über einen der Seitengänge nach vorn, wodurch sie einige Aufmerksamkeit auf sich zogen, und Peroni hatte das Gefühl, dass jeder sein südliches Aussehen abschätzend musterte, aber Nausikaa störte das nicht im Geringsten.

» … seine Kindheit am See, wo seine lebenslange Begeisterung für die Unterwasserwelt ihren Anfang nahm. Als Junge …« Bombarone erkannte Peroni, und seine Rede stockte kaum merklich, dann aber floss der freundliche Wortschwall ebenso melodisch weiter wie zuvor.

Die Plätze, die Nausikaa unglücklicherweise entdeckt hatte, waren in der Mitte der dritten Reihe, und als sie sich dorthin vorarbeiteten, wobei Nausikaa jeder Person, an der sie vorbeikamen, ein vernehmbares »Permesso« zuhauchte, hatte das einen ähnlichen Effekt, als ob zwei Volltrunkene in einen Gottesdienst platzen. Tatsächlich, so wurde Peroni peinlich bewusst, hatten sie beide nach dem Genuss einer Flasche San Benedetto mit Sicherheit einen ziemlich fruchtigen Atem.

» … viele Stunden auf seinem Segelboot verbracht und sich mit den Tücken und Rhythmen großer Gewässer vertraut gemacht …«

»Permesso, permesso …« Mit schamrotem Gesicht folgte Peroni Nausikaas chaotischen Spuren und stand unvermittelt Knie an Knie mit der hexenden Tierkreis-Keramikerin, deren Augen, die voller Zaubereien schienen, direkt in seine blickten.

Gott sei Dank waren die beiden leeren Stühle nur noch fünf Plätze weit entfernt, sodass Peroni wenige Sekunden später in relativer Anonymität versinken konnte, obwohl er noch eine Weile stechende Blicke der Empörung auf sich gerichtet spürte.

Er wandte seine Aufmerksamkeit dem Podium zu, wo Bombarone beileibe nicht der einzige Redner war. Zehn Personen saßen an einem langen, mit Schnitzereien verzierten Tisch, aber es waren die fünf zu Bombarones Rechten, die sein Interesse erregten. Der erste von ihnen sah auffallend gut aus, mit griechischen Gesichtszügen und dichtem schwarzen Haar, das an den Schläfen gerade anfing zu ergrauen. Seine Kleidung war von einer Eleganz, die zu seiner sonstigen Erscheinung passte.

»Daniele«, tuschelte Nausikaa laut und zeigte auf ihn, was Peronis Vermutung bestätigte, dass dieser Mann tatsächlich der »Held der Tiefe« war.

Neben ihm saß ein Mann mit einem angenehm hässlichen, schiefen, vorzeitig faltigen Gesicht und den klugen Augen eines Äffchens. Die nächsten beiden erinnerten an einen Fuchs beziehungsweise an eine Katze. Doch der letzte in der Reihe bot den bei Weitem spektakulärsten Anblick. Er war ein verschlagen dreinblickender Riese mit schwarzem Bart und einem monströsen Cowboyhut. Peroni überlegte sich, dass er ihm nicht gern in einer dunklen oder sonst wie gearteten Gasse über den Weg laufen würde.

Bombarone veränderte geschickt die Tonart seiner Rede und stellte Daniele Bellini vor, der sich daraufhin mit einem raschen dankenden Rundumblick und einem bescheidenen Lächeln ins Publikum von seinem Sitz erhob. »Eure Exzellenz«, hob er an und verbeugte sich respektvoll in Richtung des Erzbischofs, »Herr Präfekt, Ehrenwerter Perandini, Herr Bürgermeister ...« Und so weiter, er erwies den versammelten VIPS hintereinander seine Honneurs, bevor er mit der eigentlichen Rede anfing.

»Das ist seine Höflicher-kleiner-Junge-Nummer«, flüsterte Nausikaa laut. »Er ist wie der Weihnachtsmann – er hat sie alle im Sack.« Aber sie klang trotzdem recht bewundernd, dachte Peroni.

Bellini erzählte kurz von seiner Kindheit am See, sprach von seinen Gefühlen bei der Heimkehr nach so vielen Jahren und ging dann dazu über, einen kurzen, allgemein verständlichen und sogar amüsanten Überblick über die Forschungsarbeiten zu geben, die sie in den letzten paar Tagen über das Leben der Mollusken am Grunde des Sees durchgeführt hatten. Und schließlich, nachdem er einige der Veranstaltungen erläutert hatte, die in den kommenden vier Kongresstagen stattfinden sollten, fuhr er fort: »Bei der Unterwasserforschung, besonders in größerer Tiefe, entsteht zwischen den Tauchern eine ganz besondere Form von Beziehung. Die Sicherheit jedes Einzelnen hängt von den anderen ab, was bedeutet, dass diese Beziehung nicht nur auf tiefer Freundschaft, sondern auch auf absolutem gegenseitigen Vertrauen beruhen muss. Deshalb wäre es höchst irreführend, wenn ich Ihnen bei der Darstellung dieses Unternehmens nur von meiner Person erzählen würde, ohne Ihnen gleichzeitig meine vier Kollegen vorzustellen. Wir sind fünf Männer, aber wenn wir tauchen, sind wir nur ein Herz und ein gemeinsamer Verstand.«

»Oh, das hat er hübsch formuliert!« Nausikaa betätigte sich als Claqueuse.

»Hier neben mir«, sagte Bellini, nachdem der Applaus sich gelegt hatte, »ist Willi Meyer.« Der Mann mit dem schiefen Gesicht stand verlegen auf und setzte sich erleichtert wieder hin. »Teo und Leo Mantovani – die einzigen professionellen Unterwasserforscher, die noch dazu Zwillinge sind!« Leo und Teo standen unter weiterem Applaus auf und schauten blasiert drein. »Und schließlich Max Schleier …« – der Riese – » … oder, wie er im Team genannt wird, Mäxchen.«

»Mein Gott, wie lustig«, sagte Nausikaa. »Kommt aber beim einfachen Volk immer gut an.« Kurz darauf, als die Feier zu Ende war, nahm sie ihn bei der Hand und bahnte ihnen schiebend und schubsend einen Weg durch die Menge, bis sie schließlich einen kleineren Saal betraten. »Du bleibst schön hier, und ich werde versuchen, ein Gipfeltreffen zwischen dir und Daniele zu organisieren. Du rührst dich nicht von der Stelle!« Mit diesen Worten stürzte sie sich wieder in die Menge.

Peroni überlegte misstrauisch, warum sie dieses Treffen ohne ihn organisieren musste, verdrängte das Problem aber sogleich wieder: Nausikaa war einfach unerklärlich.

»*Buona sera …*«

Peroni verschluckte sich leicht, fuhr herum und erblickte den Sprecher, bei dem es sich um Pagani handelte, den Einsiedler. »*Buona sera.*« Er ergriff die dargebotene Hand, die kalt und schlaff war wie ein toter Fisch.

»Höchst interessant, fanden Sie nicht auch?«, sagte Pagani. »Ja, in der Tat, ja …«

Peroni hörte nur mit halbem Ohr zu, weil ihn das Aussehen des Mannes beschäftigte. Seit ihrer ersten Begegnung war kaum eine Woche vergangen, doch nach den Veränderungen zu urteilen, die sich an Pagani vollzogen hatten, hätte es ein ganzes Jahr sein können. Zuvor hatte er auf unspezifische Weise kränklich gewirkt. Jetzt schien er ernsthaft krank. Der beige Leinenanzug sah aus, als hätte er ihn seitdem nicht ausgezogen, und die Augen waren trübe. Das Schlimmste aber war der seltsam modrige Geruch, der von ihm ausging und der so an Verwesung erinnerte, dass Peroni sich zwingen musste, nicht zurückzuweichen.

» … eine gewisse Abwechslung in der Monotonie des Alltags. Ja … Tja, ich muss weiter. Es war sehr nett, Sie wiederzusehen.« Und dann wankte er nach einem weiteren Friedhofshändedruck zu Peronis großer Erleichterung davon und verschwand in der Menge.

Um den Nachgeschmack aus dem Mund zu bekommen – im wortwörtlichen und übertragenen Sinne – schüttete Peroni ein weiteres Glas Champagner in sich hinein und wünschte sich gerade, dass Nausikaa zurückkäme, als er erneut gegrüßt wurde, diesmal aus dem Diesseits.

»So sieht man sich wieder. Zufall oder Absicht? Und falls Letzteres zutrifft, wessen?« Falls Graf Attilio Remigi an der vorausgegangenen Eröffnungszeremonie teilgenommen hatte, musste er einen Flachmann dabeihaben, denn es wären mehr als bloß ein paar Gläser Champagner nötig gewesen, um ihn in seinen jetzigen Zustand taumelnder Leutseligkeit zu versetzen.

»Was treibt denn ausgerechnet Sie auf einen Kongress, der sich den geheimnisvollen Tiefen des Gardasees verschrieben hat? Tiefen, die, nach allem, was man so hört, wesentlich mehr beinhalten als bloß Mollusken. Aber«, fuhr er fort und hob dabei einen leicht zitternden Finger an die Lippen, »ich bin stumm. Und wenn ich noch lange so weitermache wie bisher, werde ich es wahrscheinlich bald nicht nur im übertragenen, sondern auch im wörtlichen Sinne sein. Gibt es etwas Neues über Ihre reizende Cousine?«

Bevor Peroni Zeit hatte, darauf zu antworten, wurden sie beide unwiderstehlich beiseitegedrängt, als Max Schleier vorbeiging, der aus irgendeinem Grund die Kopfbedeckung gewechselt hatte und nun eine Art Baseballmütze trug.

»Bellini wird ja wohl wissen, wovon er spricht«, sagte der

Graf, als Max Schleier vorüber war, »aber bei einer solchen Naturgewalt fände ich eine tiefe Freundschaft und gegenseitiges Vertrauen ziemlich anstrengend.«

»Er hat den Hut gewechselt«, sagte Peroni, den diese Ungereimtheit störte.

»Dafür ist er bekannt. Kopfbedeckungen sind seine besondere Leidenschaft.«

»Kennen Sie das Team?«

»Nein, nein«, sagte der Graf, der nun tatsächlich einen Flachmann hervorholte und etwas daraus in zwei leere Champagnergläser füllte. »Ich habe davon *gehört*. Ich ziehe Klatsch an wie ein Magnet Eisenspäne.«

»Und Daniele Bellini?«, sagte Peroni aufs Geratewohl. »Was sagt der Klatsch über ihn?«

»Der Klatsch sagt, dass er Protektion genießt.«

»Irgendeine Ahnung welcher Art? Oder durch wen?«

»Achille, komm sofort mit!«, sagte Nausikaa, die aus der Menge auftauchte wie Botticellis Venus aus dem Meer. »Ach, du unterhältst dich gerade. Verzeihung«, wandte sie sich an den Grafen, »aber ich muss diesen Herrn jetzt entführen.«

»Ich werde seine Gesellschaft vermissen«, sagte der Graf mit beschwipster Höflichkeit.

»Die Leute schwirren um Daniele wie Wespen um den Marmeladentopf«, sagte Nausikaa, während sie Peroni durch die Menschenmenge zerrte, »was ihm natürlich ungemein gefällt. Aber ich glaube, ich kann ihn gerade jetzt mal loseisen.«

Unterwegs fragte sich Peroni, ob sie und der Graf einander kannten. Ihrem kurzen Wortwechsel war das unmöglich zu entnehmen gewesen. Bei all diesen Leuten, so dachte er, schien es von unbekannten Faktoren nur so zu wimmeln.

Sie erreichten den Rand einer Menschengruppe, die sich um Bellini drängte, und Nausikaa fing auf Zehenspitzen an,

Zeichen zu machen, um die Aufmerksamkeit des »Helden der Tiefe« auf sich zu lenken. Wenn die Leute, die um ihn herumstanden, nicht so beschäftigt gewesen wären, hätte sie diese Vorstellung durchaus irritieren können. Sie verzog den Mund zu geräuschlosen Worten, streckte gleichzeitig den linken Zeigefinger nach unten und ließ ihn um sein Gegenstück kreisen, als ob sie einen fröhlichen Ringelreihen imitieren wollte.

Bellini schien daran gewöhnt zu sein, auf diese Weise herbeizitiert zu werden, denn er entschuldigte sich bei der Gruppe mit entwaffnendem Charme und kam zu ihr herüber.

»*Ciao*«, sagte er. »Irgendwie hatte ich das Gefühl, dass du mich sprechen wolltest.«

»Richtig«, sagte Nausikaa, die die Ironie entweder nicht bemerkte oder sie überhörte. »Ich möchte, dass du einen Freund von mir kennenlernst.« Sie stellte sie einander vor, die beiden reichten sich die Hand, machten eine leichte Verbeugung und lächelten sich zu, wobei sie einander erstaunlich ähnlich sahen, was aber keiner von beiden bemerkte. »Wäre einer von euch jemand anderes«, redete Nausikaa weiter, »hättet ihr bestimmt schon voneinander gehört, so jedoch bin ich mir sicher, dass jeder von euch immer nur von sich selbst gehört hat.« Leicht irritiert fragte sich Peroni, ob sie das gemeint hatte, als sie zuvor im *Caffè* bei dem Gedanken an dieses Treffen lächeln musste. »Daniele«, sagte sie zu Peroni, »ist der König der Unterwasserwelt, während Achille«, dabei wandte sie sich dem anderen Mann zu, »der König der Unterwelt ist. Will heißen, ein sehr berühmter Polizist. Und ich denke, wenn ihr euch ungestört unterhalten wollt, solltest du Achille dein Lieblingsspielzeug zeigen.«

Bellini hatte bei dem Wort »Polizist« keinerlei Erstaunen

gezeigt, und diese Erwähnung seines Spielzeugs hatte ganz den Anschein, als sei sie geplant. Was ging hier eigentlich vor?

»Es wird mir ein Vergnügen sein, Ihnen das zu zeigen, was Nausikaa so gern mein Spielzeug nennt«, sagte Bellini, an Peroni gewandt, »das heißt, falls Sie Interesse an einer Tauchfahrt in die Tiefe hätten.«

Bei der Vorstellung verspürte Peroni einen unbehaglichen Druck in der Magengegend, aber er ließ es sich nicht anmerken und sagte, er wäre begeistert.

»Na, dann kommen Sie.«

»Bis später«, sagte Nausikaa und bedachte sie beide mit einem zärtlichen Blick.

Der Bathyskaph, der im Hafen dümpelte, sah aus, als
käme er frisch aus dem Weltraum. Er war eine große
rundliche Surrealität aus Stahl, die ruhig in der Sonne
schimmerte und von einer bewundernden Menschenmenge
umstanden wurde.

»Die Proserpina«, sagte Bellini und blieb von Bewunde-
rung ergriffen stehen, wobei nicht klar war, ob diese Bewun-
derung dem Gefährt galt oder seinem eigenen Erfindungs-
geist, der es entworfen hatte. »Sie ist ja, wie Sie sich erinnern
werden, in die Tiefen der Erde zu den Toten gegangen. Und
in gewisser Weise geht es bei der Unterwasserforschung genau darum.«

Der Vergleich war beängstigend, und Peronis unbehag-
liches Druckgefühl wurde zu einem dumpfen, trommel-
ähnlichen Pochen. Aber es gab kein Zurück mehr. Sie gingen über den Kai zu der Stelle, wo die Proserpina vertäut
lag. »Nach Ihnen«, sagte Bellini und zeigte auf eine Stahlleiter, die an der Seite eingelassen war. Peroni stieg hinauf an
Deck, das so kahl war, wie bei jedem U-Boot. Bellini folgte
ihm, öffnete dann eine Luke im Deck und bedeutete seinem
Gast höflich, hinabzusteigen. Peroni kletterte eine weitere
Stahlleiter hinunter. Bellini folgte ihm, schloss die Luke mit
einem lauten Knall und machte sie dicht.

Eine schmale Neonröhre erhellte das erstaunlich geräu-
mige Innere des Bathyskaphs, das mit Motoren, diversen
Geräten und Taucherausrüstungen gefüllt war. »Der Ma-
schinenraum«, sagte Bellini. Dann tätschelte er eine der ge-

schwungenen schimmernden Wände. »Auf dieser Seite ist eine Luftschleuse zum Ein- und Ausladen unter Wasser, und dort drüben sind zwei Dekompressionskammern. Und jetzt betreten wir den eigentlichen Bathyskaph-Teil des Bootes.«

Mit diesen Worten öffnete er eine kleine Tür im vorderen Bereich des Maschinenraums, bückte sich leicht und ging hindurch. Peroni folgte ihm. Die Wirkung war dramatisch, denn der gesamte Vorderteil des geräumigen Cockpits war ein einziges Fenster aus verstärktem Sicherheitsglas, das geschwungen war, sodass es maximale Sicht ermöglichte; gleichzeitig jedoch lag es so tief im Wasser wie ein halb untergetauchtes Kanu. Es gab eine Instrumententafel, so kompliziert wie bei einem Düsenflugzeug, aber so geschickt angebracht, dass sie den Blick auf die umgebende Wasserfläche kaum behinderte.

»Nicht schlecht, was?« Bellini bedeutete Peroni, sich neben ihn an die Instrumente zu setzen. »Alles klar«, fuhr er fort, betätigte Schalter und drückte auf Knöpfe, »los geht's!« Die Proserpina fing an, sanft zu brummen und sich allmählich durch das glitzernde Wasser zu bewegen. Das ging so ruhig vor sich, und die Nähe des Wassers war so friedlich, dass Peronis Ängste sich legten und er anfing, sich wohlzufühlen. Ungefähr fünf Minuten fuhren sie so still vor sich hin, dann drückte Bellini einen Knopf, die Proserpina hielt an, und er sagte: »Jetzt machen wir eine kleine Probetauchfahrt.«

Seine Finger bewegten sich geübt über die Instrumententafel, und ganz langsam stieg das Wasser des Sees um sie herum an. Die Trommel in Peronis Innern nahm ihr dumpfes Pochen wieder auf. Sachte und geräuschlos schloss sich das Wasser über ihnen, und er befand sich plötzlich in einer grünen Unterwasserwelt, in der das Licht der Sonne gedämpft, aber nicht völlig ausgelöscht war.

Genau vor ihnen kam ein großer Schwarm winziger sardinenähnlicher Fische in Sicht, wie man sie oft dicht an der Wasseroberfläche des Sees sah. Der riesige Stahlwal schien ihnen völlig gleichgültig zu sein, denn sie schwammen genau auf das Sicherheitsglasfenster zu und schwenkten erst im letzten Moment seitlich ab und verschwanden.

»Wer gibt den Befehl, die Richtung zu ändern?«, fragte Bellini. »Haben sie einen Leitfisch, oder handelt es sich um eine kollektive Entscheidung? Was die Verhaltensforschung bei Fischen betrifft, so entsprechen unsere bisherigen Erkenntnisse ungefähr der Spitze eines Eisbergs.«

In dem Dämmerlicht war alles so angenehm und beruhigend wie in einem riesigen friedlichen Aquarium, sodass Peroni schon das Gefühl bekam, wenn er die nötige Zeit hätte, ein richtiger Experte auf dem Gebiet der Unterwasserforschung werden zu können. Aber als das Licht schwächer und schwächer wurde und er die Abwärtsbewegung im Magen fühlte wie in einem Fahrstuhl, geriet sein Optimismus etwas ins Wanken.

Ein paar größere Fische schwammen träge in ihren Gesichtskreis. »Schleien«, sagte Bellini. »Eine Augenweide und ein Gaumenschmaus. Besonders mit Risotto.«

Jäh erinnerte sich Peroni an sein Abendessen mit Cordelia in Lazise, und bei dieser Erinnerung sah er ihr Bild so lebendig vor sich, dass es ihm einen Augenblick wirklicher vorkam als all die Fische und das Wasser des Sees, und er machte sich Vorwürfe, weil er sich so von der Umgebung hatte gefangen nehmen lassen, wo es doch Fragen zu stellen galt. Er öffnete den Mund, um eine zu stellen, doch plötzlich wurde er unwillkürlich von dem Gefühl der immer größer werdenden Tiefe überwältigt, und er schloss ihn wieder. Bellini sollte sich doch lieber aufs Steuern konzentrieren.

Der Grünton um sie wurde immer dunkler und dunkler,

und Peroni konnte nur noch undeutlich erkennen, dass etwas vor ihnen auftauchte, das wie die schlanken Stämme zweier Bäume unter Wasser aussah.

»Das sind die Überreste zweier Stützpfähle einer Pfahlbaubehausung«, sagte Bellini. »Sie sind zigtausend Jahre alt, und das Wasser hat das Holz hart wie Stein werden lassen. Natürlich hat sich der Pegel des Sees verändert, seitdem sie in den Boden eingelassen wurden – damals waren sie dichter an der Oberfläche.«

Drei geisterhafte Formen schwebten zwischen den Pfählen. »Forellen«, fuhr Bellini fort, »sind heute eine größere Seltenheit, als Sie vielleicht meinen. Wenn Sie in einem Restaurant Seeforelle bestellen, serviert man Ihnen Fische, die in künstlichen Teichen gezüchtet werden. Der Geschmack ist ganz anders. Bei den riesigen Entfernungen hier im See entwickeln diese Burschen kraftvolle Muskeln, die bei Zuchtfischen gänzlich atrophiert sind. Wenn man welche von denen da bekommen will, muss man Beziehungen haben. Da wären wir – wir sind am Grund angekommen. Aber wir sind noch nicht besonders tief. Jetzt steigen wir wieder auf, und dann versuchen wir mal etwas Anspruchsvolleres.«

Peroni hörte das gar nicht gern. »Wie teilen Sie und Ihre Kollegen sich die Arbeit auf?«, fragte er, als der Bathyskaph langsam wieder aufstieg, mehr, um seinen Kopf von dem Gedanken an etwas Anspruchsvolleres abzulenken, als aus wirklicher Wissbegierde. »Ich meine, wer macht was?«

»Wann immer möglich tauche ich draußen im Wasser mit einem der anderen. Abgesehen davon, dass ich am liebsten direkten Kontakt zu dem Material habe, das wir erforschen oder bergen, ist das eigentliche Tauchen doch immer noch der größte Nervenkitzel, den das Leben zu bieten hat, und einer, der mit der Zeit nicht seinen Reiz verliert. Zwei weitere aus dem Team sind immer hier drin: Einer ist da, wo ich jetzt bin, und kümmert sich um das Licht und die Instrumente, und der andere ist hinten und überwacht die Maschinen, die Dekompression und das Beladen, wiederum die Aufgabe von mir und meinem Kollegen im Wasser.«

Das Wasser um sie herum wurde allmählich wieder heller und grüner, und Peroni hatte das Gefühl, als würde ein Druck von ihm genommen, das nur durch den Gedanken an eine weitere und noch tiefere Tauchfahrt beeinträchtigt wurde. Dann, als sie durch die Oberfläche ins Sonnenlicht auftauchten, fing der Bathyskaph wieder an, über das glatte Wasser zu kreuzen. Nach wenigen Minuten hielt er erneut an.

»Wir befinden uns jetzt über einem wirklich tiefen Teil des Sees«, sagte Bellini, »praktisch unergründlich. Es gibt im See viele solcher gewaltigen Schluchten unter Wasser, und was dort hineingerät, sieht nie wieder das Licht der Sonne.«

Wieder ging der Bathyskaph auf Tauchfahrt, und Peroni machte erneut die beängstigende Erfahrung, die sonnenbeschienene Welt hinter sich zu lassen.

»Und der Fünfte?«, fragte er, nachdem einige Zeit vergangen war.

»Der Fünfte? Ach ja – der fünfte Mann. Der überwacht die ganze Operation vom Hauptquartier am Ufer aus. Alles, was hier passiert, wird automatisch per Fernsehübertragung im Kurzschlussverfahren dorthin gesendet. Und er hat ständigen Funkkontakt zum Bathyskaph, der vollständig auf Band aufgezeichnet wird.«

»Da bleibt ja nichts dem Zufall überlassen.«

»Bei dieser Art Arbeit kann man es sich nicht leisten, etwas dem Zufall zu überlassen. Schon der kleinste Fehler kann tödliche Folgen haben.«

Peroni hörte das nicht gern. »Für die Taucher, die draußen sind, meinen Sie?«, fragte er, um sich zu beruhigen.

»Selbst die Fahrt im Bathyskaph ist alles andere als ein Ausflug ins Planetarium«, entgegnete Bellini. »Werfen Sie mal einen Blick auf diesen Anzeiger«, fuhr er fort und zeigte dabei auf die Instrumententafel. »Die Nadel da markiert den Abstand zwischen uns und der Oberfläche. Stellen Sie sich doch nur das ganze Wasser über unserem Kopf vor. Der Pilot eines Düsenflugzeugs jenseits der Schallmauer hat wesentlich bessere Chancen, mit heiler Haut davonzukommen, wenn etwas falsch läuft, als die Besatzung eines Bathyskaphs.«

Peroni betrachtete die Nadel mit der Faszination des Grauens. Sie zitterte gerade auf der 500-Meter-Marke und ging noch weiter in die Höhe. Sein Beklemmungsgefühl stieg mit ihr. Und dann, mit der Schnelligkeit eines Dolchstoßes, durchfuhr ihn plötzlich der Gedanke, dass das ganze Unternehmen inszeniert worden war, um ihn loszuwerden. Nausikaa hatte ihn Bellini überreicht wie ein Lamm, das zur Schlachtbank geführt werden soll. Schließlich hätte ein Experte wie Bellini keinerlei Schwierigkeiten, seine Leiche dem See zu übergeben, sodass der sie nie wieder hergeben würde. Es würde eine paar unangenehme Fragen geben, aber außer Nausikaa und Bellini wusste ja niemand, dass er mit der Proserpina hinausgefahren war, also gäbe es keine Beweise. Und die einzige andere Person, die von Cordelias Suche nach dem Mussolini-Gold wusste, wäre für immer zum Schweigen gebracht.

Das Wasser um sie herum war dunkler und dunkler geworden, sodass es jetzt keine Spur von Farbe mehr hatte und sie sich in einer düsteren, vorhöllenartigen Welt bewegten, in der alle normalen Orientierungsmöglichkeiten aufgehoben waren. Peroni konnte sich nicht erinnern, wann er je ein solches Gefühl von hilflosem Grauen empfunden hatte, doch Bellini schien halb berauscht zu sein. »Ab hier wird das Tauchen erst richtig interessant«, sagte er, »wenn man die Grenzen der bekannten Welt erreicht. Und jenseits davon den Punkt, von dem es keine Wiederkehr mehr gibt. Wissen Sie, ich träume häufig davon, dem Tod eines Tages irgendwo jenseits dieses Punktes zu begegnen.«

Peroni konnte sich kaum einen weniger angenehmen Tod vorstellen, und selbst in seinem Zustand albtraumhafter Klaustrophobie kam ihm der Verdacht, dass Bellini auch nicht gerade davon begeistert wäre, wenn er ihm unmittelbar bevorstünde. Der Mann war ein Schauspieler.

Plötzlich flammte Licht in der umgebenden Dunkelheit auf, und die Wirkung war mit der von Autoscheinwerfern in dichtem Nebel vergleichbar: Ein bisschen machte es schon aus, aber nicht viel. Genug jedoch, um einen riesigen Fisch zu beleuchten, der fast direkt über ihnen schwebte. »Der König des Sees«, sagte Bellini, »ein Riesenkarpfen. Manche werden fast so lang wie ein Motorrad.«

Der Bathyskaph sank an dem Karpfen vorbei, die Nadel am Tiefenmesser näherte sich gnadenlos der 1000-Meter-Marke, und Peroni musste den drängenden Impuls bekämpfen, um die sofortige Rückkehr an die Oberfläche zu flehen. »Geht Ihnen an die Nerven, was?«, sagte Bellini grinsend. Und noch immer ging es weiter nach unten. Dann, nach einer langen, langen Zeit, kippte der Bathyskaph schwindelerregend nach vorn, als würde er von den unermesslichen Wassermassen über ihm zerquetscht. Peroni schwitzte vor Entsetzen. Entweder war etwas falsch gelaufen (»Der Pilot eines Düsenflugzeugs jenseits der Schallmauer hat wesentlich bessere Chancen …«), oder das war ein Anschlag auf sein Leben, und noch nie war er hilfloser gewesen, sich gegen einen solchen Anschlag zur Wehr zu setzen.

Im Schweinwerferkegel, der nicht mehr waagerecht, sondern beinahe senkrecht nach unten zeigte, konnte er einen tiefen, schmalen Abgrund, der sich unter ihnen auftat, eher ahnen als sehen. Es war, als würde sich zu ihren Füßen am tiefsten Grund der Welt ein Spalt von unermesslich größerer Tiefe öffnen, als sie bisher bewältigt hatten. Peroni starrte entsetzt und ehrfurchtsvoll zugleich.

»Da kann noch nicht mal ich hinunter.« Bellini flüsterte beinah.

Endlich, nach einem Zeitraum, der mit Uhren nichts zu tun hatte, richtete sich die Proserpina wieder auf und fing langsam an, nach oben zu steigen. Die Nadel am Tiefenmesser sank allmählich nach unten, und Peroni fühlte sich wie ein zum Tode Verurteilter, dem man ein neues Leben geschenkt hatte.

Während des Aufstiegs schwiegen sie, doch je höher sie kamen, desto stärker wurde sein Eindruck, dass Bellini darauf wartete, dass er etwas sagte; dass diese Fahrt tatsächlich inszeniert worden war, aber nicht, wie er zuvor gedacht hatte, um ihn zu ermorden, sondern damit gewisse Dinge gesagt werden konnten. Er wartete ab, bis die Welt allmählich wieder von Licht durchdrungen wurde, und sagte dann: »Übrigens, ich wollte Sie noch etwas fragen.« Sofort spürte er eine zunehmende Anspannung, als ob Bellini auf diesen Moment gewartet hätte und ihn gleichzeitig fürchtete. »Ich ziehe Erkundigungen über eine junge Engländerin ein«, fuhr er fort, »die im See ertrunken ist. Cordelia Hope. Sie hatte – sehr auffälliges rotes Haar. Hat sie sich zufällig mit Ihnen in Verbindung gesetzt?«

»Ja«, sagte Bellini. »Wie haben Sie das bloß herausgefunden? Sie hat mich tatsächlich aufgesucht – das muss vor ungefähr zwei Wochen gewesen sein. Neulich habe ich zufällig erfahren, dass sie ertrunken ist. Schrecklich! So eine attraktive junge Frau und so lebendig und aufgeweckt.«

»Warum ist sie zu Ihnen gekommen?«

»Ach, sie hatte die verrückte Idee, dass irgendein Schatz auf dem Grunde des Sees liegt, und sie wollte, dass ich ihr helfe, ihn zu bergen.«

»Was haben Sie ihr geantwortet?«

»Dass ich mein Team und meine Ausrüstung ohne wesentlich bessere Beweise unmöglich für eine derart abwegige Suche einsetzen könnte. Wir sind schließlich Wissenschaftler.«

»Sie hat Ihnen nicht zufällig eine Karte gezeigt, auf der ein Schatz eingezeichnet war?«

»Nein, nein – keine Karte.«

Sie durchbrachen die Wasseroberfläche, die nun rotgolden in der untergehenden Sonne glühte.

»Und dann?«, sagte Peroni, der versuchte, sich seine Erleichterung nicht anmerken zu lassen.

»Nichts weiter. Ich habe ihr gesagt, dass ich, wenn sie etwas Konkreteres fände, gern noch einmal darüber nachdenken würde. Sie hat sich bedankt, ist gegangen, und danach habe ich sie nicht mehr gesehen. Aber«, fuhr er mit plötzlicher – gespielter oder echter? – Beunruhigung fort, »Sie wollen doch wohl nicht andeuten, dass ihr Tod vielleicht kein Unfall war?«

Diesmal war es Peroni, der den anderen über einen metaphorischen Abgrund hielt, und er zögerte bewusst, ließ ihn dort in der Schwebe. Er glaubte nun zu wissen, warum dieses Treffen arrangiert worden war. Bellini hatte ihm von Cordelias Besuch erzählen wollen, bevor Peroni von allein dahintergekommen wäre. Er wollte außerdem klarstellen, dass das Treffen völlig harmlos gewesen war, ohne Karte und ohne Folgen – was Peroni stark bezweifelte. Und schließlich wollte Bellini in Erfahrung bringen, was Peroni herausgefunden hatte.

Als er das begriff, gewann Peroni die feste Überzeugung, dass er auf der richtigen Spur war. Er würde noch wesentlich mehr über Bellini und dessen Unterwasseraktivitäten herausfinden müssen. Und in der Zwischenzeit war es alles in allem wahrscheinlich am ratsamsten, ihn in Sicherheit zu wiegen.

»Nein, nein, keineswegs«, sagte Peroni beruhigend. »Ich ziehe lediglich im Auftrag ihrer Angehörigen Erkundigungen ein. Sie möchten so viel wie möglich über die letzten Tage ihres Lebens in Erfahrung bringen.«

»Oh, ich verstehe – tja, tut mir leid, dass ich Ihnen nicht weiterhelfen kann.«

»Sie brauchen sich nicht zu entschuldigen«, sagte Peroni harmlos, »Sie haben mir sehr geholfen.« Und er bemerkte mit Befriedigung, dass nun Bellini an der Reihe war, seine Erleichterung zu verbergen. Der Trick hatte funktioniert.

Die Proserpina tastete sich behutsam zurück in den Hafen.

»So, das wär's«, sagte Bellini, strahlend vor Selbstzufriedenheit. »Jetzt wissen Sie, was sich unter der hübschen Ansichtskartenidylle des Gardasees verbirgt.«

6

Das britische Vizekonsulat in Venedig ist in einem Palast am *Canale Grande* untergebracht. Das mag zwar sehr italienisch klingen, aber das Gebäude hat eine feine, doch unverkennbar englische Aura angenommen. Tatsächlich ist diese Ecke eines venezianischen *campo* durch und durch englisch. Und die Trennungslinie ist so scharf, als ob es einen unsichtbaren Grenzposten gäbe: Da ist man mitten in Venedig, wo die zumeist geschlossene *Galleria dell'Accademia* einen bedrohlich anstarrt, wo Gondeln und *vaporetti* geschäftig auf dem Wasser unterwegs sind, Touristen sich touristisch drängeln und ein verführerischer Essensduft aus irgendeinem Restaurant in der Nähe weht. Und im nächsten Augenblick, nachdem man durch ein hohes Tor in einer hohen Mauer in einen kleinen Garten getreten ist, könnte die Atmosphäre, die einen dort umfängt, nicht englischer sein, wenn man von *Bobbies* und *Beefeaters* umringt wäre.

Peroni bemerkte und genoss den Übergang. Seine Erinnerungen an einen lang zurückliegenden sechsmonatigen Sondereinsatz beim *New Scotland Yard* waren mittlerweile undeutlich geworden und lächerlich idealisiert, aber seine Liebe zu England war so stark wie eh und je.

Er durchquerte den Garten, ging in das Gebäude und stieg die Treppe hinauf in den ersten Stock des Konsulats, wobei er die eleganten Fresken aus dem 18. Jahrhundert bewunderte. Dem jungen Mann, der ihm in der Empfangshalle entgegenkam, sagte er, dass er den britischen Vizekonsul sprechen wollte, woraufhin er ein Formular ausfüllen musste, in dem nach seinem Namen und dem Zweck seines Besuches gefragt wurde.

Was war der Zweck seines Besuches? Gelinde gesagt, vage. Da er am Morgen durch seine Arbeit in Venedig aufgehalten worden war und daher die Bellini-Spur in seinen Ermittlungen nicht hatte weiterverfolgen können, war ihm der Gedanke gekommen, dass es nützlich sein könnte, mehr über Cordelias Hintergrund in England zu erfahren. Einen Moment lang schwebte seine Hand unsicher über dem Grund seines Besuches, versucht, in Druckbuchstaben MORD hinzuschreiben. Doch die Vernunft obsiegte, und er schrieb: *Der Tod von Cordelia Hope.*

Drei Minuten später wurde er aus dem Warteraum gerufen, wo er sich erfolglos mit einer Ausgabe des *Country Life* abgemüht hatte, und in das Büro des Konsuls geleitet.

»Bitte nehmen Sie Platz«, sagte der Konsul nach einem Händedruck. »Ich bedaure sehr, Sie aus einem derart traurigen Anlass kennenzulernen. Was kann ich für Sie tun?«

Peroni hatte die etwas barocke Methode im Sinn gehabt, die er bei einem italienischen Würdenträger angewandt hätte, doch die offene, schlichte und liebenswürdige Art des Konsuls entwaffnete ihn, und er zerrte sich verschiedene, schon lang nicht mehr genutzte mentale Muskeln, als er direkt zur Sache kam.

»Ich glaube nicht, dass ihr Tod ein Unfall war«, sagte er.

»Oh je.« Der Konsul blickte ernst. »Darf ich fragen, warum?«

»Dafür gibt es verschiedene Gründe. Der erste ist der, dass ich kurz vor ihrem Tod mit ihr segeln war. Wir sind in einen richtig schlimmen Sturm geraten, und sie ist ganz allein damit fertiggeworden. Ich kann mir nicht vorstellen, dass eine Frau, die dazu in der Lage ist, bei einem wesentlich harmloseren Sturm von Bord fallen würde.«

»Ich verstehe.« Er überlegte einen Moment. »Aber vielleicht ist sie nicht im eigentlichen Sinne gefallen. Vielleicht hat sie …« Er vollendete den Satz mit einer knappen, aber vielsagenden englischen Geste.

»Selbstmord«, interpretierte Peroni sie und brachte den Konsul durch das schonungslos direkte Wort leicht aus der Fassung. »Vielleicht hätte ich diese Theorie sogar akzeptiert – obwohl sie zweifellos nicht zu Cordelias Charakter passt –, wenn sie mir nicht durch eine Frau unterbreitet worden wäre, die angegeben hat, Cordelia habe ihr von ihrer Selbstmordabsicht erzählt, und die, wie ich später feststellte, Cordelia überhaupt nicht gekannt hat.«

Der Konsul legte die Fingerspitzen aneinander und studierte sie. »Das ändert allerdings die Situation«, sagte er und fügte nach einer Pause hinzu: »Ich stehe ganz zu Ihrer Verfügung.«

»Es wäre hilfreich«, sagte Peroni, »wenn ich etwas über ihre Lebensumstände in England erfahren könnte – Familie, Freunde, ihr Leben in Oxford und so weiter. Mir ist klar, dass das normalerweise die Aufgabe von Interpol wäre, aber das bedeutet meist einen enormen Verwaltungsaufwand, zumal wenn die offizielle Version noch immer auf Tod durch Unfall lautet. Also dachte ich, dass Sie, der Sie mit der Angelegenheit vertraut sind, mir vielleicht auf etwas inoffiziellere Weise helfen könnten.«

»Ich glaube, ich verstehe, was Sie meinen«, sagte der Konsul offensichtlich ohne jeden Hintergedanken, »und es stimmt, dass ich angesichts der Tatsache, dass die Behörden noch immer von einem Tod durch Unfall ausgehen, auf offiziellem Wege wenig für Sie tun kann. Dennoch, was Sie mir da gerade erzählt haben, ganz zu schweigen von dem Gewicht, das Ihrer Meinung aufgrund Ihres hervorragenden Rufes zukommt« – Peroni bemühte sich erfolglos, bescheiden dreinzublicken –, »löst erhebliche Zweifel in mir aus, sozusagen in meiner Eigenschaft als Privatmann. Und ich glaube, ich kann Ihnen einen inoffiziellen Rat geben. Vor drei Tagen hat mich eine Dame aufgesucht. Miss Kathleen Porter ist die Tante von Miss Hope und ihre nächste noch lebende Verwandte. Sie ist hergereist, um die Angelegenheiten ihrer Nichte zu regeln, weshalb sie auch zu mir kam, und ich denke, ich kann behaupten, dass sie noch fester als Sie davon überzeugt war, dass Miss Hope weder tödlich verunglückt ist noch sich das Leben genommen hat, obgleich sie weniger Indizien dafür hatte. Sie hat mir ihre Absicht mitgeteilt, noch eine weitere Woche in Venedig zu bleiben, und mich gebeten, sie umgehend zu informieren, falls ich etwas Neues erfahren sollte. Meiner Ansicht nach sind Sie genau das, was sie damit meinte, wenn nicht sogar mehr. Wenn Sie einen Augenblick warten wollen, gebe ich Ihnen den Namen ihres Hotels.«

Die Worte des Konsuls hatten einen kleinen indirekten Hinweis darauf geliefert, was für eine Sorte Mensch Miss Kathleen Porter sein könnte, doch das war nichts im Vergleich zu der realen Person, die nun aus dem Hotellift trat, Peroni sofort erspähte und zielstrebig auf ihn zukam. Sie war eine kleine energische Frau Mitte fünfzig, die wie eine Schulleiterin aussah und auch tatsächlich eine war. »Wir sind eine Akademikerfamilie«, erklärte sie Peroni später, als sie ihm diesen Umstand mitteilte.

»Sie sind der Polizist, von dem der britische Konsul mir am Telefon erzählt hat«, sagte sie nun, eher feststellend denn fragend und reichte ihm gleichzeitig die Hand zu einem festen Händedruck. Peroni hatte den überaus merkwürdigen Eindruck, dass sie ihn bereits kannte. »Gut«, sagte sie, während ihre grauen Augen ihn musterten, als sei er ein neuer

Schüler an ihrer Schule. »Ich habe Sie schon seit ein paar Tagen erwartet.«

»Mich erwartet?«, fragte Peroni, völlig aus dem Gleichgewicht gebracht.

»Das kommt Ihnen komisch vor. Tatsache ist, dass ich dieses idiotische Gerede von einem tödlichen Unfall völlig abwegig fand – eine erfahrene Seglerin wie Cordelia, also wirklich! –, und noch abwegiger fand ich die niederträchtige Andeutung, sie hätte Selbstmord begangen.« Sie sprach ein präzises, grammatisch einwandfreies Italienisch, und Peroni erinnerte sich daran, wie Cordelia ihm im Restaurant gesagt hatte, dass Sprachen bei ihr in der Familie lagen. »Aber«, fuhr Miss Porter fort, »nach dem zu urteilen, was der Konsul mir erzählt hat, konnte ich kaum etwas dagegen unternehmen. Also beschloss ich, die Sache in die Hand des Allmächtigen zu legen, eine unfehlbare Art, um sicherzustellen, dass sich alles zum Besten wendet. Und da sind Sie. Nun lassen Sie mich Ihnen einen Drink bestellen, und danach werde ich mich bemühen, sämtliche Fragen zu beantworten, die Sie mir stellen möchten.«

Nach einem kurzen neapolitanischen Protest dagegen, sich von ihr einladen zu lassen, kapitulierte Peroni (der anstandslos in die Rolle des Klassensprechers verfiel) vor ihrer Position als Schulleiterin und tat gehorsam, wie ihm geheißen. Er war leicht schockiert, als er hörte, dass sie für sich wie für ihn einen Chivas Regal bestellte.

»Nun denn«, sagte sie.

»Vielleicht könnten Sie mir etwas über Cordelias Leben in Oxford erzählen?«

»Falls Sie ihr gesellschaftliches Leben meinen, so weiß ich leider wenig oder gar nichts darüber. Cordelia war ein unabhängiger Mensch – das liegt in der Familie –, und ich fühlte mich als Tante nicht dazu berechtigt, mich in ihre

Privatangelegenheiten einzumischen – selbst als Tante *in loco parentis*. Sie konnte, wie man so sagt, sehr gut auf sich selbst aufpassen.«

In Erinnerung an die sachliche Art, mit der sie ihm ihre Absicht mitgeteilt hatte, nicht mit ihm ins Bett zu gehen, musste Peroni traurig zugeben, dass Miss Porter recht hatte. »Sie hat gar nicht erwähnt, dass sie bei Ihnen gewohnt hat.«

»Wieso sollte sie? Sie hat mir keine Sorgen und sehr viel Freude bereitet.«

»Können Sie mir etwas über ihre Familie erzählen?«

»Ihr Vater starb, als sie erst zehn Jahre alt war …« Einen Moment schien sie zu überlegen, ob sie noch etwas anderes erwähnen sollte, doch der Moment verging, und sie redete in ihrer vorherigen bestimmten Art weiter. »Ihre Mutter – meine Schwester – starb fünf Jahre später, und danach kam Cordelia in meine Obhut. Sie war erst 15, aber aufgrund ihres Charakters und der Erziehung meiner Schwester entsprach ihr Verhalten bereits dem eines absolut verantwortungsbewussten und überaus intelligenten Erwachsenen. Wie ich schon sagte, sie hat mir keine Sorgen bereitet. Sie ging bereits in ein Internat und wohnte während der Ferien bei mir.«

»Sie war bestimmt gut in der Schule, könnte ich mir denken?«

»Ausgezeichnet.« Das Wort wurde zwar nüchtern ausgesprochen, aber Peroni konnte den Stolz heraushören, der dahinter funkelte. »Sie hat ein Stipendium für Lady Margaret Hall bekommen – mein altes College.« Wieder dieses kurze Aufblitzen von Stolz.

»Sie studierte Geschichte, hat sie gesagt.«

»Magisterstudiengang«, präzisierte Miss Porter ohne Dünkel.

»Wussten Sie, dass sie nach Italien reisen wollte?«

»Aber natürlich. Sie hat die großen Ferien immer im Ausland verbracht. Um eine neue Sprache zu erlernen oder eine alte auszubauen. Das war so eine Art Familienhobby.«

»Und deshalb ist sie nach Italien gekommen?«

»Um ihr Italienisch zu verbessern – ja.«

»War das der einzige Grund?«

Sie blickte ihn seltsam an. »Soweit ich weiß, ja.« Sie legte eine kaum merkliche Betonung auf das »weiß«.

»Sie hat Ihnen gegenüber keine Andeutungen gemacht, dass sie vielleicht noch ein weiteres Ziel verfolgte?«

Sie dachte einen Moment nach. »*Commissario*«, sagte sie schließlich, »Cordelia war ein ungeheuer abenteuerlustiger Mensch. Oh«, fuhr sie ungeduldig fort, als ob sie einen Gedanken aus seinem Kopf verscheuchen wollte, »ich meine das nicht im Hinblick auf Liebesaffären. Anders als so viele in ihrem Alter war sie nicht promiskuitiv. Aber sie war abenteuerlustig im weitesten Sinne des Wortes. Sie liebte riskante Sportarten.«

»Ich weiß«, sagte Peroni. »Ich bin einmal mit ihr bei Sturm segeln gewesen.«

»Und nicht nur Segeln – auch Bergsteigen. Und in Oxford war sie in einem Segelflugverein. Sie suchte das Abenteuer, und sie war der Überzeugung, dass das Leben ein Abenteuer sein sollte.«

»Abenteuer können gefährlich sein.«

»Dessen bin ich mir bewusst.«

»Ist Ihnen der Gedanke gekommen, dass ein solches Abenteuer der Grund für ihren Tod sein könnte?«

»Ja.« Sie zögerte einen Augenblick und redete dann in dem Ton einer Schulleiterin weiter, die eine wichtige Entscheidung verkündet. »Als sie sich vor ihrer Abreise von mir verabschiedet hat …«, die Erinnerung übermannte sie, und sie hatte sichtlich Mühe weiterzusprechen, » … hatte ich tatsächlich den Eindruck, dass sie, lassen Sie es mich so ausdrücken, auf der Suche nach etwas war, das noch wichtiger war als die Verbesserung ihrer Italienischkenntnisse.«

»Hat Sie Ihnen gegenüber angedeutet, was das gewesen sein mag?«

»Nein, aber sie hatte so einen schelmischen Gesichtsausdruck, der, als sie noch ein kleines Mädchen war, immer verriet, dass sie etwas im Schilde führte.« Wieder hielt sie gedankenversunken inne. »Es gibt da etwas, das ich Ihnen vielleicht erzählen sollte, *Commissario*«, fuhr sie fort. »Dem Konsul gegenüber habe ich es nicht erwähnt und auch sonst mit niemandem darüber gesprochen, weil es mir unter den gegebenen Umständen sinnlos erschien, Familienangelegenheiten weiterzutragen, wenn es doch nichts nutzen würde. Aber ich glaube, Sie sollten es wissen. Es betrifft Cordelias Vater.« Peroni dachte erneut an jenes kurze Zögern. »Er war ein Abenteurer, und auch wenn das nicht ganz mit dem abenteuerlustigen Charakter zu vergleichen ist, wie ihn seine Tochter besaß, so muss ich nichtsdestoweniger zugeben, dass sie ihn von ihrem Vater hatte. Er war fast fünfzig, als er 1964 meine Schwester heiratete. Es war seine zweite Ehe.« Sie nahm einen großzügigen Schluck Whisky, als ob sie sich bei dem Gedanken an ihren Schwager stärken müsste. »Ich war dagegen. Und wenn meine Schwester nicht zu den Menschen gehört hätte, die sich hartnäckig weigern, etwas aufzugeben, das sie einmal angefangen haben, dann wäre diese Ehe zweifellos schon lange vor seinem Tod zerbrochen. Aber im Moment geht es mir um seinen beruflichen Werdegang vor den beiden Eheschließungen. Er muss ein junger Mann mit vielversprechenden Möglichkeiten gewesen sein, auch wenn er sie später nur wenig weiterentwickelte, und während des Krieges tat er sich besonders hervor.« Sie stockte. »Und zwar in dem Maße, dass Winston Churchill ihn zu seinem Adjutanten machte.«

Jetzt war es Peroni, der sich dem Whisky zuwandte. »Wissen Sie, wann genau das war?«

»Allerdings«, entgegnete Miss Porter gelassen. »Immer wenn ich mit meiner Schwester und meinem Schwager zu Abend aß, fing er nach ein paar Gläsern an, uns seine Autobiographie aufzutischen. Er kam erst in den letzten Kriegsmonaten zu Churchills Stab, aber er blieb auch nach Kriegsende dabei. Er hat Churchill auf beiden Italienreisen begleitet: der nach Como 1945 und der nach Garda 1949.«

»Und von ihm hat Cordelia von diesen Reisen erfahren?«, fragte Peroni.

»Ja. Verständlicherweise hat sie als kleines Mädchen ihren Vater nicht in demselben Licht gesehen wie eine Schwägerin. Für sie war er ein Held, und selbst sein alkoholisiertes Geschwätz steckte voller Magie.«

»Was hat er ihr erzählt?«

»Jede Menge. Natürlich konnte er nicht so tun, als ob er in Churchills Geheimnisse eingeweiht gewesen wäre, aber er hat gesagt, dass niemand in seinem Stab auch nur den geringsten Zweifel daran hatte, dass irgendeine Suche im Gang war und dass diese Suche, sowohl in Como als auch vier Jahre später in Garda, etwas mit Mussolini zu tun hatte.«

»Kannte er den Grund für die zeitliche Unterbrechung?«

»Offenbar war die Suche in Como ergebnislos geblieben, und Churchill hatte widerwillig beschlossen, das Ganze aufzugeben. Doch dann berichtete 1949 ein Nachrichtenoffizier von Gerüchten über einen Besuch Mussolinis in einem Haus am Gardasee, der gegen Ende des Krieges stattgefunden hatte und bei dem er ein gewisses Dokument oder gewisse Dokumente zur Aufbewahrung hinterlegt haben sollte. Die Geschichte stammte offenbar von einem faschistischen Gefolgsmann, der in dem Haus als irgendwas angestellt gewesen war. Als der Krieg zu Ende ging, wurde dieser Mann von Partisanen gefangen, denen er die Geschichte erzählte, in dem erfolglosen Versuch, sein Leben zu retten. Er wurde erschossen, doch die Geschichte wurde weitererzählt, bis sie schließlich über den Nachrichtenoffizier sogar Churchill zu Ohren kam. Anscheinend war das Ganze ziemlich ungenau, ohne einen Hinweis darauf, um welches Haus es sich gehandelt hatte, doch es reichte aus, dass Churchill sich auf eine zweite Malreise machte.«

»Die aber auch nicht erfolgreicher war als die erste?«

»Nach dem, was mein Schwager erzählte, nein. Er war der festen Überzeugung, dass es, wie er es ausdrückte, noch immer unerledigte Geschäfte am Gardasee gab. Und er hat immer behauptet, dass er eines Tages wieder zurückkehren und die Sache aufspüren würde, nach der Churchill vergeblich gesucht hatte. Worum es sich dabei genau handelte, wusste er nicht. Es war die Rede von einer Korrespondenz zwischen Churchill und Mussolini, aber auch von einem regelrechten Schatz …«

»Das Mussolini-Gold.«

»Ja, das käme hin. Aber wie bei meinem Schwager vorauszusehen, blieb das Ganze nichts als Schall und Rauch.«

»Aber nicht für Cordelia?«

»Vielleicht nicht. Als Kind hat sie es bestimmt ernst genommen. Sie war eine Leseratte, und all die Abenteuer, von denen sie in ihren Büchern las, spiegelten sich für sie in der Suche ihres Vaters wider. Als sie mir dann erzählt hat, dass sie an den Gardasee fahren wollte, habe ich mich natürlich gefragt, ob da nicht eine Verbindung bestand. Und als ich von ihrem Tod erfahren habe, ist mir tatsächlich der Gedanke gekommen, dass diese Suche etwas damit zu tun haben könnte.«

»Ich glaube, dass dem so war.«

»Dann hatte ich also recht«, flüsterte sie, nachdem sie

ihn einen Augenblick angestarrt hatte. »Aber wenn das so ist«, fuhr sie mit normaler Stimme fort, »wieso, um Himmels willen, wird ihr Tod dann offiziell immer noch als Unglücksfall behandelt?«

»Das ist alles nicht so einfach, wie es klingen mag«, sagte Peroni. »Zunächst einmal bin ich der Einzige – oder genauer gesagt, der einzige Polizist – der von dieser Suche weiß. Angefangen hat das Ganze damit …« Peroni erzählte ihr so viel von der Geschichte, dass ihr klar wurde, wie schwierig seine Position war. »Sie sehen also«, schloss er, »dass wir bislang nichts wirklich Stichhaltiges in der Hand haben, um die offizielle Version infrage zu stellen oder einen Untersuchungsrichter dazu zu bringen, wegen Mordes zu ermitteln.«

»Was haben Sie also vor?«

»Weitersuchen, bis ich etwas habe, das stichhaltig genug ist.«

»Und wie kann ich Ihnen dabei helfen?«

»Sie waren bereits eine unschätzbar wertvolle Hilfe. Aber allmählich habe ich das Gefühl, dass ich noch viel mehr darüber wissen muss, was Cordelia am See gemacht hat und welche Leute sie kontaktiert hat. Im Augenblick sind da noch viel zu viele Lücken.«

»Dann gibt es ja vielleicht doch noch etwas, was ich tun könnte.« Aber sie wirkte eigenartig zögerlich. Während er abwartete, machte Peroni Zeichen, dass ihre Gläser nachgefüllt werden sollten. »Sie hat mir geschrieben, und zwar genau einen Tag bevor sie … ermordet wurde.« In den letzten beiden Wörtern lag der heilsame Schmerz eines operativen Eingriffs. »Ich habe den Brief dabei. Wenn ich bei Ihnen den Eindruck erweckt habe, dass ich ihn Ihnen nicht gern zu lesen gebe – nun, dann deshalb, weil er zahlreiche Anspielungen auf jemanden enthält, bei dem es sich, wie ich jetzt weiß, um Sie handelt. Aber ich denke, ich kann Sie gut genug einschätzen, um darauf zu vertrauen, dass Sie die Haltung verstehen werden, aus der heraus er geschrieben wurde.«

Jetzt begriff Peroni, wieso er den Eindruck gehabt hatte, dass sie ihn bereits kannte, und als Miss Porter einen Umschlag aus ihrer Tasche zog und ihm reichte, nahm er ihn fast ängstlich entgegen. Die Handschrift auf dem Umschlag versetzte ihm einen Schock; sie war förmlich ein Abbild von Cordelia, und zwar so sehr, dass sie fast vor seinen Augen von den Toten auferstanden schien. Er nahm den Brief heraus und faltete ihn auseinander.

Das Datum, so überschlug er rasch, war vom vorletzten Tag, den sie gemeinsam verbracht hatten. Von dem Tag, an dem sie nach Malcesine gesegelt waren, dem Tag ihres ersten und einzigen Kusses.

Liebe Tante K., las er, *es tut mir leid, dass ich so lange nicht geschrieben habe, aber verschiedene Dinge haben mich ziemlich auf Trab gehalten. Und vielleicht, nur vielleicht, werde ich mit etwas höchst Interessantem nach England zurückkehren. Es gibt am Gardasee wohl nichts mehr, das ich noch nicht erkundet habe. So bin ich zum Beispiel heute in dem Dorf Costermano gewesen, das auf dem Weg nach Verona liegt. Dort oben ist es relativ kühl, und es war sehr angenehm, von all den Touristen wegzukommen, oder, falls das zu versnobt klingt, von den anderen Touristen.*

Mit meinem Italienisch bin ich ganz zufrieden: Ich habe viel Gelegenheit, es anzuwenden, und versuche, mir pro Tag die Zeit für einen Canto aus der Göttlichen Komödie zu nehmen, obwohl das in den meisten Fällen pro Nacht bedeutet, denn vor Mitternacht komme ich kaum zum Lesen.

Ob du es glaubst oder nicht, ich habe schon zwei Hei-

ratsanträge bekommen! Ich finde es erstaunlich, wie schnell und anstandslos die meisten Männer wieder auf die alten Spielregeln zurückgreifen, wenn man ihnen unmissverständlich klarmacht, dass man nicht bereit ist, nach den neuen zu spielen. (Nicht, so möchte ich gleich hinzufügen, dass ich darauf spekuliere. Es ergibt sich einfach so. Und manchmal bezweifle ich ernsthaft, dass ich je heiraten werde.) Jedenfalls kam Antrag Nummer eins von einem Philosophen, einem sehr netten, unglaublich ernsthaften und bedauernswert schüchternen Jungen, der für einen älteren Herrn arbeitet, den ich in Bardolino besucht habe. Ich habe versucht, ihm mein Nein so schonend wie möglich beizubringen, aber ich fürchte, er war trotzdem verletzt. Antrag Nummer zwei wurde mir von einem Burschen namens Willi gemacht – der dazu noch Profi-Taucher ist, ausgerechnet! Peroni traf es wie ein Blitz. Das war der mit dem angenehm hässlichen, schiefen Gesicht. Eine weitere Spur, der er nachgehen musste. Er las weiter. *Auch er war sehr nett, aber glücklicherweise weniger verletzlich. Attraktiv hässlich wäre wohl die passende Beschreibung für ihn, und ich mochte ihn sehr. Aber egal, dass ist jetzt auch vorbei.*

Aber mit ein wenig Verunsicherung muss ich dir erzählen, dass es da noch einen Mann gibt, der mir aber noch keinen Heiratsantrag gemacht hat. Er fällt in eine ganz andere Kategorie als die beiden anderen. Ein hinterntätschelnder Latin Lover würdest du wohl sagen, wenn du ihn auf der Straße sehen würdest. Peroni kippte seinen Whisky in einem Zug herunter. *Auffallend attraktiv, sehr südländisches Aussehen mit dem typischen dunklen Teint. Schwarzes Haar, sehr schöne Zähne, ebenmäßige Gesichtszüge und kohlrabenschwarze Augen, mit denen er einen, wenn er will, gekonnt leidenschaftlich anblicken kann. Ein ganzes Stück älter als ich ...* Peroni spürte einen traurigen Stich ... *obwohl das natürlich weder gut noch schlecht ist und manche Frauen es wohl für sehr gut halten würden. Du denkst wahrscheinlich, ich spinne, weil ich derart ausführlich von irgendeinem Mann berichte, aber in diesem steckt mehr, als man meint. Es ist natürlich klar, dass er fest entschlossen war, die ewig gleiche alte Geschichte mit mir anzufangen, und das hätte er auch getan, wenn ich nicht auf einer eindeutigen, jede Tändelei ausschließenden Klausel im Vertrag bestanden hätte – und selbst dann waren seine Hintergedanken noch ungefähr so subtil wie ein Schwarm wütender Krähen. Doch danach habe ich trotzdem erst richtig erkannt, was für ein interessanter Mensch er eigentlich ist.* Sonnenlicht drang ganz langsam durch den Nebel der Trostlosigkeit. *Einerseits besteht er aus zahllosen Widersprüchen. Er sieht sich selbst als eine Art erotischer Schmetterling, aber im Grunde sucht er nach der einzig richtigen Frau, und nur für einen Moment hat er gedacht, dass ich diese Frau wäre, was mich, wie ich gerne zugebe, mit großer Freude und Zärtlichkeit erfüllt hat. Andererseits hat er einen ganz außergewöhnlichen Verstand (eine wundervolle Mischung aus männlicher Rationalität und weiblicher Intuition), der jedoch mit einer recht erstaunlichen Beschränktheit im Hinblick auf manche Dinge durchsetzt ist. Er ist zu großem Mut fähig, aber als ich ihn letzte Nacht auf dem Boot mit hinausgenommen habe und wir in ein kleines Unwetter gerieten, hat er sich vor Angst fast in die Hose gemacht.* Peronis Ego war durch diesen Hagel von Rechten und Linken schwer angeschlagen. *Ich würde zu gern wissen, was er beruflich macht. Als ich ihn danach fragte, hat er geantwortet, dass er für das Innenministerium arbeitet, aber ich bin mir ziemlich sicher, dass das entweder eine dicke Lüge*

oder eine Halbwahrheit ist, um seine wahre Tätigkeit zu
verschweigen. Es würde mich nicht wundern, wenn er so
eine Art James Bond wäre. Eins weiß ich jedenfalls: Wenn
mein Aufenthalt hier zu Ende ist – und ich glaube, dass der
morgige Tag so oder so das Ende bringen wird –, werde ich
ihn mit echtem Bedauern verlassen. Aber verlassen werde
ich ihn.

Liebe Grüße, Cordelia.

Als Peroni mit dem Brief durch war, stellte er erstaunt fest, dass sein Glas erneut gefüllt wurde. »Ich dachte, Sie könnten es brauchen«, sagte Miss Porter, als er verwirrt aufsah.

»Das tue ich«, sagte Peroni. »*Salute!*«

»Wenn es ein Trost für Sie ist, ich kann mich nicht erinnern, dass sie je einen Mann so ernst genommen hat wie Sie.«

»Das ist mehr als ein Trost«, sagte Peroni.

»Ich weiß nicht, ob der Brief Ihnen für Ihre Ermittlungen von Nutzen sein wird. Da wären zwei Hinweise: Sie schreibt, dass sie vielleicht etwas höchst Interessantes nach England mitbringen wird, und dann am Schluss, wo sie sagt, dass der nächste Tag so oder so das Ende bringen wird. Sie könnte auf diese Churchill-Sache anspielen. Oder auch auf etwas anderes. Aber das ist bestimmt nicht der Brief eines Menschen, der an Selbstmord denkt.«

Mit einiger Mühe dachte Peroni durch den aufwühlenden zweiten Teil des Briefes hindurch an die Eröffnung über Willi in der ersten Hälfte. »Der Brief ist wirklich sehr hilfreich«, sagte er und reichte ihn ihr zurück.

Doch noch während er das sagte, hatte Peroni den Eindruck, dass ihm der Brief etwas noch Wichtigeres verriet. Aber so sehr er sich auch konzentrierte, er kam nicht dahinter, was es war.

7

Peroni versteckte sich so gut es ging hinter einem Busch und richtete sein Fernglas auf die Proserpina. Er verbarg sich weniger vor der Mannschaft, die ihn unmöglich auf diese Entfernung sehen konnte, sondern vor zufälligen Passanten. Er war einmal an einem Einsatz beteiligt gewesen, bei dem es um eine Art Klub von *guardoni* oder Voyeuren ging. Diese Herren versammelten sich regelmäßig zu bestimmten Uhrzeiten in einer Gegend, die häufig von Liebespaaren aufgesucht wurde. Dort begaben sie sich dann an strategisch geschützte Aussichtspunkte, die nicht nur im Voraus ausgesucht worden waren, sondern die auch wie Logen in italienischen Theatern für die ganze Saison jeweils für einen einzigen Spanner reserviert waren. Sobald sie es sich dann bequem gemacht hatten, richteten sie ihre Ferngläser – Operngläser für die Connaisseurs der Lust – auf die amourösen Aktivitäten, die sich ihnen darboten. Seit damals brachte Peroni Ferngläser stets mit Voyeurismus in Verbindung, und er war davon überzeugt, dass jeder, der ihn mit einem solchen Gerät sah, ihn automatisch für einen Spanner halten musste.

Der Bathyskaph lag friedlich auf dem abendlich vergoldeten Wasser des Sees, circa einen Kilometer vom Ufer entfernt. Bellini, noch in seinem Tauchanzug, aber ohne Helm, kniete an Deck, betrachtete irgendetwas an seinem Handgelenk und sprach in ein Walkie-Talkie. Dann wurde die Luke aufgestoßen, und der Kopf von Max dem Riesen erschien, auf dem nun ein gewaltiger Sombrero prangte.

Der Rest von ihm kam hinterher, und Bellini und er fingen an, sich zu unterhalten.

In der Nacht zuvor hatte Peroni bis zum frühen Morgen in seinem Schlafzimmer wach gelegen, diesem dekadent aristokratischen Raum mit der hohen Decke, wo der Putz von den Wänden blätterte und den sein Vermieter mit überaus ausgefallenen und unpassenden Möbelstücken vollgestopft hatte, die er bei seinen krummen und zwielichtigen Geschäften in Venedig erworben hatte.

Cordelia und Willi. In Anbetracht der Karte, die sie in der Villa del Duca fotografiert hatte, war anzunehmen, dass die romantische Beziehung (von seiner Seite) aus einer eher praktischen Beziehung zu dem gesamten Team entstanden war. Und die Folgerungen, die sich daraus ziehen ließen, waren erschütternd eindeutig.

Angenommen, Bellini log und Cordelia hatte ihm die Karte gezeigt, wie hätten sich die Dinge dann weiterentwickelt? Sie konnten das Gold nicht sofort geborgen haben. Erstens hätten sie eine gewisse Zeit gebraucht, um es zu lokalisieren und die Bergung vorzubereiten. Zweitens wäre es unmöglich gewesen, im grellen Scheinwerferlicht der Öffentlichkeit, die der Kongress mit sich brachte, eine größere Tauchaktion mit all der Geheimhaltung durchzuführen, die für die Bergung des Goldes erforderlich gewesen wäre.

Alles in allem schien es gewiss, dass das Mussolini-Gold noch immer sicher auf dem Grund des Sees lag. Und falls Bellini tatsächlich Cordelias Foto von der Karte hatte, würde er höchstwahrscheinlich versuchen, die Bergung nach Abschluss des Kongresses in drei Tagen durchzuführen.

Allmählich sah es ganz danach aus, dass Peroni nur dann die Wahrheit über Cordelias Tod herausfinden und selbst den kurzsichtigsten seiner Kollegen beweisen konnte, dass ihr Tod kein Unfall gewesen war, wenn er die Suchaktion nach dem Mussolini-Gold aufdeckte.

Aber wie sollte er sie aufdecken?

Willi. Wenn er in Cordelia verliebt gewesen war, konnte ihn das zur Achillesferse des Unterwasser-Teams machen. Irgendwie musste er Willi allein sprechen, ohne dass Bellini davon erfuhr. Also war Peroni am nächsten Nachmittag wieder hinüber nach Garda gefahren.

Neben der Proserpina hüpfte etwas an die Wasseroberfläche, das durchs Fernglas wie ein Gummiball aussah. Dann entpuppte sich der Gummiball als Taucher, dem Bellini und Max aus dem Wasser und an Deck halfen. Die drei gingen nach unten, und kurz darauf setzte sich die Proserpina Richtung Ufer in Bewegung.

Wieder im Hafen bot eine mittlerweile ziemlich große Menschenmenge Peroni reichlich Deckung, und als der Bathyskaph angelegt hatte und die Mannschaft an Land gegangen war, folgte er ihr in sicherer Entfernung zwischen all den Gaffern, die sich hinter dem Team am Ufer entlangdrängelten. Sie kamen zu einem Flachbau, der aussah wie das Klubhaus eines Segelvereins. Er stand ein kleines Stück außerhalb des Dorfes, und daneben parkte ein prächtiges glänzendes Sondermodell von Wagen, das nur Bellini gehören konnte. Hier gab Bellini der Menge eine kurze Astronauten-zurück-aus-dem-Weltraum-Vorstellung, während derer sich Peroni hinter einer imposanten deutschen Matrone versteckte, dann verschwand das Team im Gebäude.

Peroni ging zurück ins Dorf und überlegte, wie er Willi allein zu fassen bekommen könnte. Das Problem wurde nicht gerade durch den Umstand vereinfacht, dass er, obwohl das Hotel, in dem sie wohnten, leicht zu finden war, keine Ahnung hatte, wie sie ihre Abende verbrachten, und nur ungern Fragen stellen wollte, weil er Angst hatte aufzufallen. Es war schon dunkel, und er fürchtete allmählich, dass dieses Problem auf einen anderen Tag verschoben werden musste, als es sich völlig überraschend von selbst löste.

Er strich unentschlossen im Dorf herum, als er Willi allein an einem Tisch in einer Bar mit Terrassengarten sitzen sah. Peroni ging die Steintreppe hinauf, die zu der Bar führte, und versuchte währenddessen, sich eine gute Gesprächseröffnung einfallen zu lassen.

»*Mi scusi* ...«

Willi schielte aggressiv zu ihm auf. Willi war betrunken.

»Hau ab«, sagte er.

»Ich war mit Cordelia Hope befreundet«, sagte Peroni.

Sofort bröckelte die Aggressivität von ihm ab wie eine Gipsmaske unter einem Hammerschlag, und darunter kamen Schmerz, Bereitwilligkeit und sogar, überraschenderweise, Hoffnung zum Vorschein. Die Mitteilung schien ihn überdies vorübergehend wieder nüchtern zu machen.

»Setzen Sie sich«, sagte er. »Aber wie ...« Dann, als Peroni sich setzte, änderte sich sein Gesichtsausdruck erneut und machte diesmal Verwirrung Platz. Er spähte Peroni ins Gesicht, als ob er versuchen würde, darin zu lesen. »Sind Sie der Polizist, der mit Daniele gesprochen hat?«

Peroni hatte gehofft, das hinauszögern zu können. »Ja«, sagte er, »der bin ich.«

Wieder war die Reaktion völlig verblüffend. Erleichterung strömte in Willis verletzte, hässliche Züge, und zwar so deutlich, als wäre er rot geworden. »Gott sei Dank!«, sagte er. »Seitdem er uns davon erzählt hat, habe ich mir den Kopf zerbrochen, wie ich Sie erreichen kann.«

»Er hat es Ihnen erzählt?«

»Dass hatter.« Ungeduldig, noch immer leicht lallend. »Er hat gesagt, dass ein Bulle aus dem Süden rumläuft und Fragen wegen Cordelia stellt und dass wir sagen sollen, dass sie nur einmal kurz bei uns gewesen und nie wiedergekommen ist.«

»Und das stimmt nicht?«

»Natürlich nicht!« Willi schüttete einen großen Grappa in sich hinein, der vor ihm stand, und sein Gesicht wurde von dem drängenden Bedürfnis nach Rache verzerrt. »Drei Tage hintereinander war sie da«, sagte er, »bis kurz bevor sie ertrunken ist. Und ich werde Ihnen noch etwas verraten«, fuhr er fort, während sich sein Verlangen nach Rache schmerzlich in pure Trauer verwandelte und ihm große rührende Tränen über die Wangen strömten. »Sie wurde ermordet.«

Peroni holte tief Luft. Das war das erste Mal, dass jemand, der in die Ereignisse verwickelt war, es aussprach, und das hatte etwas Kathartisches an sich. »Woher wissen Sie das?«, fragte er sehr leise.

»Weil sie sie auf die Spur von etwas gebracht hat, das sehr wertvoll ist und auf dem Grund des Sees liegt ...«

»Das Mussolini-Gold – ja, ich weiß davon.«

»Sie hat die Karte in die Finger bekommen, auf der zu sehen ist, wo es liegt, und sie wollten sie aus dem Weg haben, wenn wir es bergen. Sie wollten nicht, dass sie etwas davon abbekommt.«

»Wer ist ›sie‹?«

»Daniele zum Beispiel. Aber nicht nur Daniele. Auch derjenige, der sie zu ihm geschickt hat.«

Peroni warf Willi einen raschen Blick zu. »Jemand hat sie geschickt?«

»Jawohl. Es war früh am Nachmittag, und wir waren alle im Bootshaus. Daniele hat von irgendjemandem einen Anruf bekommen. Dieser Jemand hat lange geredet, und als er fertig war, hat Daniele zu uns gesagt: »Wir bekommen Besuch von einer jungen Frau, die uns vielleicht etwas verschaffen kann, das einen praktischeren Wert hat als Gerätschaften der Pfahlbausiedler oder Mollusken. Sie besitzt eine Karte, auf der die genaue Position des Mussolini-Goldes eingezeichnet sein soll. Wenn dieser Kongress vorbei ist, werden wir danach suchen.« Kurz danach ist sie gekommen, und Daniele ist mit ihr in sein Büro gegangen, wo sie ungefähr eine Stunde miteinander geredet haben.«

»Wann war das?«

Willi dachte angestrengt gegen die Grappaschwaden an. »Ja«, sagte er nach einem Moment, »das war zwei Tage nachdem wir angekommen waren, also muss es der 10. Juli gewesen sein.«

Das war derselbe Tag, an dem Peroni sie kennengelernt hatte, an dem sie gesagt hatte, dass sie verabredet sei. Wenn das Treffen mit Bellini also am Nachmittag gewesen war, dann musste sie diese Verabredung mit demjenigen gehabt haben, der sie dann zu Bellini schickte. Endlich kam Bewegung in die Sache. »Wann haben Sie sie wiedergesehen?«

»Am nächsten Tag. Sie ist so gegen zehn Uhr morgens gekommen.«

Und das musste dann nach Peronis erster Segelstunde gewesen sein. Sie hatte gesagt, dass sie die nächsten zwei Tage wahrscheinlich beschäftigt sein würde. Das passte. »Was ist an dem Tag passiert?«

»Wir haben viel Zeit auf dem See verbracht.«

»Mit dem Bathyskaph?«

»Nein, mit einem normalen Motorboot. Daniele war dabei, die genaue Position der Kisten zu ermitteln, und er wollte so wenig Aufmerksamkeit wie möglich auf uns lenken.«

»Und Sie waren den ganzen Tag draußen?«

»Immer mal wieder bis zum Abend.«

»Und dann?«

Willi sah sich nach einem Kellner um und bestellte zwei

weitere Grappa. Dann starrte er bekümmert in sein leeres Glas und sagte so leise, dass Peroni ihn kaum verstehen konnte: »Abends ist sie mit mir essen gegangen.« Seinem Ton nach zu urteilen, hatte er ihr dort den Heiratsantrag gemacht.

»Und dann?«

»Sie ist am nächsten Tag wiedergekommen und mit raus auf den See gefahren. Aber irgendwann am späten Nachmittag ist sie weg, um zu telefonieren, und als sie zurückkam, hat sie gesagt, dass sie nach Verona müsste. Ich habe ihr angeboten, sie hinzufahren, aber sie hat gesagt, dass sie lieber mit dem Bus fahren wollte.«

»Sie hat Ihnen nicht ungefähr gesagt, wo sie in Verona hinwollte?«

»Nein.«

Das war der Tag gewesen, an dem sie zu spät zu ihrer Verabredung kam und deprimiert aussah – die Nacht mit dem Unwetter. Also musste in Verona etwas passiert sein, das sie aus der Fassung gebracht hatte. »Wann haben Sie sie das nächste Mal gesehen?«

»Ich habe sie nicht wiedergesehen.« Peroni fand, dass er noch nie jemanden gehört hatte, der derart trostlos klang.

Einen Moment lang tranken sie beide still ihren Grappa. Dann sagte Peroni: »Fällt Ihnen irgendetwas ein, das einen Hinweis darauf liefern könnte, wer sie zu Bellini geschickt hat?«

Willi schüttelte den Kopf. »Aber so, wie er am Telefon geredet hat«, sagte er, »war es jemand, den er kannte. Ich habe nicht mitbekommen, dass er ihn beim Namen genannt hat, aber es war jemand, den er gut kannte.« Und vielleicht war es ja auch dieselbe Person, die der hexenden Tierkreis-Keramikerin den Auftrag erteilt hatte, eine falsche Geschichte über Cordelias Selbstmordabsichten in die Welt zu setzen. Allmählich bildete sich ein Muster heraus. »Die Bergung des Mussolini-Goldes«, sagte er, »wann soll die stattfinden? Bellini hat gesagt, nach dem Kongress. Wann nach dem Kongress?«

»Ich weiß nicht.«

»Können Sie das herausfinden?«

Willi blickte skeptisch. »Ich glaube nicht, dass ich das machen kann«, sagte er. »Ich gehöre noch immer zum Team. Ich schulde den anderen Loyalität. Und ihr kann es ja nichts mehr nützen.«

»Kann es doch!« Peroni versuchte verzweifelt, den Widerstand zu brechen. »Vielleicht komme ich nur dann dahinter, wer sie getötet hat, wenn ich über die Bergung Bescheid weiß.«

Willi kratzte sich am Kopf. »Ich weiß nicht«, sagte er. »Nein. Nein, das kann ich nicht machen.«

»Sie fürchten um Ihren Anteil an der Beute«, sagte Peroni mit präzis berechneter Verachtung. »Der ist Ihnen wohl wichtiger, als herauszufinden, wer Cordelia getötet hat.«

Einen Augenblick dachte er, er wäre zu weit gegangen. Willis Gesicht wurde nun wirklich sehr hässlich, und es sah beinahe so aus, als ob er eine Schlägerei anfangen würde, doch dann löste sich die Aggressivität in purem Elend auf. »Na schön«, sagte er, »ich werde versuchen, es morgen rauszufinden, und sage Ihnen dann morgen Abend Bescheid. An der Hauptstraße gleich neben der Bushaltestelle ist eine kleine Bar. Da treffen wir uns morgen um sieben. Okay?«

»Okay«, sagte Peroni, stand auf und reichte ihm die Hand.

»Sie hatten unrecht«, sagte Willi und schüttelte sie, »als Sie gesagt haben, dass mir mein Anteil wichtiger wäre als die Suche nach Cordelias Mörder. Das hätten Sie nicht sagen sollen.«

»Nein«, sagte Peroni. »Es tut mir leid.«

Mittlerweile war es dunkel geworden, und als Peroni die oberste Stufe der Treppe erreichte, sah er, wie sich das Licht einer Straßenlaterne schimmernd wie ein Juwel in einer großen, völlig kahlen Glatze unterhalb von ihm spiegelte, und aus irgendeinem unerfindlichen Grund kam es ihm so vor, als ob der Anblick der Glatze die Atmosphäre dieses seltsam intensiven Dialogs mit Willi zusammenfassen würde. Als Peroni am Fuß der Treppe angekommen war, war die Glatze verschwunden.

8

Lidia lag in ihrem Schlafsack unter einem Baum und konnte nicht schlafen, weil aus der nächtlichen Dunkelheit verzerrte Geräusche überlaut zu ihr herüberwehten.

Sie hatten sich zwei Stunden zuvor in diesem kleinen Park niedergelassen, lange herumgesessen, geraucht und debattiert. Dann war einer nach dem anderen in seinen Schlafsack gekrochen, und nun schliefen wahrscheinlich alle. Außer Lidia, denn ihr Verstand wollte nicht auf sie hören. In den letzten drei Tagen hatten sie bei ihren improvisierten Breakdance-Vorführungen wesentlich weniger Geld eingenommen als sonst, und infolgedessen waren sie alle gereizt. Es war ihre Schuld. Nach der Geschichte mit dem *Carabiniere* hatte Maurizio gesagt, dass man sie sofort finden würde, falls eine Beschreibung von ihr vorlag und die Suche sich auf das Gebiet um den See konzentrierte. Susanna, das Miststück, wäre überglücklich, wenn man sie fände, aber vorläufig traute sie sich nicht, das zu sagen, und sie hatten sich vom See entfernt. Aber am See waren nun mal die Touristen, und ohne Touristen kein Geld. Ihre Einnahmen waren von fast 200 000 Lire am Tag auf unter 50 000 gesunken, und das reichte noch nicht mal für ihren Zigarettenverbrauch, ganz zu schweigen vom Essen.

Vor drei Tagen, als Maurizio gesagt hatte, dass sie vom See wegmüssten, hatte sich das ganz so angehört, als stünde er voll hinter dieser Entscheidung. Doch mittlerweile schien er sich nicht mehr so sicher zu sein. Er mochte Geld; daran hatte sie nie gezweifelt. Wie viel länger würde er sich also noch mit ihr abgeben, wenn sie seinen Einkünften weiterhin im Wege stand? Und wenn Maurizio das alles satthatte, wie lange würde es dann noch dauern, bis er sie loswerden wollte? Und wenn er das tat, was kam dann als Nächstes? Was sollte aus ihr werden?

Plötzlich nahm Lidia aus den Augenwinkeln eine Bewegung wahr. Sie drehte sich danach um und sah eine gebückte Gestalt zielstrebig auf sie zukommen. Ihr Mund war schon zum Schrei geöffnet, als sie Maurizio erkannte.

»Ach, du bist das«, sagte sie. »Ich dachte …«

Er legte sich neben sie ins Gras, schlang seine Arme um sie, und sein Mund suchte den ihren. Das gefiel ihr. Ihre Finger glitten zu seinem widerspenstigen knallroten Haarschopf. Er küsste einfach göttlich.

Seine Hand bewegte sich zum Reißverschluss ihres Schlafsacks, öffnete ihn und schob sich dann zielbewusst zum obersten Knopf ihrer Jeans. Plötzlich bekam sie Angst. Jetzt nicht. Noch nicht. »Nein, Maurizio«, sagte sie. »Bitte …«

»Halt den Mund!«, sagte er. »Bleib einfach liegen und sei still!« Er zerrte mit beiden Händen an ihrer Kleidung.

»Maurizio …«

»Halt den Mund, hab ich gesagt!«

»Bitte … Lass mich in Ruhe …«

»Dich in Ruhe lassen, du blöde Kuh? Scheiße, in den letzten drei Tagen haben wir kaum eine Lira verdient. Daran bist du schuld! Da kannst du mir wenigstens eine kleine Entschädigung geben!«

Plötzlich wurde ihre Furcht unerwartet von Zorn überschwemmt. Für wen hielt er sich? »Nimm die Finger weg!«

»Halt still, du kleines Miststück!«

In der Dunkelheit hob sie die rechte Hand und grub ihm ihre Nägel mit einem schwungvollen Schlag in die Wange.

Der Schmerz ließ ihn eine Sekunde stocken, und er stieß schreckliche Flüche aus. Lidia nutzte den Augenblick, um sich freizustrampeln und auf die Beine zu kommen.

Zum zweiten Mal öffnete sie den Mund, um zu schreien, und diesmal gab es kein Halten mehr.

»Jetzt ist sie schon eine Woche weg. Glauben Sie, dass man sie je findet?«

Lidias Mutter sah aus, als hätte sie seit dem Verschwinden ihrer Tochter nicht mehr geschlafen, und sie stellte die Frage in einem ausdruckslosen, müden Ton, den Peroni nur zu gut erkannte. Es war die nackte Verzweiflung.

»Sie dürfen die Hoffnung nicht aufgeben, *Signora*. Wir tun alles Menschenmögliche.«

Das stimmte zwar, aber trotzdem spürte Peroni, wie seine Hoffnung allmählich dahinschwand. Die Meldung, dass Lidia am See gesehen worden war, war drei Tage alt, und eine erbarmungslose Welt konnte einem weggelaufenen Teenager in drei Tagen sehr viel antun.

Die Mutter versuchte zu lächeln, und er geleitete sie sanft nach draußen. Als er zurückkam, klingelte das interne Telefon. Er nahm den Hörer ab: »*Pronto?*«

»*Buon giorno, Dottore.*« Es war der Kollege, dem Peroni die Liste der Leute im Stab von Mussolini in der Villa Feltrinelli anvertraut hatte.

»Sie haben mir doch diese Namensliste gegeben – einen Mann habe ich ausfindig machen können, einen gewöhnlichen Soldaten, der in der Villa Dienst getan hat. Heißt Toffali.«

»Wo ist er jetzt?«

»Er hat ein Antiquitätengeschäft in Verona.« Peroni durchlief ein Schauer; das klang ganz nach Cordelias Fahrt nach Verona, von der die Willi gesprochen hatte. Er ließ sich die Adresse des Antiquitätengeschäfts geben, überprüfte noch einmal, dass die Suche nach Lidia auf vollen Touren lief, delegierte geschickt einige Aufgaben, und war schon wieder unterwegs.

Die Straße, in der das Antiquitätengeschäft lag, kannte Peroni noch gut aus der Zeit, als er in Verona stationiert gewesen war. Sie hieß »Sottoriva« und lag neben und unterhalb der von den Österreichern gebauten Uferstraße. Ihr Aussehen war irreführend. Sie wirkte ärmlich, was sie früher auch tatsächlich gewesen war, und die *Osteria* im Stil des 18. Jahrhunderts und die dunkle, enge gepflasterte Gasse, die unter einem Steinbogen hindurchführte, machten noch immer diesen Eindruck. In Wahrheit jedoch war diese Gegend inzwischen eine der teuersten in der ohnehin schon teuren Stadt.

Toffalis Geschäft passte perfekt in diese Umgebung. Es sah bescheiden aus, und im Schaufenster lag scheinbar wahllos verstreuter Trödel, doch die Preise lehrten einen, sehr sorgsam die Nullen zu zählen.

Als Peroni hineinging, klingelte eine kleine Türglocke mit angemessen antiquiertem Klang. Schlagartig wurde er von einer chaotisch unübersichtlichen Welt zusammenhangloser Dinge umfangen, die sämtlich aus verschiedenen Phasen der Geschichte kamen oder zu kommen schienen: vergoldete Putti und Madonnen, die vorgaben, einmal Teil eines harmonischen Ganzen gewesen zu sein; Spiegel, Kerzenständer, Möbel aus den längst aufgelösten Einrichtungen alter Palazzi; selbst Dinge, die verstorbenen Privatleuten gehörten – Spitzentaschentücher, Brillen, Tabaksdosen, Fächer und Andachtsbücher. Es war eine Welt, die so ausschließlich von den Dingen beherrscht wurde, dass Peroni das unbehagliche Gefühl bekam, ein Eindringling zu sein.

Dann fiel sein Blick auf einen Ring. Er sah aus wie ein

Bischofsring; jedenfalls war er prachtvoll. Und obwohl für den *Commissario* das Tragen von Schmuck einem Striptease auf dem Markusplatz gleichkam, hatte der *scugnizzo* in ihm noch immer einen beschämenden Hang zur Protzerei. Zu welchem Zweck der Ring sehr geeignet schien.

Peroni nahm ihn in die Hand, und er funkelte ihn verführerisch an. Er erreichte sozusagen jene Seiten in ihm, an die andere Schwächen nicht herankamen. Eine *scugnizzo*-Versuchung führte zur nächsten. Was sollte ihn daran hindern, den Ring in die Tasche gleiten zu lassen? Er blickte sich verstohlen um. Niemand zu sehen, bis auf einen großen ausgestopften Bären. Es war ein Kinderspiel. Warum also nicht?

»Kann ich Ihnen helfen?«, sagte der Bär.

Peroni unterdrückte ein schuldbewusstes Zusammenzucken, kam blitzschnell wieder zur Besinnung und legte den Ring zurück an seinen Platz. Bei genauerem Hinsehen stellte er fest, dass der Bär einen Schreibtisch verdeckte, an dem ein wohlbeleibter grauhaariger Herr Anfang sechzig mit mehr als nur einem Doppelkinn und einer riesigen schlaffen Fliege um den Hals saß. Diese Gestalt wuchtete sich jetzt aus dem Sessel.

»*Signor* Toffali?«

»*Si.*« Die Fliege nahm eine argwöhnische Haltung ein.

»*Questura*«, sagte Peroni und bemerkte sofort eine Reaktion, die er nur allzu gut kannte. Furcht. Rasch seinen Vorteil nutzend, fuhr er in einem, wie er hoffte, drohend klingenden Tonfall fort: »Ich würde gern etwas mit Ihnen besprechen.«

»Ja, natürlich ... Äh ...« Toffali läutete nervös mit einem goldenen Glöckchen auf seinem Schreibtisch, und sofort öffnete sich hinter ihm ein Bücherregal. Eine ältere Frau mit dünnem grauen Haar, aber teuer gekleidet und mit Brillanten behangen, kam herein. »Verzeih, dass ich dich störe, *cara*«, sagte Toffali, »aber ich muss mit diesem Herrn hier ungestört reden. Wärst du wohl so nett, solange im Laden zu bleiben?«

Sie blickte Peroni missbilligend an, grunzte und nickte. Daraufhin ging Toffali vor ihm her durch die Tür im Bücherregal und schloss sie hinter ihnen. Sie befanden sich in einem kleinen Büro, in dem sich weitere Antiquitäten grotesk zusammendrängten, fast wie Schauspieler, die hinter den Kulissen darauf warten, auf die Bühne zu gehen. Außerdem stand da ein besonders teures Tresorfabrikat. Mit einem dicklichen Zeigefinger zerrte Toffali an seinem Hemdkragen, setzte sich an einen mit Papieren übersäten Schreibtisch und bedeutete Peroni mit der anderen Hand, ebenfalls Platz zu nehmen. Peroni setzte sich und bedachte ihn mit einem durchdringenden Blick aus der Kategorie Bulle mit Röntgenblick. Es funktionierte wunderbar, und Toffali legte sämtliche richtigen Symptome an den Tag: Er rutschte nervös in seinem Sessel hin und her, leckte sich über die Lippen, schwitzte und sah verzweifelt überallhin, nur nicht in Peronis Augen.

»Wie ich höre«, sagte Peroni, als er fand, dass er den Mann lange genug hatte schmoren lassen, »sind Sie vor zwei Wochen von einer jungen Engländerin namens Cordelia Hope aufgesucht worden.«

Damit löste er in Toffalis Gesicht förmlich eine mimische Kettenreaktion aus, deren Spektrum sich auf irritierende Weise von dem unterschied, was Peroni erwartet hatte. Zunächst kam Erstaunen, das sich dann in Unglauben, Verwirrung, Berechnung, Erleichterung, Heiterkeit und schließlich Freundlichkeit verwandelte. Er stand auf und hielt ihm eine Kiste dicker Zigarren hin. »Nein?«, sagte er. »Dann nehme ich eine, wenn es Ihnen nichts ausmacht.«

Peroni überlegte verbittert, dass er vermutlich nie erfahren würde, welche reifen Früchte betrügerischer Geschäfte ihm da entgangen waren. »Cordelia Hope?«, fragte Toffali. »Ja, ich erinnere mich an die junge Frau.«

»Warum ist sie zu Ihnen gekommen?«

Wieder flackerte Heiterkeit in Toffalis gierigen Augen mit den schweren Tränensäcken auf. »Wegen meiner kriminellen Vergangenheit«, sagte er scherzhaft. »Ich war nicht immer ein respektabler Antiquitätenhändler. Früher einmal war ich schlank und achtzehn und hatte den Kopf voller Ideale. Und wegen dieses leider seit Langem verschiedenen Selbst ist die junge Dame zu mir gekommen.«

»Das müssen Sie mir erklären«, sagte Peroni eisig, denn seine Würde litt noch immer unter dem lächerlichen Sturz, den sie erlitten hatte.

»Sehen Sie«, sagte Toffali und schwenkte seine Zigarre, »wie fast alle meine Altersgenossen damals, war ich Faschist, aber ich bin weitergegangen als viele, denn ich war auch bei den Schwarzhemden, und in dieser Eigenschaft war ich während der letzten Tage der Republik von Salò in Gargnano stationiert …« Er zögerte, offenbar unsicher.

»Reden Sie weiter.«

»Ach wissen Sie – ich erinnere mich nicht gerne an diese Zeit. Das Leben hat sich vollkommen verändert und ich mich mit ihm. Als die junge Engländerin kam, habe ich mich zuerst geweigert, mit ihr darüber zu reden, aber sie war sehr überzeugend.«

»Ich kann auch sehr überzeugend sein«, sagte Peroni gehässig.

Die Furcht machte noch einmal einen kurzen Anstandsbesuch. »Na schön«, sagte Toffali, »ich hab's ihr erzählt, warum also nicht auch Ihnen. Es ist alles längst Geschichte …«

Die Atmosphäre war demoralisierend. Die normale Nieder-geschlagenheit, die mit dem Winter am See einherging, wurde durch die allgemeine Lage unerträglich. Die ss war überall, die Alliierten rückten rasch näher, und da es absolut keine verlässlichen Informationen gab, mussten sie alle ih-ren gierigen Hunger nach Neuigkeiten mit Berichten stillen, die der einzige Journalist im Stab ihnen lieferte: Hörensagen.

Für all das fühlte sich Toffali bei seiner Ankunft durch den Umstand entschädigt, dass er in der Nähe des Duce sein würde, die Erfüllung all der Träume, die in den letzten drei Jahren für ihn wirklicher gewesen waren als die Wirklich-keit. Durch den ersten Blick, den er von Mussolini aus der Ferne erhaschte – er wanderte ziellos mit einem Buch in der Hand und glanzlosen Augen auf dem Grundstück der Villa umher, in der er sein Büro eingerichtet hatte –, wurde seine Begeisterung zwar getrübt, aber nicht gänzlich er-stickt. In den darauffolgenden Tagen war Mussolinis Gang jedoch immer schleppender geworden. Im Februar zitier-ten viele seinen deutschen Arzt Zachariae, der behauptete, dass sein prominenter Patient einen »ernsten körperlichen und psychischen Zusammenbruch« erlitten habe und dass es ihm »gänzlich an Energie und Verstandeskraft« fehle.

Doch gegen Ende des Monats hatte Mussolini dann plötz-lich einen erneuten Schub Optimismus und Selbstvertrauen bekommen, der den Menschen in seiner Umgebung, ein-schließlich Toffali, neue berauschende Hoffnung gemacht hatte. Daraufhin war der Duce für drei Tage nach Deutsch-land gereist. Man munkelte, dass er Hitler in der Nähe von München getroffen habe und dass die beiden Führer im Auto zu einem unbekannten Ziel gefahren seien. Als Mussolini wie verwandelt von dort zurückkehrte, hatte er angeblich zu seinem persönlichen Adjutanten gesagt: »Ich habe Dinge gesehen, die den gesamten Kriegsverlauf in wenigen Tagen verändern werden.«

Natürlich musste sich jeder selbst eine Meinung darüber bilden, inwieweit das wohl zutreffen mochte, doch bei seiner Rückkehr an den See war der Wagen des Duce bei einer Gruppe von Schwarzhemden, unter denen sich auch Toffali befand, langsamer geworden, und der Führer hatte seinen Kopf aus dem Fenster gesteckt und gerufen: »Haltet durch, Freunde, wir haben den Krieg schon gewonnen!«

Zwei Tage später war der Befehl gekommen. Toffali und einer der anderen hatten im improvisierten Wachraum Bereitschaftsdienst, als Giovanni Dolfin, Mussolinis Sekretär, eintrat und sie barsch anfuhr: »Kommt mit, es gibt Arbeit für euch.«

Sie waren ihm über die Flure und die Treppe hinauf bis in den sogenannten Salon gefolgt, wo Mussolini gern seine Gäste empfing. Es war ein schäbiger kleiner Raum, der an das Wartezimmer von irgendwelchen Provinzbeamten erinnerte, und das ganze Mobiliar bestand aus einem abgewetzten Ledersofa, einem Sessel mit Blumenmuster, einem Radio und einem niedrigen Tisch. Auf dem Tisch, fast so, als wäre sie bewusst dorthin gelegt worden, um die Aufmerksamkeit der Besucher auf sich zu lenken und ihre Neugier zu wecken, befand sich eine kleine Pistole mit goldenen Arabesken verziert, eine Pistole, so dachte Toffali, wie sie Damen in der Handtasche haben, wenn sie untreue Geliebte bedrohen wollen.

Mit einer ruckartigen Kopfbewegung dirigierte Dolfin Toffali und dessen Kameraden zu einer Tür, die von diesem Raum in Mussolinis Arbeitszimmer führte, und dort traten sie dann ein. Es war ein trauriger Kontrast zu der Pracht des *Palazzo Venezia*, von dem aus Mussolini auf dem Höhepunkt seiner Macht regiert hatte. Doch das Erste, was Toffali auffiel, war die erstickende Hitze, die ein grüner Majolika-Ofen verströmte und die im krassen Gegensatz zu der Kälte stand, die überall sonst herrschte – tatsächlich wirkte sich die Temperatur fast noch verderblicher auf die Moral aus als die Kriegssituation.

Der Duce saß an einem Schreibtisch in der Ecke, offenbar völlig darin vertieft, irgendein Dokument aufzusetzen, doch Toffali, der aufmerksame Augen hatte, sah, dass das Blatt vor ihm mit wirrem Gekritzel bedeckt war. Rundum an den Wänden dieses Zimmers war eine große Anzahl von Säcken gestapelt, die auf den ersten Blick so aussahen, als könnten sie Post enthalten, und Mussolini, der nach einem Augenblick aus seiner versunkenen Konzentration auftauchte, hob die rechte Hand und deutete schicksalsschwer darauf.

»Nach unten damit«, sagte Dolfin, die Geste interpretierend.

Toffali und sein Kamerad gingen zu den Säcken und versuchten, sich einen auf den Rücken zu hieven. Es war mit Sicherheit keine Post darin, eher Ziegelsteine, und noch dazu ungewöhnlich schwere Ziegelsteine. Sie mussten ihre ganze Kraft aufbieten, um gemeinsam einen einzigen Sack hochzuheben.

»Folgt mir«, sagte der Sekretär.

Sie gingen wieder die Treppe hinunter und über weitere Flure zur Rückseite der Villa, wo sie noch nie gewesen waren, und dort standen, neben einer Tür, die hinaus auf das Grundstück führte, zwei große Kisten. Dolfin hob den Deckel von einer der beiden, und sie legten den Sack hinein.

Sie brauchten über zwei Stunden für das Verladen, und dabei wurden sie keine Sekunde allein gelassen, aber als sie einen der Säcke in die Kiste legten, riss der Stoff oben leicht ein. Es war nicht viel, aber es reichte für Toffalis bereits geschultes Auge (sein Vater war Juwelier), um zu erkennen, dass die Ziegel, die sie trugen, Ziegel aus purem Gold waren.

Als sie schließlich zum letzten Sack kamen, begleitete der Duce selbst sie und sah stumm zu, wie der Sack in die Kiste gelegt und der Deckel festgeschraubt wurde. Dann streckte er den beiden Schwarzhemden unerwartet die Hand entgegen, und Toffali fiel auf, dass seine Augen leicht tränten.

»Freunde«, sagte er, »was ihr da heute getragen habt, ist die Zukunft Italiens.«

9

Peroni ging in die Bar, in der er mit Willi verabredet war, und bestellte eine Flasche San Benedetto di Lugana, den Wein aus der Gegend, den er durch Nausikaa kennengelernt hatte. Irgendwie schien der klare, trockene Geschmack das Aroma von Cordelia und ihrer unvollendeten Geschichte zu beschwören. Willi war noch nicht da, aber es war erst Viertel vor sieben, und so hing Peroni beim Wein seinen Gedanken nach. Er starrte in Cordelias Gesicht auf dem Grund des Glases, doch als es sich allmählich mit dem von Nausikaa vermischte, war er irritiert und fing an, stattdessen über sein Gespräch mit Toffali nachzudenken. Irgendwas an der Geschichte passte nicht zusammen. Falls Toffali die Wahrheit erzählt hatte, dann hatte sie von ihm erfahren, dass die Kisten mit Goldbarren gefüllt gewesen waren. Das musste doch eine gute Nachricht für sie gewesen sein, und doch war sie deprimiert, als sie sich an jenem Abend mit Peroni traf. Warum? War an diesem Tag in Verona noch etwas anderes geschehen? Ohne auch nur den Hauch einer Antwort auf diese Fragen zu haben, sagte ihm sein Gespür, dass viel davon abhing. Der Weinkonsum war auf vier Gläser angestiegen, als Peroni das nächste Mal auf die Uhr blickte und erstaunt bemerkte, dass es schon 20 nach sieben war. Entweder war Willi ein unpünktlicher Mensch, oder er war aufgehalten worden. Aber nach einer weiteren halben Stunde sah es allmählich so aus, als hätte er seine Meinung geändert. Die Loyalität zum Team hatte sich durchgesetzt, und das stellte Peroni vor ein ernsthaftes Problem, denn Willi war der einzige Mensch, von dem er eventuell, und nur eventuell, die Einzelheiten der Bergungsaktion erfahren konnte. Peroni trank ein letztes Glas Lugana, bevor er ins Dorf ging. Er blieb eine Weile stehen und betrachtete den Terrassengarten, in dem er am Vorabend mit Willi gesessen hatte, und er war so in sein Problem vertieft, dass er Nausikaa, die die Straße überquerte, beinahe übersehen hätte. Nur der flüchtige Blick auf ihre Vogelnestfrisur und ein leuchtend buntes Herrenhemd machten ihm ihre Anwesenheit noch rechtzeitig bewusst. Er lief, um sie einzuholen. »Nausikaa …«

Zu seinem Erstaunen war das Gesicht, das sie ihm zuwandte, tränenüberströmt.

»Was ist los?«

»Weißt du es noch nicht?« Er schüttelte den Kopf. »Willi – der arme Willi ist tot.«

Die Neuigkeit war wie ein Hammerschlag, und das noch frische Treffen am Vorabend, Willis schmerzliche Liebe zu Cordelia, sein rührendes Unglücklichsein, sein Verlangen nach Rache, das mit der unbeugsamen Loyalität zum Team kollidiert war, all das machte es nur noch schrecklicher.

Und dann sah Peroni plötzlich vor seinem inneren Auge, wie einen beleuchteten Ballon, der am nächtlichen Himmel erscheint, das Bild einer großen, völlig kahlen Glatze, von oben gesehen, von der obersten Stufe der Treppe, die von dem Terrassengarten nach unten führte. In jenem Augenblick hatte er törichterweise die Möglichkeit außer Acht gelassen, dass jemand ihr Gespräch belauscht haben könnte. Jetzt begriff er mit schmerzlicher Klarheit, dass jemand, der unmittelbar unterhalb der Terrasse stand, jedes Wort mitangehört haben konnte, das sie gesprochen hatten. Wer? Die Antwort schien jetzt auf der Hand zu liegen. Was könnte besser zu Kahlköpfigkeit passen als auffällige Kopfbedeckungen wie ein Cowboyhut oder ein Sombrero? »Sie haben ihn umgebracht.«

»Oh nein! Achille, was sagst du denn da? Warum in aller Welt hätten sie den armen Willi umbringen sollen?«

Peroni wollte es ihr schon erzählen, aber dann änderte er seine Meinung. Er hatte immer noch keine Ahnung, welche Rolle sie bei den Ereignissen spielte. »Ich weiß es nicht«, sagte er, »aber als du gesagt hast, dass er tot ist, bin ich einfach davon ausgegangen ...«

»Oh nein, da irrst du dich. Es war ein tödlicher Unfall!«

»Wie bei Cordelia?«, entfuhr es Peroni.

»Daran hatte ich noch gar nicht gedacht ...« Sie stockte, erwog den Gedanken, verwarf ihn dann. »Aber nein, diesmal war es völlig anders. Komm, lass uns was trinken gehen – ich kann es gebrauchen –, und dann erzähle ich dir, was passiert ist.«

Sie gingen in dasselbe *Caffè*, in das sie schon einmal eingekehrt waren, und diesmal bestellte sie selbst eine Flasche Lugana.

»Wieso meinst du, dass es diesmal anders war?«, fragte Peroni.

»Weil es beim Tauchen passiert ist. Tauchen kann sehr gefährlich sein, wie du weißt, und es kommt nun mal vor, dass Menschen dabei sterben.«

»Auch Profis wie Willi?«

»Auch Profis wie Willi. Er war offenbar ziemlich tief – und in solchen Tiefen kann leicht etwas schiefgehen.«

»Was ist schiefgegangen?«

»Die Einzelheiten verstehe ich nicht – da musst du Daniele fragen. Aber, ach, der arme Willi!« Sie hielt inne, um zu weinen und zu trinken.

»Ich nehme an, die Polizei war da?«

»Ja natürlich.« Sie blickte leicht schockiert drein. »Aus

Brescia – hier ist Brescia zuständig. Ich habe ihn gesehen. Ein netter kleiner Mann, der aussieht wie ein äußerst gewissenhafter Apotheker. Nicht mit dir zu vergleichen, natürlich, aber ich bin mir sicher, dass er seine Arbeit gut macht.«

»Und hat er gesagt, dass Willis Tod ein Unfall war?«

»Na ja, die Untersuchung ist noch nicht abgeschlossen, daher nehme ich an, dass er es noch nicht wörtlich gesagt hat, aber so wie ich das sehe, gibt es daran keinen Zweifel.«

Im Gegenteil, dachte Peroni, es gab jede Menge Zweifel. So viel Zweifel, dass es fast den Anschein hatte, als ob Peroni endlich mit seiner unergiebigen Solonummer aufhören konnte. Willis Tod konnte die Polizei davon überzeugen, dass Cordelias Tod doch kein Unfall gewesen war und dass es eine Verbindung zwischen beiden gab. Wenn dann erst der gesamte Polizeiapparat eingeschaltet war, würde es nicht mehr lange dauern, bis die ganze Sache aufgeklärt war und Cordelias Geist in Frieden ruhen konnte. Es war an der Zeit, dem gewissenhaften Apotheker einen Besuch abzustatten. Peroni trank sein Glas aus. »Ich muss los«, sagte er.

»Musst du wirklich?«, fragte Nausikaa und liebkoste ihn mit großen Augen, in denen nun eine andere Art von Traurigkeit lag.

»Ich muss.« Er wandte den Blick von der stummen Einladung ab und riss sich los.

Um nicht in Versuchung zu kommen, sich noch einmal umzudrehen, bog er sogleich in eine kleine dunkle Gasse ein, die ungefähr in Richtung Hauptstraße führte. Er ging schnell, um einen klaren Kopf zu bekommen.

Irgendwo vor ihm ertönte Musik, die immer lauter wurde, je weiter er ging. Es war die Art von dröhnend stampfender Musik, bei der er sich eigentlich immer gleich auf dem Absatz umdrehte, aber jetzt ging er weiter auf die Musik zu. Er kam auf einen Platz, wo eine kleine Menschenmenge einer Gruppe zusah, die eine Art wahnwitzige Pantomime vorführte. Breakdance. Der Gedanke brachte ihn so durcheinander wie eine Kugel eine Formation von Kegeln. Er nahm die Gruppe genauer in Augenschein. Während sie wie die Derwische herumwirbelten, zuckten, sich reckten, auf den Boden warfen und kreiselten, waren ihre Gesichter fast bis zur Unkenntlichkeit verzerrt, aber ein Mädchen war dabei, mit langem schmuddeligen hellen Haar, das ihr in Hunderten von Zöpfchen über den Rücken fiel – das war bestimmt Lidia, oder? Größe, Gewicht, Alter, Augenfarbe, selbst die Kleidung, in der sie zuletzt gesehen worden war, alles passte. Und für zusätzliche Bestätigung sorgte der junge Bursche, der die Gruppe offenbar anführte, denn er entsprach genau der Beschreibung, die der *Carabiniere* von dem Mann in Lidias Begleitung abgegeben hatte: Punkfrisur, Nietenarmband, gut aussehend, arroganter Gesichtsausdruck. Die Musik hörte auf, und das Mädchen und der Anführer der Gruppe gingen nun in der Menge herum und sammelten Geld. Peroni wartete, bis das Mädchen bei ihm war. Das Gesicht, nun entspannt, passte ebenfalls: der gleiche pausbäckige Trotz, den er auf dem anrührenden Passfoto festgestellt hatte, das die Mutter ihm gegeben hatte. »Lidia?«, sagte er, und der Gedanke, dass zumindest diese Suche endlich zu Ende gegangen war, stimmte ihn froh.

Sie blickte ihn voller Feindseligkeit an. »Wer sind Sie denn, verdammt noch mal?«

Er bedachte sie mit einem Schlangenbeschwörer-Lächeln. »Polizei«, sagte er. »Und du bist Lidia?«

Noch immer Feindseligkeit, aber mit einem Hauch von Angst. »Ein Scheißdreck bin ich!«

Peroni lächelte erneut, diesmal väterlich. »Hast du einen Ausweis dabei?«

Ohne die Augen von ihm zu nehmen, holte sie einen Personalausweis aus der Gesäßtasche ihrer Jeans und hielt ihn ihm unter die Nase. Da stand, dass ihr Name Susanna Locatelli war und dass sie in Mailand wohnte, und dem Geburtsdatum nach war sie volljährig.

Er kam sich dumm vor und war enttäuscht. Dann fiel ihm auf, dass die drei anderen männlichen Mitglieder der Gruppe sich um ihn herum postiert hatten. Er hätte mit allen dreien fertig werden können, aber er hatte keine Lust, es zu versuchen.

»*Sbirro*«, sagte Susanna, und ihre Blicke wechselten von allgemein feindselig zu konkret drohend.

»Sie«, kam Peroni dem Anführer zuvor, »haben ein minderjähriges Mädchen namens Lidia Martelli von zu Hause entführt.«

»Ich hab sie nicht entführt!«, sagte Maurizio und bestätigte damit Peronis Vermutung. »Sie wollte mitkommen!«

Aber es hatte geklappt. Seine Stimme hatte einen leicht furchtsamen Klang angenommen, und die anderen drei, die das spürten, hatten sich etwas zurückgezogen, wie Wölfe um ein Camp, wenn etwas Brennendes nach ihnen geworfen wird.

»Was sie wollte oder nicht, spielt keine Rolle.« Peroni nutzte seinen Vorteil aus. »Sie ist minderjährig.«

»Ich habe sie nicht angerührt!« Die Furcht wuchs.

»Das wird der Richter zu entscheiden haben.«

»Es stimmt!«

»Das könnte Sie fünf Jahre kosten.«

»Ich habe gesagt, dass ich sie nicht angerührt habe!« Die Furcht geriet außer Kontrolle. »Sie hat mich nicht gelassen.«

Peroni bemerkte drei parallele Kratzer auf Maurizios Wange. »War sie das?«

Maurizio blickte sich unsicher um, und seine Gedanken waren leicht zu erraten. Er wollte seine Niederlage nicht gern vor den anderen drei eingestehen, aber es schien keine Alternative zu geben, wenn er von dem Haken wollte, auf den Peroni ihn gespießt hatte. Seine Zunge schnellte schlangengleich immer wieder zwischen den Lippen hervor, und er nickte. Einer der anderen Jungs kicherte, und Maurizio lief vor Wut und Scham rot an.

»Sie haben es versucht, und sie hat Sie daran gehindert?«

Maurizio nickte erneut, diesmal sogar noch widerwilliger. Peroni spürte ein warmes Gefühl der Befriedigung, fast so, als wäre das ein persönlicher Triumph für ihn.

»Wo ist sie jetzt?«

»Sie ist letzte Nacht alleine losgezogen.«

»Wohin?«

»Hat sie nicht gesagt – sie ist einfach weg. Heute Morgen war sie mit all ihren Sachen verschwunden.«

»Nachdem Sie versucht hatten, sie zu vergewaltigen?«

Der bunte Kopf war vor Verwirrung gebeugt. »Hat sie gegenüber einem von euch irgendwelche Andeutungen gemacht«, wandte Peroni sich an die anderen, »wo sie hinwollte?«

Sie schüttelten den Kopf. Daraufhin drehte er noch einmal an der Angstschraube im Hinblick auf minderjährige Mädchen, und ließ sie dann stehen. Zumindest konnte er sich damit trösten, dass er die Wahrheit über Lidia bis zur vorangegangenen Nacht herausgefunden hatte. Und dass sie bis dahin keinen Schaden genommen hatte.

***

»Meine Untersuchung ist natürlich noch nicht offiziell abgeschlossen, aber es gibt viel zu viele Hinweise darauf, dass der Tod ein Unfall war, als dass ich noch irgendwelche Zweifel daran haben könnte.«

Nausikaas Beschreibung des Mannes als gewissenhafter Apotheker war außerordentlich treffend. Er hatte eine dicke Hornbrille, ein hageres, ernstes, ängstliches Gesicht, einen rasch zurückweichenden Haaransatz und tiefer werdende Falten. Er war eine Spur argwöhnisch, aber gleichzeitig hatte er offensichtlich schon von der Peroni-Legende gehört und war davon beeindruckt.

Auf der Fahrt zur *Questura* in Brescia hatte Peroni sich seine Geschichte sorgfältig zurechtgelegt. Er hatte beschlossen, vorläufig nichts von dem Mussolini-Gold zu erwähnen, weil er dafür nicht genug Beweise hatte. Er blieb bei seiner Geschichte, dass Cordelias nächste Angehörige ihn gebeten hatten, ihre Aktivitäten während der letzten Tage ihres Lebens diskret zu erkunden, und fügte hinzu, dass er im Zuge dessen von ihren Kontakten zum Bellini-Team erfahren habe und mittlerweile der Ansicht sei, dass sie nach etwas gesucht habe, das der Grund für ihren und Willis Tod sein könnte. Der gewissenhafte Apotheker war entgegenkommend und hilfsbereit, aber offensichtlich skeptisch.

»Wäre es vermessen«, sagte Peroni, »wenn ich Sie fragen würde, welche Hinweise Sie haben, dass Willi Meyers Tod ein Unfall war?«

Sein Kollege aus Brescia sah beinahe so aus, als habe man ihn ohne Rezept um Medikamente gebeten, aber er brachte ein Lächeln zuwege. »Natürlich nicht«, sagte er.

Wie sich herausstellte, handelte es sich um vier Hinweise, von denen der erste Willis Charakter betraf. Obwohl er ein überaus erfahrener Profi-Taucher war, hatte er sich eine Faszination für die Tiefe bewahrt sowie die Neigung, stets einige Meter zu weit nach unten zu gehen, sodass er in der Tat schon einmal in Gefahr geraten war, als das Team im Ledrosee tauchte. Bellini war mit ihm im Wasser gewesen, Teo hatte den Tauchgang von Land aus überwacht, Leo und Max waren an Bord der Proserpina gewesen, und alle hatten bestätigt, dass Willi bei seinem tödlichen Unfall tiefer als vereinbart getaucht war und die unmittelbare Reichweite des Bathyskaphs verlassen hatte, was bedeutete, dass kostbare Zeit verloren gegangen war, als sie begriffen, dass er Hilfe brauchte.

Zweitens hätte er eigentlich überhaupt nicht tauchen dürfen. »Die Untersuchung hat ergeben, dass er letzte Nacht schwer betrunken war«, sagte der gewissenhafte Apotheker, und Peroni setzte eine völlig überraschte Miene auf, »und die Grundvoraussetzung beim Tauchen ist hundertprozentige körperliche Fitness. Eine Alkoholorgie weniger als 24 Stunden vor dem Tauchgang heißt das Schicksal herausfordern.«

Der dritte Hinweis war technischer Natur. Die Taucherausrüstungen wurden natürlich vor jedem Tauchgang überprüft, und Willis war absolut in Ordnung gewesen, doch eine spätere genaue Untersuchung hatte eine leichte Abnutzung der Gummimembrane des Luftverteilers ergeben, die hydrostatischen Druck auf den kleinen Hebel überträgt, der wiederum das Ventil öffnet, durch das die Luft fließt. Diese Membrane wurde normalerweise jedes Jahr ausgewechselt.

»Sie hätte eigentlich noch nicht einmal leicht abgenutzt sein dürfen«, sagte Peronis Kollege, »aber ich habe diesen Punkt mit Experten besprochen, und es kommt tatsächlich vor, dass eine Membrane sich vorzeitig abnutzt. Das allein wäre noch kein entscheidender Faktor gewesen. Sie haben immer Ersatzgeräte dabei, aber er hatte sich so weit entfernt, dass sie es nicht mehr rechtzeitig zu ihm schaffen konnten.«

»Das alles steht und fällt aber doch mit den Aussagen der anderen Teammitglieder. Was, wenn sie lügen? Schließlich könnte die Membrane ja auch ausgetauscht worden sein.«

»Daran habe ich auch gedacht, aber es gibt noch einen vierten Hinweis, der in Verbindung mit den anderen praktisch entscheidend ist. Es gibt ein Tonband, auf dem das Ganze aufgezeichnet ist.« Zum ersten Mal geriet Peronis Überzeugung ins Wanken. »Neben der Bildüberwachung wird offenbar jede Kommunikation zwischen den Tauchern, den Männern im Bathyskaph und dem Mann an Land automatisch aufgezeichnet. Und jedes Detail des Unfalls wird durch diese Aufzeichnung bestätigt.«

»Dürfte ich sie hören?«

»Ich spiele sie Ihnen sofort vor.« Er holte ein Band hervor und legte es in ein Gerät auf seinem Schreibtisch ein. »Die Aufzeichnung setzt ein, als Bellini und Meyer ins Wasser gingen. Sie sind von der Oberfläche getaucht, und das Bathyskaph ist parallel zu ihnen abgetaucht. In geringen Tiefen können sie direkt aus dem Bathyskaph tauchen, aber nicht, wenn sie tiefer runter wollen, weil der Druck zu groß wäre.«

Er schaltete das Gerät ein. Zu Anfang bestand die Aufnahme lediglich aus mechanischen Geräuschen, ein leises Rauschen, Metall auf Metall, gelegentlich ein Quietschen, und ganz knappen Einwürfen von zwei Männerstimmen. »Okay ... 15 Meter ... Steuerbord ... Licht ... 20 ... Gleichbleibend ...« Das ging eine Weile so. Dann war eine Stimme zu hören, die so klang, als käme sie vom Grund einer tiefen Höhle und die beinah unverständlich war. Peroni konnte lediglich die Worte »Stop« und »Licht« verstehen.

»Das ist Bellini«, sagte der gewissenhafte Apotheker. »Ich musste das Ganze ein paarmal abspielen, bis ich genau verstehen konnte, was sie sagen. Er ist am Grund angekommen. Dann will er mehr Licht, weil er glaubt, etwas gefunden zu haben.«

Darauf waren weitere mechanische Geräusche zu hören und eine Veränderung in der Klangfarbe des Rauschens, das etwas heftiger wurde.

»Was ist es?« Nach der dumpfen Geräuschverzerrung, an die sich Peronis Ohr inzwischen gewöhnt hatte, waren diese drei Worte, die von einer Männerstimme gesprochen wurden, erschreckend laut und deutlich.

»Teo«, sagte Peronis Kollege. »Er hat die Tauchfahrt an Land überwacht.«

»Weiß noch nicht. Was ist es, Daniele?« Peroni hatte Max noch nie sprechen hören, aber das musste seine Stimme sein, tief und rau.

Die Antwort, die von Bellini kam, war fast völlig unverständlich.

»Er sagt, er ist nicht ganz sicher«, übersetzte der Polizist. »Er meint, es könnte vielleicht die Klinge einer Axt sein, vielleicht aber auch bloß ein Stein. Sie werden den Fund mitnehmen und untersuchen.«

Danach kam ein lauter Ausruf von Bellini und einige Sätze, in denen Peroni ziemlich deutlich die Worte »noch etwas« ausmachte.

»Was jetzt?« Teo an Land.

»Irgendwas irgendwas Schädel.« Bellini. »Irgendwas irgendwas.«

»Teil eines Schädels«, übersetzte der Polizist. »Wahrscheinlich von einem Hund.«

»Spricht für die Axt.« Leo aus dem Bathyskaph.

»Haben wir noch nie in dieser Tiefe gefunden.« Max.

Es entstand eine Pause mit weiteren undefinierbaren Geräuschen von Bewegung und Maschinen, die plötzlich von einem abgehackten Bellen und etlichen eindringlichen, aber unverständlichen Worten unterbrochen wurden.

Peronis Kollege stoppte das Band. »Das ist Willi Meyer«, sagte er. »Ich lasse es mal zurücklaufen.« Beim zweiten Hören konnte Peroni das Bellen als das einzelne Wort »Hilfe!« interpretieren, und beim dritten und vierten Mal setzte er die darauffolgenden Worte zusammen: »Luftzufuhr unterbrochen!« Nach einem fünften Durchlauf spielte das Band weiter ab.

»Willi!« Max. »Daniele, kannst du ihn sehen?«

Selbst auf dem Band war das Gefühl von Gefahr fast greifbar.

»Nein, irgendwas irgendwas hinter ihm irgendwas Licht.« Bellini.

Eine weitere Veränderung in der Klangfarbe des Rauschens deutete darauf hin, dass die Proserpina sich in Bewegung gesetzt hatte.

»Ich kann ihn nicht sehen!« Leo aus dem Bathyskaph.

»Wo zum Teufel ist der Idiot?« Max.

»Hilfe!« Willi. Danach folgte ein qualvolles würgendes Geräusch, das sich als ununterbrochenes Hintergrundgeräusch fortsetzte.

»Da drüben ist eine Senke im Boden – da muss er hin sein, um sie sich anzusehen!« Wieder Max.

»Scheiße, das ist nicht bloß eine Senke – das ist ein verdammt großes Loch!« Bellini. »Irgendwas irgendwas runter. Bleibt bei mir. Irgendwas Dekompressionskammer …«

Eine schier endlos lange Zeit war nichts zu hören außer den Maschinen des Bathyskaphs und Willis verzweifeltem Kampf gegen den Erstickungstod.

»Da ist er!« Leo.

Eine ganze Weile sagte keiner von ihnen etwas, und allmählich wurde das schauerlich mechanische Kratzgeräusch aus Willis Lungen schwächer und schwächer und hörte schließlich ganz auf.

»Zu spät ...« Leo.

»Wir versuchen es mit künstlicher Beatmung.« Max.

»Okay, ich habe ihn!« Daniele, vor Erschöpfung kaum noch wiederzuerkennen.

Eine lange Pause mit viel Ächzen und einsilbigen Worten.

»Da sind sie ...« Max.

»Außentür öffnen.« Leo.

»Check. Außentür geöffnet.« Max.

»Sobald sie drin sind, machst du die Innentür auf.« Leo. »Wir müssen das Risiko eingehen und die Dekompression weglassen.«

Knirschende mechanische Geräusche. Scheppern. Keuchen.

»Hab ihn drin ...« Bellini, schwer nach Atem ringend. »Außentür schließen.« Leo.

»Check. Außentür geschlossen.« Max.

»Innentür öffnen.« Leo.

Das Geräusch war leicht erkennbar und wurde von anderen gefolgt, die an die Bewegung von Füßen auf dem Metallboden und das Abladen eines schweren Gewichts denken ließen.

»Runter mit seinem Helm!« Max. »Ich mache die Beatmung. Los an die Oberfläche – schnell!«

Der eindringliche Rhythmus der Wiederbelebungsversuche begleitet von einem Anschwellen der Maschinengeräusche währte lange.

»Was ist mit ihm?« Teo vom Ufer aus.

Gute zehn Sekunden lang antwortete niemand. Dann sagte Max leise. »Er ist tot.«

»Mach weiter mit der Wiederbelebung!« Bellini. Erschöpft, unterdrückte Wut.

»Es nützt nichts – er ist tot.«

Der Polizist hielt das Band an und ließ es zurückspulen. »Der Rest ist nicht relevant«, sagte er. »Sie haben weitere Wiederbelebungsversuche unternommen, aber er war wirklich bereits tot.«

10

Peroni beäugte den nackten goldbraunen Schenkel, der in der halb offenen Wagentür zur Ansicht stand. Dann parkte er seinen Wagen hinter ihrem und ging hinüber, um sie sich genau anzusehen. Sie war eine große Blondine und trug einen leuchtend gelben Rock, eine grellrote Bluse und Schuhe, die das Äquivalent der Fußbekleidungsbranche zu Wolkenkratzern darstellten. Sie schenkte ihm ein professionelles Lächeln.

»70 000 Lire«, sagte sie, »aber Neapolitaner kriegen bei mir zehn Prozent Rabatt.«

Diese Stimme hatte wohl einmal feminin weich geklungen, aber dann hatte ihr Besitzer angefangen, sich zu rasieren.

»Meine Papiere sind alle in Ordnung«, sagte der Transvestit verärgert.

»Ihre Papiere interessieren mich nicht«, sagte Peroni und holte dann, als ihm das erneut aufflackernde Interesse in dem bemalten Gesicht signalisierte, dass der Satz falsch verstanden worden war, hastig das Foto von Lidia hervor und reichte es ihm. »Haben Sie dieses Mädchen schon einmal gesehen?«

»Ich würde hier wohl kaum jemanden wiedererkennen. Ich bin erst seit zwei Tagen hier.«

»Sehen Sie es sich trotzdem an.«

Nachdem es Peroni aufgrund der dürftigen Beweislage nicht erreicht hatte, dass Willis Tod offiziell als Mordsache behandelt wurde, war er widerwillig nach Venedig zurückgekehrt, wo eine weitere Spur von Lidia auf ihn wartete. Eine Tante, die auf Besuch bei Verwandten in Verona war, hatte das Mädchen in der Nähe des Bahnhofs »rumhängen« sehen. Lidia hatte ihre Verwandte erkannt und sich schleunigst in entgegengesetzter Richtung aus dem Staub gemacht. Die Tante hatte einen, wie es sich anhörte, sehr halbherzigen Versuch unternommen, ihr zu folgen, war dann aber in ihren Zug nach Venedig gestiegen, wo sie Lidias Mutter informierte, die ihrerseits die Polizei informierte. Die Bahnpolizei in Verona konnte ihm nicht helfen. »Sie hat bestimmt nicht im Bahnhof geschlafen«, sagte ein *Maresciallo* zu Peroni, »sonst hätten wir sie gesehen. Und wenn sie draußen auf den Strich gegangen ist, um sich Geld für Drogen zu beschaffen, wäre sie ein Fall für die städtische Polizei gewesen.«

Aber bei der städtischen Polizei hatte Peroni es bereits versucht, was hieß, dass seine letzte Chance bei den Straßenprostituierten lag, die in der Bahnhofsgegend arbeiteten – und falls sie bei denen gelandet war, bestand wirklich kaum noch Hoffnung auf Rettung.

Diese fast aussichtslose Suche hatte ihn zu dem Transvestiten geführt, der das Foto nun mit gelangweiltem Widerwillen studierte. Nach wenigen Sekunden blickte er mit leeren Augen auf. »Ja«, sagte er unerwartet, »ich glaube, das ist sie. Ich habe sie letzte Nacht gesehen. Sie ist mir aufgefallen, weil sie von einer Frau mitgenommen wurde.«

»Was?«, fragte Peroni verblüfft. »Erzählen Sie mir genau, was passiert ist.«

»Tja, das Mädchen ist auf den Strich gegangen – war auf Kundenfang. Und dann ist diese Frau zu ihr hin und hat angefangen, mit ihr zu reden. Zuerst habe ich gedacht, sie wäre eine Lesbe, aber sie hatte etwas an sich, das nicht so ganz dazu passte. Also habe ich mir überlegt, dass sie eine Puffmutter auf Nachwuchssuche sein müsste. Jedenfalls hatte sie Glück, denn nach ungefähr zehn Minuten ist das Mädchen mit ihr weggegangen.«

»Können Sie sie beschreiben?«

»Groß, dünn, blass. Circa Mitte dreißig. Trug einen grauen Blazer und Rock.«

»Was für einen Wagen?«

»Sie hatte keinen Wagen. Die Frau kam zu Fuß, und sie sind zu Fuß weggegangen.«

Das war so unwahrscheinlich, dass es wahr sein musste. Am Bahnhofsstrich in Verona ging nichts ohne Auto, und aus seiner Zeit in der Stadt kannte Peroni jedes einzelne der von Kondomen übersäten Grundstücke, wo sie parkten. Und Lidia war mit einer Frau weggegangen, die zu Fuß unterwegs war. Falls der Transvestit recht hatte, konnte das nur heißen, dass das Bordell in unmittelbarer Nachbarschaft lag. »In welche Richtung sind sie gegangen?«

»Da runter.« Der Transvestit deutete auf eine unscheinbare Straße, die zu einem Platz führte, dann fügte er rasch hinzu, »Fünfzig Prozent Rabatt für die Polizei.«

Peroni ignorierte ihn und ging die Straße hinunter, die sogar noch unscheinbarer war, als es aus der Ferne den Eindruck gemacht hatte. Auf der einen Seite erstreckte sich eine Mauer, die mit lustlos hingeschmierten Graffiti besprüht war, und auf der anderen Seite ragte eine Reihe von lagerhausähnlichen Gebäuden auf, die allesamt offenbar unwiderruflich geschlossen waren. Nichts, das an das römische Verona, das mittelalterliche Verona, das Verona der Touristen oder auch nur an das Verona des Rotlichtmilieus erinnerte; bloß eine nichtssagende gerade Linie, und er ging sie eher aus Neugier entlang als in der Hoffnung, eine Spur von Lidia zu finden.

Und dann mündete die Straße jäh auf einen kleinen Platz, der keinen anderen Ausgang hatte. Auf seine Weise war der Platz ebenso unscheinbar wie die Straße. Rechter Hand endete die Mauer und machte einem abgezäunten Niemandsland aus Schutt und Gestrüpp Platz. Linker Hand gab es ein großes, mit Brettern vernageltes Haus, und in der Mitte, der Straße gegenüber, stand ein Gebäude hinter Mauern auf einem dazugehörigen Grundstück. Falls Lidia und die Frau nicht über den Zaun in das Niemandsland gestiegen oder in dem vernagelten Haus links von ihm verschwunden waren, mussten sie zu dem anderen Gebäude gegangen sein.

Peroni nahm alles genau in Augenschein, was er trotz Eisentor und hoher Mauer dahinter sehen konnte, aber es war nicht viel. Vielleicht war es ein Bordell, vielleicht aber auch nicht. Aber der Versuch, das festzustellen, konnte ja nicht schaden. Er ging zum Tor und drückte den Knopf der kleinen eingebauten Sprechanlage.

»*Si?*« Eine neutrale, vorsichtige Frauenstimme. Bestimmt die Stimme einer Freudenhaus-Empfangsdame.

Peroni beschloss, sich nicht als Polizist zu erkennen zu geben. Falls Lidia illegal festgehalten wurde, würde das nur alle alarmieren, und es konnte durchaus sein, dass sie durch die Hintertür weggeschafft wurde. Es war besser, so lange es ging, den potenziellen Kunden zu mimen; und pass auf, mischte sich der *Commissario* ein, dass es nicht zu lange geht. »Ich hätte gerne eine Auskunft«, sagte er und gratulierte sich selbst zu dieser Wortwahl – genau der richtige Versuchsballon, für den sich ein Kunde, der zum ersten Mal kommt, entscheiden würde, und falls es sich um ein anständiges Haus handelte, würde sich die Frau ganz bestimmt nicht damit zufriedengeben. Doch das Eisentor klickte gehorsam, und als Peroni es aufstieß, kam er zu dem Schluss, dass seine Vermutung bestätigt worden war.

Er betrat den mit Kies bestreuten Hof, durchquerte ihn und gelangte zur Vordertür. Durch sie, so mutmaßte er, würde er in eine nichtssagende, aber respektable Eingangshalle gelangen, möglicherweise mit Schirmständer und Garderobe und, auf einer Seite, einem unverdächtigen Empfang, von wo aus er nach diskreter Überprüfung durch die Empfangsdame weitergeschickt werden würde, zu den Vergnügungen im Innern.

Und die Tür führte tatsächlich in eine kleine Eingangshalle mit Schirmständer und Garderobe und einem Empfangsbüro auf der linken Seite. Peroni bewunderte gerade seine außerordentlich präzise Vorstellungsgabe, als der Anblick der an einem Tisch sitzenden Empfangsdame sie in einem einzigen, aber entscheidenden Punkt widerlegte. Es handelte sich nämlich um eine Nonne.

Noch dazu um eine überaus klösterlich wirkende Nonne, so ganz und gar schwarz-weiß wie ein Stummfilm und obendrein furchteinflößend. Der Metallrahmen ihrer Brille funkelte bedrohlich, als sie ihn mit einem weiteren eindringlichen »*Si?*« ansah.

Schon seit seiner Kindheit in Neapel fühlte Peroni sich von Nonnen eingeschüchtert, die, so seine feste Überzeugung, ihn sofort durchschauten, und er hätte nicht gewagt, es mit Ausflüchten zu versuchen, selbst wenn sie jetzt zweckdienlich gewesen wären. Wie ein kleiner Junge, der beim heimlichen Blick in die Mädchentoilette erwischt worden war, platzte er mit der ganzen Geschichte heraus. Nur sein Missverständnis ließ er geflissentlich weg.

»Dann sprechen Sie am besten mit Schwester Caterina«, sagte die Nonne mit einem warmherzigen Lächeln, das so unerwartet kam wie ein Krokus im Winter. »Wenn Sie bitte einen Moment warten wollen, werde ich sie rufen.«

Sie führte ihn in ein dunkles kleines Besucherzimmer und schloss die Tür hinter ihm. Es sah aus, dachte Peroni, als ob es für ein Wachsfigurenkabinett eingerichtet worden wäre. Er nahm eine Kirchenzeitschrift zur Hand, las sie aber nicht. Fünf Minuten schlichen liturgisch dahin, dann öffnete sich endlich die Tür, und eine große, dünne, blasse Frau circa Mitte dreißig trat ein, genau wie der Transvestit gesagt hatte. Nur dass sie keinen grauen Blazer und Rock trug, sondern die Tracht einer Nonne. Sie kam geradewegs auf ihn zu, und er erhob sich. »Wie ich höre«, sagte sie nach einem kurzen, sachlichen Händedruck. »suchen Sie nach Lidia.«

»Das stimmt«, sagte Peroni, völlig überrumpelt.

»Sie ist oben und isst gerade zu Abend. Wenn sie fertig ist, wird sie herunterkommen. Bitte nehmen Sie Platz.« Sie setzten sich beide, und die Nonne fuhr fort: »Ich glaube, ich schulde Ihnen eine Erklärung, obgleich ich natürlich nicht gewusst habe, dass sie von der Polizei gesucht wird. Ich habe sie gestern zufällig gefunden, und da ich sehen konnte, dass sie in ernster Gefahr war, moralisch und körperlich, habe ich sie hierhergebracht.«

»Wie geht es ihr?«

Sie warf ihm einen raschen scharfsinnigen Blick zu, als ob sie seine Besorgnis spüren würde. »Unter den gegebenen Umständen recht gut«, sagte sie.

»Wobei es sich bei den Umständen um Heroin handeln dürfte?«

»Sie hat keinerlei Drogen genommen.«

Peroni sah sie scharf an. »Sind Sie sicher?«

»Ich habe in diesen Dingen einige Erfahrung.«

Sie sprach mit einer solchen Autorität, dass er es einfach akzeptieren musste. »Und was ist mit …« Er stockte, unfähig, die Frage zu formulieren.

»Sie hat auch nicht ihre Jungfräulichkeit verloren, falls Sie das fragen wollten. Im Grunde ist sie moralisch ganz gesund.«

»Aber sie ist von zu Hause weggelaufen«, bemerkte Peroni gereizt.

»Das ist nicht notwendigerweise ein Zeichen moralischer Verderbtheit.«

»Und sie hat sich am Bahnhof rumgetrieben!«

»Man sollte eines nicht vergessen, dass nämlich der Bahnhof nicht nur ein Zentrum des Lasters ist, sondern dass dort auch Züge und Busse ankommen. Das arme Kind ist aus einem Bus gestiegen und suchte buchstäblich nach einem Platz, wo es seinen Kopf betten konnte – gar nicht so einfach, wenn man völlig allein und ohne einen Pfennig dasteht. Wohin sie sich auch wendete, überall begegnete sie einer neuen Bedrohung. Es spricht sehr für sie, dass sie nicht aufgehört hat, sich zu wehren.«

»Und was ist mit der Mutter des armen Kindes?«, fragte er. »Haben Sie sich mit ihr in Verbindung gesetzt?«

»Noch nicht.« Peroni öffnete den Mund, um zu protestieren, aber sie gebot ihm mit einem Blick Einhalt. »Ich bin mir durchaus bewusst, dass ich mich im Sinne des Gesetzes falsch verhalten habe, aber mein Hauptanliegen ist es, eine dauerhafte Lösung des Problems zu erreichen. Wenn ich mich mit der Mutter verbündet oder Lidia zurückgeschickt hätte, bevor sie dazu bereit war, wäre sie nur wieder weggelaufen, und diesmal vermutlich mit tragischen Folgen. Wie die Dinge jetzt liegen, hat sie eingesehen, dass sie selbst zu einem erheblichen Teil verantwortlich zu machen ist; ihr ist klar geworden, dass Weglaufen keine Lösung ist, und sie ist gewillt, zurückzugehen und sich auf ihre schulischen Aufgaben zu konzentrieren.« Peroni öffnete erneut den Mund und schloss ihn dann wieder. Falls Schwester Caterina das alles wirklich erreicht hatte, musste er eingestehen, dass die Arbeit der Polizei wesentlich erleichtert würde, wenn es noch mehr Schwestern Caterina gäbe. »Machen Sie so etwas häufiger?«, fragte er.

»Wenn der Herr mir die Gelegenheit dazu gibt.«

»Wie viele Mädchen wie Lidia haben Sie schon – na ja, gerettet?«

»Ich habe sie nicht gezählt. Wahrscheinlich so um die 500.«

Peroni starrte sie staunend an. »Was hat Sie dazu gebracht, diese Arbeit zu machen?«

Ein Ausdruck, den er nicht definieren konnte – Schmerz? Trauer? –, stieg in ihren Augen auf. »Darüber spreche ich eigentlich nicht gerne«, sagte sie, »aber Ihnen bin ich es wohl schuldig.« Sie blickte auf ihre Uhr. »Während wir auf Lidia warten.« Sie nahm die Kirchenzeitschrift in die Hand und rollte sie nervös auf.

»Bevor ich Nonne wurde«, fing sie an, »habe ich mit meiner Familie in Bardolino am Gardasee gelebt.« In dem heillosen Chaos, das in Peronis Kopf herrschte, merkte etwas auf. »Meine Eltern und meine jüngere Schwester Beatrice. Wir waren eine glückliche Familie. Dann verliebte sich Beatrice mit 15 Jahren in einen Jungen aus dem Dorf. Ich war von Anfang an dagegen. Er war drei Jahre älter als sie und hatte eine völlig überzogene Meinung von sich selbst. Mir kam es so vor, als ob unter seinem vordergründigen Charme Brutalität und Skrupellosigkeit lauerten. Ich habe vorsichtig versucht, sie darauf aufmerksam zu machen, aber sie geriet sofort in Rage. Sie wollte nichts Schlechtes über ihn hören, und ich durfte nicht nachhaken, weil sie gleich vermutete, ich wäre eifersüchtig. Meine Eltern hatten über ihn eine ähnliche Meinung wie ich, aber auch sie waren machtlos, irgendwas dagegen zu unternehmen.

Dann hat mir Beatrice eines Tages erzählt, dass sie schwanger sei. Ich muss Ihnen wohl nicht sagen, dass so etwas damals in einer kleinen Dorfgemeinde wie Bardolino ein echtes Drama war, das leicht zur Tragödie werden konnte. Aber sie schien sich dessen nicht bewusst zu sein. Sie strahlte vor Glück und war der festen Überzeugung, dass er sie heiraten würde. Ich habe sie gefragt, ob er es schon wisse. Sie sagte Nein, aber sie wollte es ihm gleich erzählen. An diesem Abend ist sie mit ihm in seinem Segelboot hinaus auf den See gefahren. Sie ist nicht zurückgekommen. Sie hatte einen Unfall und ist ertrunken.«

Peroni spürte erneut, wie er sich plötzlich verkrampfte. »Was genau ist passiert?«

»In jener Nacht herrschte ein leicht böiger Wind, der aber nicht direkt gefährlich war. Irgendwelche Leute, die in einem Motorboot unterwegs waren, sahen eine Jacht und eine Männergestalt, die von Deck sprang. Er hat später angegeben, dass er da zum zweiten Mal ins Wasser gesprungen ist, dass er bereits zehn Minuten lang im Wasser nach ihr gesucht hatte und nur kurz herausgeklettert war, weil er einen heftigen Krampf gehabt hatte.

Er hat gesagt, der Baum wäre bei einer plötzlichen Bö herumgeschlagen und hätte sie von Deck geschleudert, und obwohl er direkt hinterhergehechtet sei, habe er sie nicht mehr finden können. Er nahm an, dass sie von dem Schlag durch den Baum das Bewusstsein verloren hatte, untergegangen und von der Strömung fortgetrieben worden war. Als man ihre Leiche fand, war am Hinterkopf eine Prellung, die von einem Schlag durch den Baum hätte stammen können.«

Sie hielt inne, durchlebte die Tragödie erneut, und zwar so offensichtlich, dass Peroni zögerte, ihre Erinnerungen zu stören. »Und das Baby?«, sagte er nach einer Weile.

»Oh ja, sie war wirklich schwanger. Das kam natürlich heraus, und das Ganze schien ziemlich eindeutig – mir zumindest. Sie hatte es ihm erzählt, und ihm war klargeworden, dass die Alternative zur Ehe mit ziemlicher Wahrscheinlichkeit eine Anklage wegen Verführung einer Minderjährigen war – er war schon in ein oder zwei Skandale verwickelt gewesen und kannte sich mit derlei Situationen aus. Keine der beiden Alternativen gefiel ihm, und so hat er sich wohl für die einzige andere Möglichkeit entschieden, die ihm noch offenstand. Er hat sie bewusstlos geschlagen, ins Wasser geworfen und zugesehen, wie sie ertrank. Ich war nicht die Einzige, die so dachte, und es war schon die Rede davon, dass es eine Untersuchung geben würde. Doch dann schlief das alles plötzlich wieder ein, und auf meine Nachfrage hin erfuhr ich, dass die Beweise nicht ausreichten, um eine Untersuchung einzuleiten. Ihr Tod war ein Unfall. Und als ich versuchte nachzuhaken, hatte ich gleich den Eindruck – obwohl nie etwas in der Art gesagt wurde –, dass eine unsichtbare Gestalt hinter den Kulissen das Ganze organisierte.«

»Aber es muss doch jemand gewusst haben, dass er mit ihr ging – dass er der Vater des Kindes war?«

Sie zuckte zusammen. »Auch darum hat man sich gekümmert. Kurze Zeit später hörten wir Gerüchte, dass ein anderer Junge aus dem Dorf mit Beatrice geschlafen hätte, und die Tatsache, dass sie stets eine heftige Abneigung gegen ihn gehabt hatte, schien dabei keine große Rolle zu spielen. Es war natürlich bloß ein Gerücht, aber das reichte, um im Dorf die Meinung zu verbreiten, dass praktisch jeder der Vater des Kindes hätte sein können.« Wieder hielt sie inne. »Als ich kurz darauf Nonne wurde«, fuhr sie nach einem Moment fort, »habe ich beschlossen, dass ich mich im Rahmen meiner Möglichkeiten der Aufgabe widmen würde, in Erinnerung an Beatrice andere Mädchen zu retten, die in Schwierigkeiten stecken. Vielleicht als Wiedergutmachung.«

Während Schwester Caterina in die Vergangenheit starrte, trat Stille ein. Sie wurde durch ein Klopfen an der Tür unterbrochen. »*Avanti*«, rief die Nonne, die sich zurück in die Gegenwart zwang, und Lidia kam in das Besucherzimmer gestolpert.

Von der Physiognomie her war sie dasselbe Mädchen wie

das auf dem Foto, doch Peroni war nicht auf das Übermaß an Vitalität gefasst gewesen, die förmlich aus ihr herauszuplatzen schien und sie daran hinderte, auch nur einen Moment ruhig zu sein. Offenbar hatte sie bei ihren Abenteuern keinen Schaden erlitten. Er konnte sich jedenfalls des Eindrucks nicht erwehren, dass Schwester Caterina unglaublicherweise recht hatte: Im Grunde war das Mädchen moralisch ganz gesund. Sie betrachtete Peroni mit unverhohlener Neugier und blickte dann fragend zu Schwester Caterina hinüber.

»Dieser Herr«, sagte die Nonne mit einer Strenge, die Lidia nicht zu bemerken schien, »ist von der Polizei. Er hat seine wertvolle Zeit damit verschwendet, nach dir zu suchen.«

»*Buona sera*«, sagte Lidia zu Peroni und sah dabei ungefähr eine halbe Sekunde lang niedergeschlagen aus. »Ich weiß, dass ich mich blöd benommen habe, aber ich werde es nie wieder tun. Ich schwöre. Ich habe gelernt, dass Weglaufen keine Lösung ist. Und es tut mir leid.«

Sie lächelte ihn an, und Peroni, der nicht so selbstbeherrscht war wie Schwester Caterina, lächelte unwillkürlich zurück; es tat gut, zumindest mit einer Geschichte zu tun zu haben, die ein Happy End hatte. Anders als die von Beatrice. Anders als die von Cordelia.

Nachdem die Einzelheiten von Lidias Rückkehr zu ihrer Mutter geklärt waren und sie begeistert Peronis Einladung angenommen hatte, ihn in der *Questura* in Venedig besuchen zu kommen, geleitete Schwester Caterina ihn hinaus. »Nur noch eins«, sagte Peroni, als sie an dem Eisentor des Klostergrundstücks standen. »Wie hieß der Mann ...«, er zögerte einen Augenblick, dann entschied er sich, »... der Ihre Schwester getötet hat?«

»Bellini«, sagte sie. »Daniele Bellini.«

11

Das einstöckige Bootshaus ragte bedrohlich in der Dunkelheit auf, als wäre es der Mount Everest. In einiger Entfernung auf einer Bank zusammengekauert, wartete Peroni darauf, dass dort Ruhe einkehrte, wobei ihm flau im Magen war, wie immer bei drohender Gefahr. Sein Vorhaben war bestenfalls unvorsichtig, schlimmstenfalls selbstmörderisch, und die Tatsache, dass er seine Pistole nicht dabeihatte, da er tagsüber nur auf der Suche nach Lidia gewesen und anschließend direkt hergekommen war, machte es nicht gerade vernünftiger. Ein Teil von ihm hätte viel darum gegeben, den anderen davon zu überzeugen, wieder in den Wagen zu steigen und zurück nach Venedig, zu einem Whisky, seinem Bett und in Sicherheit zu fahren. Doch die Geister von Beatrice und Cordelia ließen ihn nicht gehen.

Ferne Schritte verklangen in der Stille, die nur vom kaum hörbaren Rauschen des Windes in den Bäumen gestört wurde. Er wartete noch weitere zehn Minuten, vergewisserte sich, dass niemand mehr da war, huschte dann wie ein geschwinder Schatten zu den Türen des Bootshauses und machte sich an den beiden Schlössern zu schaffen. Für ein Bootshaus waren sie erstaunlich kompliziert, doch dank des Trainings in seiner Zeit als Bürgerschreck war Peroni ihren Herstellern überlegen. Innerhalb von zehn Minuten war er drinnen und hatte, nur sicherheitshalber, beide Schlösser wieder abgesperrt.

Im dünnen Strahl einer Taschenlampe inspizierte er den

Innenraum, der von einer Art riesigem Kontrollzentrum mit Bildschirmen, Übertragungsgeräten und einer Instrumententafel mit Knöpfen und Schaltern beherrscht wurde. Offensichtlich überwachte man von hier aus die Tauchfahrten. Links davon befanden sich etliche große Gestelle mit Taucherausrüstungen, Masken und Unterwasserpistolen. Dahinter, direkt vor der Wand, lag ein großes Motorboot mit dem Rumpf nach oben gedreht. Die gegenüberliegende Seite des weiten Raumes war der Entspannung gewidmet. Um einen Tisch waren Sessel gruppiert, es gab einen Schrank mit Lebensmitteln und einen großen tragbaren Herd. Abgesehen vom Haupteingang, der zur Seeseite ging, gab es zwei Türen, eine an der rückwärtigen Wand und eine an der Seite. Peroni ging zuerst zur hinteren Tür und wollte sie gerade öffnen, als er plötzlich verschreckt innehielt. Jemand war dort drin. Er konnte ein Flüstern hören. Es war ein seltsam anhaltendes Flüstern, als ob ein sehr alter Mensch zu einem imaginären Gegenüber ständig dasselbe sagte. Stocksteif vor Anspannung versuchte Peroni, etwas von dem Gesagten zu verstehen.

Dann brachte das Unvermögen, auch nur ein einziges Wort auszumachen, allmählich Begreifen und Erleichterung. Was da flüsterte, waren Wasserrohre. Sachte schob er die Tür auf und stellte fest, dass sie in einen Waschraum führte. Er schloss sie wieder, ging zu der zweiten Tür und drückte behutsam die Klinke runter. Sie öffnete sich, und er schlüpfte vorsichtig in ein schmales längliches Büro. Auf dem Schreibtisch an einem Ende befanden sich ein Telefon, ein Notizblock und ein Diensttagebuch. Er fing an, es rasch durchzublättern. Es gab viele Ortsnamen – Rom, Genf, Mexico City, Auckland – und Hotelnamen und ein Durcheinander von Adressen, doch der größte Teil war Berechnungen und technischen Angaben gewidmet, die offensichtlich mit dem Tauchen zusammenhingen, aber auf die Peroni sich keinen Reim machen konnte.

Dann sprang ihm ein Name ins Auge. Willi. Der Eintrag war auf Sonntag, den 27. April, datiert und lautete lakonisch: *Willi Rettung Ledro*, und Peroni erinnerte sich daran, dass der gewissenhafte Apotheker erwähnt hatte, Willi sei bei einer früheren Gelegenheit im Ledrosee schon einmal in Gefahr geraten. Er blätterte gerade weiter zur laufenden Woche, als er von einem anderen Geräusch aufgeschreckt wurde.

Diesmal war absolut nichts Uneindeutiges daran: In eines der beiden äußeren Schlösser war ein Schlüssel gesteckt worden. Peroni sah sich um. Im Büro gab es nicht das kleinste Versteck. Er huschte hinaus. Dank der zwei Schlösser, die geöffnet werden mussten, hatte er knapp acht Sekunden, um sich zu verstecken. Seine Augen brauchten weniger als eine, um alle Möglichkeiten zu erfassen. Kontrollzentrum. Gestelle mit Taucherausrüstung. Motorboot. Peroni eilte zu dem Boot und hechtete über dessen Rumpf in den schmalen Spalt zwischen Boot und Wand. Gerade noch rechtzeitig. Ein Flügel des Haupttores wurde aufgestoßen, ein Schalter klickte, und das Bootshaus wurde von Licht überflutet.

Einen Moment konnte er nur Atmen hören, während wer auch immer stehen blieb und sich umschaute. Bellini? Leo? Teo? Oder Max? Inbrünstig hoffte Peroni, dass es einer der ersten drei war. Bei ihnen hätte er eine Chance, selbst wenn sie bewaffnet waren. Aber bei Max wäre er geliefert.

Dann war ein seltsames Geräusch zu hören, das Peroni nicht gleich identifizieren konnte. Es klang, als ob jemand in Gedanken versunken eine Peitsche knallen ließ. Doch nach ein paar Sekunden war ihm die Herkunft dieses eigenartig bedrohlichen Geräusches klar. Keine Peitsche, sondern Knöchel. Da stand jemand, inspizierte das Bootshaus und ließ dabei nachdenklich seine Fingerknöchel knacken. Und wer außer Max könnte sie wohl knallen lassen wie klatschende Peitschenschnüre? Diese Identifizierung wurde fast augenblicklich durch schwerfällige Riesenschritte bestätigt, bei denen der Boden zu beben schien.

Die Schritte näherten sich dem Kontrollzentrum, und Peroni begriff, dass es, auch wenn die Nervenprobe gerade erst begann, in jedem Fall klug gewesen war, sich nicht dort zu verstecken.

Die Waschräume kamen als Nächstes dran, und die flüsternden Rohre steigerten sich zu einem Crescendo, als ob Max sie durch sein Näherkommen verängstigte. Peronis Verstand lief heiß: War das vielleicht einfach nur eine Routineüberprüfung, oder hatte irgendjemand irgendwie mitbekommen, dass er eingebrochen war?

Die Goliathschritte gingen Richtung Büro, und Peroni fiel ein, dass er das Tagebuch offen liegen gelassen hatte. Würde Max das bemerken? Er überlegte, ob er losrennen sollte, doch, wie auch immer, er überlegte zu lange und hörte Max wieder aus dem Büro kommen.

Nun bewegte sich das Donnern der Füße quer durch den Raum auf Peroni in seinem engen, entsetzlich unsicheren Versteck zu. Zuerst die Gestelle. Er konnte Max schwer atmen hören, als er zwischen der Taucherausrüstung herumstocherte. Und danach blieb nur noch ein einziges Versteck übrig. Das Atmen und die Schritte kamen näher, und Max stand nun praktisch über Peroni. Zwischen ihnen nur das Boot. Wenn Max sich ein paar Zentimeter nach vorn bewegte, würde er seine Beute entdecken.

Und er bewegte sich. Das Geräusch dabei war deutlich zu hören. Peroni rechnete damit, den großen Kopf (von welchem neuen exzentrischen Einfall gekrönt?) schrecklich über sich aufragen zu sehen. Stattdessen hörte er ein Ächzen und spürte, wie sein Versteck über ihn hochgestemmt wurde. Es war unglaublich, aber Max hob tatsächlich eine Seite des Motorbootes an, wahrscheinlich in dem Glauben, dass jeder so stark war wie er, und sah unter und im Boot nach.

Die Bewegung sorgte dafür, dass Peroni auf der anderen Seite noch sicherer versteckt war, aber die Umstände brachten es mit sich, dass er dabei durchaus zu Tode gequetscht werden konnte. Der Druck nahm gnadenlos zu und presste ihn gegen den Holzboden wie ein Insekt, das unter einem Schuhabsatz zermalmt wird. Er glaubte zu hören, wie seine Knochen knackend brachen, und spürte einen gequälten Schrei in sich aufsteigen, der zumindest den Vorteil hätte, ihm einen weniger schmerzvollen Tod zu bescheren.

Und dann ließ der Druck allmählich nach. Der Schiffsrumpf bewegte sich wieder von ihm weg. Vorläufig war Max beruhigt. Peroni hörte ihn wieder den Raum durchqueren und dabei mit den Knöcheln knacken. Er ging ins Büro, nahm den Telefonhörer ab und wählte eine Nummer.

»*Pronto*, Daniele?« Peroni hörte das tiefe Dröhnen von Max' Stimme. »Niemand hier. Wohl wieder ein Fehler in der Alarmanlage. Das ist schon das zweite Mal in zwei Wochen.« Dann kam eine Pause, und schließlich fuhr er fort: »Na ja, dann musst du sie eben noch mal überprüfen lassen, nicht? Ich bin gleich wieder da.«

Das war es also: eine Alarmanlage, die mit Bellinis Zimmer verbunden war. Diese Möglichkeit war ihm überhaupt nicht in den Sinn gekommen.

Er lauschte, wie Max hinausging, das Licht ausschaltete und die Tür hinter sich verschloss. Dann blieb er noch zehn Minuten liegen, teils aus Vorsicht, teils, um seinen gequälten Gliedern Zeit zu lassen, sich ein wenig zu erholen, und selbst nach dieser Pause war er überrascht, dass er überhaupt noch stehen konnte. Dann humpelte er nach einem vorsichtigen Rundumblick durch eines der Fenster unter Schmerzen zurück ins Büro und begann erneut das Tagebuch durchzusehen.

Abgesehen von dem Eintrag, der den Beginn des Kongresses markierte, verschiedenen offiziellen Terminen (»Mittagessen Bürgermeister«, »Pressekonferenz« usw.) und einer Unmenge von technischen Daten, gab es nichts in der jüngsten Vergangenheit, was sein Interesse erregte. Dann blätterte er auf den nächsten Tag um und sah dort drei kurze Einträge: *1941 443 M. abnehmend.* Er studierte sie einen Moment, und schließlich, nachdem er sich vergewissert hatte, dass es sonst nichts mehr gab, schloss er das Tagebuch. Er war ziemlich sicher, die Hälfte von dem gefunden zu haben, was er sich erhofft hatte. Leider brachte eine kurze, aber einigermaßen gründliche Durchsuchung des Raumes nicht die andere Hälfte zutage.

Es war Zeit zu gehen. Sein Abgang, das war ihm klar, würde wahrscheinlich Bellinis Alarmanlage erneut auslösen, aber das würde höchstwahrscheinlich als Folge eines weiteren Fehlers betrachtet werden, und außerdem hätte er immer noch reichlich Zeit wegzukommen. Er öffnete die beiden Schlösser, schlüpfte hinaus und schloss hinter sich wieder ab: Sie mussten ja nicht unbedingt wissen, dass sie Besuch gehabt hatten.

Er wollte gerade Richtung Auto gehen, als ihm ein Gedanke kam. Er sah sich rasch um. Niemand. Dann schlich er vorsichtig um das Gebäude herum. Auf der Rückseite, genau neben der Tür, die aus dem Waschraum führte, war eine Mülltonne. Er hob den Deckel ab und fing angewidert an, den Inhalt zu durchsuchen. Er hatte zwei unangenehme Begegnungen mit einer toten Maus und einem Haufen noch feuchter Teeblätter, aber ganz unten fand er das, wonach er suchte.

Als Peroni am nächsten Morgen die *Questura* in Venedig betrat, übergab er seinen Mülltonnenfund einem Kollegen, der sagte: »Aber in welcher Reihenfolge willst du sie denn haben?«

»Die Reihenfolge spielt keine Rolle.«

»Dann wird das Ergebnis aber ziemlich komisch ausfallen.«

»Wichtig ist nur, dass sie zusammengesetzt werden.«

»Okay – ganz wie du willst.«

Danach ging Peroni in sein Büro, wo ihm als Erstes ein Brief auf seinem Schreibtisch ins Auge fiel. Die Handschrift war so offensichtlich englisch, dass er erst einen Blick auf den Stempel werfen musste, um festzustellen, dass der Brief in Italien aufgegeben worden war. Streng, akkurat, mit einer diskret gezügelten Neigung zur Originalität, war es ebenso offensichtlich die Handschrift von Miss Kathleen Porter. Er öffnete den Umschlag.

Caro Commissario, las er, *ich habe versucht, Sie zu erreichen, aber Sie sind, so scheint es, wohl nie in Ihrem Büro. Was ich übrigens, so möchte ich hinzufügen, ganz ausgezeichnet finde: Eine Schulleiterin, die stets im Büro sitzt, macht ihre Arbeit nicht richtig, und ich glaube bestimmt, dass man dasselbe auch von Polizisten sagen kann. Ich muss heute nach England zurückkehren …,* er sah auf das Datum und stellte fest, dass es zwei Tage alt war. *… also werde ich mich mit einem schriftlichen addio begnügen müssen, oder besser arrivederci, denn ich hoffe doch, dass Sie mich möglichst bald in England besuchen kommen.* Dann nannte sie ihm ihre Adresse und Telefonnummer und lud ihn ein, in ihrem Haus zu wohnen – eine Einladung, die er, falls irgend möglich, beim Wort nehmen wollte.

Vielleicht dürfte ich Sie um einen Gefallen bitten, schrieb sie weiter. *Mir ist mitgeteilt worden, dass noch ein paar Sachen aus Cordelias persönlicher Habe in der Carabiniere-Station in Garda zur Abholung bereitliegen. Selbst wenn ich die Zeit dazu hätte, möchte ich es lieber nicht tun. Wären Sie wohl so nett, das für mich zu erledigen? Sie brauchen mir die Sachen auch nicht zuzusenden. Bitte bewahren Sie sie bis zu unserer nächsten Begegnung auf.*

Es war mir ein großes Vergnügen, Sie kennenzulernen, und ich habe vollstes Vertrauen, dass Sie die Wahrheit über den tragischen Tod meiner Nichte bald herausfinden werden. Wenn Sie das getan haben, würde ich mich sehr freuen, von Ihnen zu hören.

Mit ganz herzlichen Grüßen, Kathleen Porter.

Peroni wünschte, er wäre ebenso zuversichtlich wie sie. Zugegeben, allmählich nahmen die Dinge Gestalt an, und die Doppelentdeckung vom Vorabend war vielversprechend, aber irgendetwas entging ihm immer noch. Er hatte das eigenartige Gefühl, dass er dabei war, das falsche Puzzle zusammenzusetzen. Er starrte auf den Kanal unter seinem Fenster, und der starrte wenig hilfreich zurück. Dann fiel auf einmal ein blendend heller Sonnenstrahl darauf, und als ob er ihm zugezwinkert hätte, verstand Peroni plötzlich, warum das Puzzle falsch war. Er griff sich ein Blatt Papier, kritzelte kurz etwas darauf und lehnte sich dann zurück, um das Resultat zu begutachten.

3. Juli, stand da, *C. kommt in Garda an. 10., begegnet mir und ist mit jemandem verabredet, geht nachmittags zum ersten Mal zu Bellini (von Willi genau datiert) und isst mit mir zu Abend. 11., erste Segelstunde mit mir, Rest des Tages bei Bellini. 12., kommt abends zu spät zu unse-*

rer Verabredung, niedergeschlagen. Unwetter auf dem See.
13., nach Besuch in Costermano Brief an ihre Tante, segelt
nachmittags mit mir nach Malcesine. 14., letzter Tag, C. ab-
wechselnd ausgelassen und deprimiert, wird von jemandem
beobachtet (?), segelt allein mit der Spaghetti Western hinaus.

Das war das Puzzle, das er zusammensetzen sollte, aus dem
sich das Bild von Cordelias Aufenthalt am See ergab. Und
die wenigen Puzzleteile, die er sicher kannte, waren die
grundlegenden, um die herum die anderen eingesetzt werden mussten. Er griff zum Telefon, und ungefähr eine Stunde
später lag das Puzzle, bis auf ein paar Teile, die noch unsicher
waren bzw. fehlten, im Großen und Ganzen vor ihm.

3. Juli	*C. kommt in Garda an.*
4. Juli	*Sucht San Vigilio auf, die Capri-Bar in Garda und Graf Attilio in der Villa Mimosa.*
5. Juli	*Sucht Pagani und del Duca auf.*
7. Juli	*Spricht mit Oberst Volpi, Klinik bei Sirmione.*
9. Juli	*Fotografiert mit Duldung von Aristoteles die Karte in der del-Duca-Villa.*
10. Juli	*Begegnet mir, trifft dann jemanden, mit dem sie verabredet ist, nachmittags bei Bellini.*
11. Juli	*Bei Bellini.*
12. Juli	*Antiquitätenhändler. Toffali in Verona (?), Datum nicht bestätigt, muss aber logischerweise heute gewesen sein. Kehrt niedergeschlagen zurück. Warum?*
13. Juli	*Morgens in Costermano. »Vielleicht, nur viel- leicht, werde ich mit etwas höchst Interessantem nach England zurückkehren.«*
14. Juli	*Ausgelassen-deprimiert. Wird von jemandem verfolgt (?). Ertrinkt.*

Die dringlichste Frage, die sich aus dieser unvollständigen Aufstellung ergab, betraf offenbar die Identität der unbekannten Person, mit der sie am 10. Juli verabredet gewesen war. Und vorläufig sah Peroni keine Möglichkeit, darauf eine Antwort zu finden. Aber es gab noch zwei weitere Ungereimtheiten, die weniger auffällig waren, aber vielleicht nicht weniger entscheidend.

Die erste war Cordelias Niedergeschlagenheit am Abend des 12. Juli. Es machte den Anschein, als ob irgendetwas schiefgelaufen war, aber was? Und dann hatte sie ihrer Tante am nächsten Morgen geschrieben, dass sie »mit etwas höchst Interessantem« zurück nach England kommen würde. Das klang fast so, als ob sie sich verrannt hätte und nun wieder klar sah.

Die zweite Ungereimtheit bezog sich auf die Zeit zwischen ihrer Fahrt nach Costermano und ihrem Tod. Peroni fiel auf, dass er abgesehen von den Stunden, die sie mit ihm verbracht hatte, absolut nichts über ihre Aktivitäten in diesem entscheidenden Zeitraum wusste. Was hatte sie an dem Morgen, bevor sie getötet wurde, getan? Warum dieses Schwanken zwischen Ausgelassenheit und Depression? War sie wirklich beobachtet worden, und wenn ja, wieso und von wem? Der Weg zu der Wahrheit, von der Miss Porter in ihrem Brief gesprochen hatte, führte durch diese drei von Zweifeln überschatteten Bereiche.

Das interne Telefon auf seinem Schreibtisch klingelte, und er hob ab.

»*Pronto?*«

»*Dottor Peroni?* Ich habe die Tonbandstücke, die Sie mir gegeben haben, zusammengesetzt. Wenn Sie runterkommen, spiele ich sie Ihnen vor.«

»Ich komme sofort.«

Peroni eilte zu dem Raum im unteren Stockwerk, wo die

modernsten technischen Geräte – oder zumindest so viele, wie der staatliche Etat erlaubte – für die polizeilichen Ermittlungen in Venedig zur Verfügung standen.

»*Ciao*«, sagte Peronis Kollege, der Direktor dieses Hardware-Zirkus. »Ich habe Sie ja gewarnt, dass es ziemlich seltsam klingen wird. Ich hoffe bloß, dass Sie schlauer daraus werden als ich. Setzen Sie sich.« Nachdem er das gesagt hatte, schaltete er ein beeindruckend kompliziertes Tonbandgerät ein.

» ... Dreißig Meter«, sagte eine Stimme, die Peroni sofort als die von Max erkannte. »Trüber, als ich gedacht habe. Richtung Backbord.« »48«, fiel entweder Leo oder Teo ein, »49, 50. Das reicht. Abschalten.« » ... Dreissena Polymorpha.« Das war Bellini, und seine verzerrt dumpfe Stimme ließ darauf schließen, dass er tauchte. »Sie haben fünf große Felsen besiedelt ...« »Hegel hat ein Tor für Juventus geschossen!« Entweder Teo oder Leo, verblüffend deutlich, offenbar von dem Überwachungszentrum an Land. »Hat den Ball von Siri bekommen und aus einem unwahrscheinlich spitzen Winkel reingeknallt! Ihr könnt den Jubel bestimmt hören.« Und tatsächlich ertönte im Hintergrund aus einem Radio oder Fernseher Jubelgeschrei, das aber sogleich wieder von einer anderen Stimme unterbrochen wurde. » ... einige tote. Die hängen an Fasern aus Muschelseide.« Willi beim Tauchen. Peroni fand sie gruseliger, als er gedacht hatte, diese Stimme aus dem Grab. »Martini tritt einen Elfmeter für Sampdoria!« Wieder Teo oder Leo an Land. »Pavoni hat den Ball. Spielt ab zu Richter ...«

Das Durcheinander von Sätzen ging weiter, als ob es irgendeine surreale eigene Logik hätte, die man verstehen könnte, wenn man nur den Schlüssel dazu hätte. Peroni hörte es sich bis zum Schluss an, obwohl er wusste, dass er, falls seine Theorie stimmte, bereits alles hatte, was er brauchte.

»Was soll denn das beweisen, würde mich interessieren?«, sagte sein Kollege zum Schluss und schaltete das Gerät aus.

»Es beweist«, sagte Peroni leicht theatralisch, »dass ein Mann ermordet worden ist.«

12

*B*uon *giorno, Dottore«,* sagte der zynische *Brigadiere.*
»Sie wollen mir doch wohl nicht erzählen, dass Sie Ihre
Zeit noch immer mit der rothaarigen Engländerin vertun?«

»Ihre nächste Angehörige«, sagte Peroni frostig, »hat
mich ermächtigt, ein paar persönliche Sachen von ihr abzuholen, die, wie man mir gesagt hat, hier sind. Das ist ihr
Brief.«

Peronis Missbilligung nicht beachtend, warf der *Brigadiere* einen kurzen gleichgültigen Blick auf den Brief. »Ich
hole Ihnen den Kram«, sagte er. Er verschwand und kam
eine Minute später mit Cordelias hellblauer Segeltuchtasche
zurück, bei deren Anblick Peronis Herz sich schmerzlich
zusammenkrampfte. Er kippte den Inhalt vor ihm auf den
Tisch, als ob er einen Müllbeutel ausleeren würde. »Das
ist alles«, sagte er. »Gehen sie einfach die Liste durch und
unterschreiben Sie unten.«

Für Peroni war der Inhalt der Tasche fast mehr, als er er-
tragen konnte. Ängstlich darauf bedacht, die Sachen nicht
anzusehen, packte er die Jeans, das Hemd und die Turn-
schuhe, die sie getragen hatte, als sie starb, zurück in die
Tasche. Dann ging er den Rest durch. Da war ihre Uhr, eine
Goldkette, die sie um den Hals getragen hatte, ein Feuerzeug (sie war Nichtraucherin gewesen, wahrscheinlich war
es für den Hausgebrauch), ein solide aussehendes Allzweck-
messer, ein Portemonnaie und ein Schlüssel. All diese Dinge
schienen irgendwie körperlich von der lebendigen Cordelia
durchdrungen. Peroni stopfte sie, so schnell er konnte, in

die Tasche, unterschrieb und machte, dass er wegkam. Er brauchte dringend einen Drink. Mit Cordelias Tasche über der Schulter machte er sich auf den Weg durch das Dorf zu einer Bar, die er kannte und die in einer stillen Seitenstraße lag.

Die Aussage, die er ein paar Stunden zuvor gemacht hatte und der zufolge die Tonbandfetzen den Beweis dafür lieferten, dass ein Mann ermordet worden war, klang zwar dramatisch, war aber nicht ganz richtig. In Wahrheit bewiesen sie überhaupt nichts, obwohl sie bei genauerer Überprüfung stark auf etwas hindeuten mochten. Wenn er der Leiter der Ermittlung wäre, würden sie sicherlich ausreichen, um einige Leute zum Verhör vorzuladen, aber da er das nicht war und bereits zweimal erfolglos versucht hatte, die Ermittler von seinem Standpunkt zu überzeugen, wusste er, dass es klüger sein würde, sich zurückzuhalten, bis er etwas Unwiderlegbares in Händen hielt. Und mit ein wenig Glück würde er am nächsten Morgen dazu in der Lage sein.

Aber er brauchte Hilfe. Nach einigem Nachdenken hatte er um einen sofortigen Termin mit dem im Veneto zuständigen Polizeipräsidenten, der Neapolitaner wie er und ein alter Freund war, gebeten und auch bekommen.

»Eine typische Peroni-Situation«, sagte der Polizeipräsident, nachdem Peroni zu Ende geredet hatte. »Wenn ich dich nicht so gut kennen würde, wäre ich entsetzt. So jedoch bin ich bloß fassungslos.« Er trommelte kurz mit den Fingern auf dem Schreibtisch. »Hör mal, Achille«, sagte er schließlich, »ich kann nicht ein paar Hundert Leute in einen regelrechten Kriegszustand versetzen, bloß weil du ein paar Kritzeleien in einem Tagebuch entdeckt hast. Ich kann dir nur einen Kompromissvorschlag machen.« Er schrieb etwas auf ein Stück Papier und reichte es Peroni. »Ich garantiere dir, wenn du mich unter dieser Nummer anrufst, und zwar zu jeder Tages- und Nachtzeit, verschaffe ich dir innerhalb von Minuten alle Unterstützung, die du brauchst. Einverstanden?«

Damit musste Peroni sich zufriedengeben. Danach war er nach Garda gefahren, mit einem Zwischenstopp in San Benedetto di Lugana, wo er für die Nacht ein Motorboot mietete. Und nachdem das erledigt war und er noch einige Stunden zu überbrücken hatte, war er hergekommen, um Cordelias schmerzliche Habseligkeiten abzuholen.

Nun ging er durch die stilleren Straßen hinter der Seepromenade. Als er an dem Haus vorbeikam, in dem Cordelia gewohnt hatte, war er ängstlich darauf bedacht, nicht hinzusehen, und ging stur weiter in Richtung Bar. Er kam zu einem niedrigen steinernen Torbogen, durch den er die architektonisch langweiligen Umrisse der Dorfkirche ausmachen konnte. Just in dem Augenblick, als er den Torbogen durchschritt, hörte er dicht hinter sich die Fehlzündung eines Wagens. Aber im Zentrum von Garda durften gar keine Autos fahren. Der Knall hallte erschreckend laut in der engen Gasse wider, und er wollte sich danach umdrehen. Aber sein Körper gehorchte ihm nicht. Erst jetzt, so schien es, spürte er den Schlag, und er hatte das Gefühl, von einem harten Ball in den Rücken getroffen zu werden, den ein Kind mit übermenschlichen Kräften getreten hatte.

Aber es war, viel prosaischer, eine Kugel.

Plötzlich lief alles falsch. In seinem inneren Mechanismus herrschte ein Chaos wie in einem überfüllten Hochgeschwindigkeitslift, der plötzlich stoppt. Es dröhnte in seinen Ohren. Vor seinen Augen flackerte es beängstigend. Irgendwo war Blut. Unter erbärmlich banalen Umständen hatte sich der Tod auf den Helden von tausend waghalsigen Eskapaden gestürzt. Er spürte, wie er nach vorn fiel. Dann spürte er nichts mehr.

Endlich, nach einer Ewigkeit, öffneten sich Peronis Augen schwach und sahen Nausikaas Erdmuttergesicht, das wie ein zärtlicher Mond direkt über seinem Gesicht schwebte.

»So ist fein«, sagte sie und gab ihm das Gefühl, als sei er eines ihrer Kinder, das sich von einem schlimmen Sturz erholt. »Du führst ja doch ein gefährliches Leben, nicht? Erzähl mir bloß nie wieder so einen Quatsch von Routineuntersuchung. Wird mitten in Garda niedergeschossen! Du hättest tot sein können!«

»Ich dachte, das wäre ich«, sagte Peroni schwach und wunderte sich über die schlaffe Schwere, die auf ihm lastete.

»Unsinn!«, sagte Nausikaa sachlich. »Es ist nur eine Schulterverletzung. Du hast ziemlich viel Blut verloren, und es ist recht übel, aber der Arzt hat sich schon darum gekümmert.«

Als Beweis dessen spürte Peroni den Druck eines Verbandes um seine Schulter. »Wo bin ich?«

»In unserem Haus in Bardolino natürlich.«

»Wie bin ich hergekommen?«

»Ich habe dich gefahren.«

Peroni spürte, wie sein Verstand von einer Welle der Schläfrigkeit überflutet wurde. »Hat man mir irgendwelche Medikamente gegeben?«

Bevor sie darauf antworten konnte, flog die Tür auf, und ungefähr ein halbes Dutzend Kinder platzte in das Zimmer, mit einem Tablett, von dem wundersamerweise nichts verschüttet wurde.

»Stellt es auf den Tisch«, befahl Nausikaa. »Ich habe mir gedacht, dass du bald zu dir kommst«, erklärte sie Peroni, »deshalb habe ich den Kindern gesagt, sie sollten Tee machen. Cristina, gieß ein«, fuhr sie fort, »und du, Marco, bring einen Tisch her für den *Commissario*.«

»Aber ich mag keinen Tee!«, protestierte Peroni.

»Unsinn!«, bellte Nausikaa. »Starker süßer Tee ist genau das Richtige, wenn man Blut verloren hat. Alberto, der Teelöffel des *Commissario* ist nicht dazu da, Löcher in den Teppich zu bohren!«

»Ein Schlückchen Cognac wäre mir eigentlich lieber.«

Sie blickte ihn streng an, öffnete den Mund, um einen Tadel auszusprechen, änderte dann aber offenbar ihre Meinung. »Na meinetwegen, du bist ja wohl alt genug«, sagte sie. »Marco, geh und bitte Opa um den Cognac, und Martina gieß den Tee aus dem Fenster. Antonio, starr nicht so – der *Commissario* ist kein Orang-Utan!«

Peroni sah ein, dass er wohl kaum eine respektgebietende Figur abgab, so halb auf dem Sofa und halb an Nausikaas Brust gebettet. Er versuchte, sich aufzusetzen, aber sie zog ihn entschlossen zurück und sagte: »Du sollst dich ausruhen!«

»Aber wie hast du mich …?«, hob er an, wurde jedoch von einem gequälten Aufjaulen draußen vor dem Fenster unterbrochen.

»Also wirklich, Martina«, sagte Nausikaa, »du hättest ruhig drauf achten können, dass der Hund nicht gerade unter dem Fenster liegt, wenn du den Tee wegschüttest. Wie ich dich gefunden habe, wolltest du sagen. Tja, ich bin nach Garda gefahren, weil ich Bibelstunde hatte …« (bei dieser Frau, dachte Peroni verwirrt, nahmen die Überraschungen und Widersprüche offenbar kein Ende) » … und als ich aus der Kirche kam, musste ich durch den Torbogen, um wieder zurück zu meinem Wagen zu kommen. Und da lagst du auf dem Boden. Natürlich habe ich gedacht, du wärst betrunken, aber dann habe ich das Blut gesehen.«

»War sonst niemand in der Nähe?«

»Du meinst die Person, die auf dich geschossen hat? Ach, sehr schön, Marco. Mmh, Opas bester Courvoisier, wie ich sehe. Du musst wirklich ein Magier sein, Achille, so wie du diesen Mann bezaubert hast. Zwei Gläser bitte – wir können den *Commissario* doch nicht alleine trinken lassen.« Als sie eingoss, nutzte Peroni die Gelegenheit, sich in eine normale Position zu bringen. »Chin-chin!«, sagte sie und reichte ihm einen übergroßen Cognac. »Auf deine schnelle Genesung. Wo war ich gerade? Ach ja, ob jemand in der Nähe war. Nein, keine Menschenseele. Ich habe mich ganz bewusst umgesehen, weil ich wusste, dass du mir so eine Frage stellen würdest, obwohl ich, das gebe ich gern zu, vor Angst wie von Sinnen war. Aber ich habe den Schuss nicht gehört, also hatte er natürlich reichlich Zeit abzuhauen. Roberto, hör auf, die Vorhänge anzuzünden! Und Alberto, ich habe dir schon hundertmal gesagt, dass du mit deiner Schwester nicht »Operieren« spielen sollst!« Sie stand auf und explodierte wie ein spektakuläres Feuerwerk des Zorns. »Los jetzt, ab mit euch auf eure Zimmer! Der *Commissario* ist angeschossen worden und will nicht von einer Bande alberner Kinder belästigt werden!« Und während sie das sagte, trieb sie sie vor sich her zur Tür.

Während das Verscheuchen vonstatten ging, kämpfte sich Peroni durch Nebelbänke der Apathie, um die Situation zu überdenken. War ihre Anwesenheit in Garda wirklich so zufällig gewesen? Woher sollte er wissen, dass nicht sie auf ihn geschossen hatte? Oder zumindest jemand, dessen Identität ihr bekannt war? Er schüttelte den Kopf und trank einen großen Schluck Cognac, um den trägen Fluss seiner Gedanken zu beschleunigen.

»Sind sie nicht süß?«, fragte sie, als sie von ihrer Mission zurückkehrte. »Ohne sie ist es auf einmal richtig langweilig, nicht? Ja«, fuhr sie fort, als hätte er laut geredet, »ich hätte es durchaus sein können, die auf dich geschossen hat. Oder ich könnte mit demjenigen, der es getan hat, unter einer Decke stecken. Aber wenn dem so wäre, warum hätte ich, oder *Signor* X, die Sache dann nicht ordentlich erledigt? Und wieso hätte ich mir die Mühe machen sollen, zwei stämmige Fischer herbeizurufen, damit sie dich zum Wagen tragen? Ganz abgesehen davon, dass ich jetzt den ganzen Rücksitz voller Blut habe.«

Die Dunkelheit von Peronis geistigem Horizont wurde plötzlich von einem Blitzstrahl der Erinnerung erhellt. »Die Tasche!«

»Welche Tasche? Du wechselst aber wirklich sprunghaft das Thema, Achille.«

»Eine blassblaue Segeltuchtasche – ich hatte sie dabei!«

»Die von der jungen Engländerin?«

»Woher weißt du das …?«

»Sei nicht so misstrauisch, Achille. Sie hatte sie mit, als sie hier war. Und ich kann mir kaum vorstellen, dass du selbst eine blassblaue Segeltuchtasche hast und damit rumläufst. Nein, sie war nicht da.«

Dann war er also wegen Cordelias Tasche angeschossen worden. Im Geiste ging er den Inhalt noch einmal durch. Wenn man vom offensichtlichen Wert ausging, war nichts dabei gewesen, das eine solche Gewalttat erklären würde. Der Schlüssel? Es war ein altmodischer Haustürschlüssel, mit ziemlicher Sicherheit von dem Haus in Garda, in dem sie gewohnt hatte; es wäre wesentlich einfacher gewesen, dort einzubrechen, anstatt das Risiko einzugehen, am helllichten Tag auf ihn zu schießen.

»Aber darüber sollst du dir jetzt nicht den Kopf zerbrechen, Achille«, redete Nausikaa weiter. »Nach allem, was du heute durchgemacht hast, ist es höchste Zeit, dass du ins Bett kommst.« Lag es an seiner eigenen, stets angeheizten Phantasie, oder hatte sie das Wort wirklich einladend betont? »Du schläfst doch hier, oder? Meine Gatten haben eine ganz ausgezeichnete Auswahl von Pyjamas hiergelassen.« Die Vorstellung war verlockend, aber wäre ihm in seinem Zustand überhaupt danach? Etwas sagte ihm, dass ihm durchaus danach wäre. »Vielleicht vorher noch ein Schlückchen Cognac?« Sie goss großzügig für sie beide ein.

Ein weiterer Blitzstrahl der Erinnerung flackerte alarmierend auf, und in seinem Licht sah Peroni, was er am See hatte machen wollen. Bett? Sein innerer Zeitmesser musste bei der Schießerei stehen geblieben sein. Aber im Raum waren alle Lampen eingeschaltet; der Himmel, das sah er, als er sich rasch zum Fenster umwandte, war schon dunkel. Er blickte auf seine Uhr. »Es ist ja schon fast Mitternacht!«

»Stimmt. Höchste Zeit für uns, ins Bett zu gehen.« (Eine weitere Einladung? Ach, wieso sich jetzt in Gefahr begeben, wenn er in diesem wundervollen Kompendium alles Weiblichen schwelgen könnte?) »Sonst schlafen wir um diese Zeit schon fest, aber die Kinder haben gefragt, ob sie heute länger aufbleiben dürften, weil du angeschossen worden bist. Komm, wir suchen einen Pyjama für dich aus. Aber eigentlich glaube ich, dass es dir im Pyjama viel zu warm sein wird.«

Das war doch nun zweifellos eindeutig? Peroni durchlief ein erregter Schauer. Aber gleichzeitig ging ihm seltsamerweise der Gedanke nicht aus dem Kopf, dass sie im Grunde ein anderes Ziel verfolgte. Sein ganzes altes Misstrauen ihr gegenüber kehrte zurück, und als die Erinnerung wieder in sein Bewusstsein drängte, was er am See gewollt hatte, war er sich so gut wie sicher, dass sie versuchte, ihn mit allen Tricks, die sie kannte, daran zu hindern. »Ich muss gehen«, sagte er. Noch während er das sagte, stand er auf und spürte einen reißenden Schmerz in der Schulter.

»Bist du verrückt geworden, Achille? In deinem Zustand kannst du unmöglich irgendwohin gehen. Setz dich sofort wieder hin!« Lag hinter diesem mütterlichen Aufbrausen ein Hauch von Angst?

»Ich gehe«, sagte er, steuerte Richtung Tür und versuchte, sich den Schmerz, den er dabei empfand, nicht anmerken zu lassen. »Ich bitte dich nur, mir deinen Wagen zu leihen.«

»Aber Achille, das ist doch Wahnsinn!« Angesichts seiner – wie es hoffentlich aussah – Unnachgiebigkeit, verfiel sie nun in einen jammernden Ton.

»Ja oder nein?«

»Ich werde dich fahren«, gab sie nach. »Du kannst unmöglich selbst fahren.«

»Nein«, sagte Peroni. Unter anderen Umständen hätte ihm der Gedanke gefallen, jetzt jedoch, so wusste er, würde ihre Anwesenheit eine ständige Ablenkung darstellen, und er fühlte sich nicht stark genug, sich dagegen zu wehren. »Kann ich deinen Wagen nehmen, oder nicht?«

»Ich bringe dich zu ihm.«

So unterwürfig hatte er sie noch nie erlebt. Sie verließen schweigend das Zimmer und das Haus und gingen die Treppe zu der Kieseinfahrt hinunter, wo der Wagen parkte. Noch immer schweigend, gab sie ihm die Schlüssel. Er stieg ein und ließ den Motor an.

»Achille«, sagte sie, »fahr nicht …« In ihrer Stimme lag ein flehender Unterton, und als er zu ihr aufsah, entdeckte Peroni zwei große Tränen, die in der Dunkelheit auf ihren Wangen glänzten. »Sei vorsichtig!«, sagte sie, wandte sich um und rannte die Stufen zur Villa hinauf. Diesmal war die Angst in ihrer Stimme unüberhörbar.

13

Sobald der Hafen in Sicht kam, sprang ihm selbst in der Finsternis die nicht vorhandene Proserpina ins Auge. Das Ganze war Zeitverschwendung: sich von Nausikaas verführerischen Sirenengesängen loszureißen und die quälende Fahrt durch die Nacht. Er hätte besser in Bardolino bleiben und sämtliche Pyjamas ihrer früheren Ehemänner anprobieren sollen. Denn er kam zu spät.

Die Proserpina war irgendwo da draußen auf dem See und führte ihre Mission aus, das Mussolini-Gold zu bergen, und da es fast noch vier Stunden bis Sonnenaufgang waren, hatte ihre Mannschaft mehr als genug Zeit, um die beiden großen Kisten nach oben zu schaffen und in ein Versteck zu bringen.

Verbittert sah Peroni ein, dass er der Wahrheit niemals auf den Grund kommen würde. Ohne das Mussolini-Gold würde es nicht möglich sein, das Rätsel oder die Rätsel zu lösen, die Bellini noch immer umgaben, und ohne sie war es ihm unmöglich, das Einzige zu klären, was ihn wirklich interessierte: die Umstände von Cordelias Tod.

Als er in Bellinis Tagebuch für den heutigen Tag den Eintrag *1941 443 M. abnehmend* gesehen hatte, war ihm klar geworden, dass damit Sonnenuntergang (1941), der morgige Sonnenaufgang (443) und der nächtliche Mond (abnehmend) gemeint sein mussten, was bedeutete, dass für die Proserpina ein Nachtfahrt angesetzt war. Und das wiederum konnte nur eines heißen: Sie hatten vor, das Mussolini-Gold zu bergen. Daher Peronis Gespräch mit dem Polizeipräsidenten, um sich Unterstützung für die Festnahme zu besorgen. Jetzt jedoch war es unmöglich geworden, sie noch aufzuspüren. Der Gardasee war der größte See Italiens, und auf seiner riesigen Fläche wäre der Bathyskaph – vorausgesetzt, er war nicht untergetaucht – nur mit einer groß angelegten Wasser-Luft-Suchaktion zu finden. Also war dank Nausikaa und einer oder mehrerer unbekannter Personen die letzte Hoffnung unwiderruflich dahin. Peroni fühlte sich leer und müde, als er zum Auto zurückging.

»Jetzt wirst du nie erfahren, wer sie getötet hat. So alt kannst du gar nicht werden. Ihr Tod wird für immer ein ungelöstes Geheimnis bleiben.«

Die Männerstimme, die in der Dunkelheit aus einem Haus drang, an dem Peroni gerade vorbeiging, ließ ihn einen Augenblick verwundert stehen bleiben, bis er begriff, dass sie aus irgendeinem Spätfilm im Fernsehen stammte, den jemand gerade eingeschaltet hatte.

Fernsehen.

Das Wort brannte sich blendend hell in sein Hirn, sodass er für einen Moment die Erschöpfung und die pochende Wunde in seiner Schulter vergaß. Alle Tauchfahrten wurden automatisch per Bildschirm überwacht, hatte Bellini gesagt. Also gab es immerhin noch die Chance, dass er die Geschehnisse vom Bootshaus aus verfolgen konnte und vielleicht irgendeinen Anhaltspunkt mitbekam, wohin sie fuhren, nachdem die Kisten eingeladen waren.

Er fiel in einen unbeholfenen, hoppelnden Laufschritt, die schnellstmögliche Fortbewegungsart, zu der er in der Lage war, und versuchte, nicht daran zu denken, welche Auswirkungen das auf seinen Verband und die Wunde darunter haben würde.

Da dem Team durch Willis Tod ein Mann fehlte und da sie überdies mit dem geborgenen Gold wohl gleich flüch-

ten wollten, war damit zu rechnen, dass die normale Über-
wachung heute Nacht nicht stattfinden würde. Und tatsächlich, als Peroni das Bootshaus erreichte, war es dunkel und
still. Er machte sich an den Schlössern zu schaffen, wobei er
sich zwang, ganz ruhig zu arbeiten, um jede Fummelei und
somit weiteren Zeitverlust zu vermeiden.

Es schien Stunden zu dauern, doch schließlich gaben sie
nach, und er zog einen Flügel der großen Tür auf und trat
ein. Keiner da, und die Konturen des Kontrollzentrums
ragten wuchtig in der Dunkelheit auf.

Er ging hinüber und setzte sich vor die Instrumententafel,
die Pistole griffbereit. Dann starrte er bekümmert auf die Instrumente. Er hatte naiverweise mit einem Knopf oder Schalter am Bildschirm gerechnet, den man drückte oder drehte,
wie beim Fernseher, wenn man die Acht-Uhr-*Telegiornale*
einschaltete, aber das Ding hier war der Abenteuerspiel-
platz eines Computerfachmanns. Peroni hämmerte nervös
auf einige Tasten und Knöpfe. Das zeitigte zwar Wirkung,
aber kaum die, die er sich wünschte. Rote Lämpchen leuchteten auf, und der gesamte Komplex brummte ihn wütend
an. Die Bildschirme blieben jedoch dunkel. Er ließ erneut
ein paar Tasten klicken, und das Knurren steigerte sich zu
einem ohrenbetäubenden Kreischen, markerschütternd wie
ein Todesschrei. Falls ein eventueller Nachtwächter noch
nicht durch das Licht alarmiert worden war, dann sicherlich
durch diesen Lärm, denn er hätte ausgereicht, um die Opern-
aufführung in der römischen Arena von Verona zu stören.

Peroni schlug verzweifelt auf die Instrumententafel ein,
was die Sache nur noch schlimmer machte; die roten Lichter
tanzten jetzt hysterisch wie Dämonen, die menschliche Seelen haben wollten, und das Kreischen hielt unvermindert
an. Dann berührte er durch puren Zufall etwas, das die Bes-
tie augenblicklich friedlich stimmte oder, was wahrschein-

licher war, sie dazu brachte, eine noch teuflischere Form der Selbstverteidigung zu aktivieren. Die Lichter hörten auf zu tanzen und erloschen alle bis auf eines, das ihn zu beobachten schien wie ein blutunterlaufenes und glänzendes Auge, und das Kreischen schwoll zu einem leisen Knurren ab. Die Bildschirme blieben hartnäckig tot.

Es hatte keinen Sinn. Seine Chancen, Kontakt zu den Abgründen des Gardasees herzustellen, waren ungefähr so groß wie die, dorthin zu schwimmen. Und dann fing Peroni unwillkürlich an, mit dem Schutzheiligen von Neapel zu verhandeln. »Heiliger Januarius«, murmelte er im Stillen, »bring *questa maledetta cosa* zum Laufen, und ich lasse die dickste Kerze von Neapel vor deinem Schrein anzünden.« Kindischer Aberglaube, grollte der *Commissario* zornig, und selbst angenommen, ein Heiliger würde sich auf einen solchen Handel einlassen, wie sollte ein Bischof, der im vierten Jahrhundert gestorben war, denn wohl mit Computern fertigwerden? Peroni kam sich etwas albern vor, als er die beiden Knöpfe vor sich berührte und sah, wie der größte Bildschirm anstandslos zum Leben erwachte.

Reiner Zufall, sagte der *Commissario. Grazie,* heiliger Januarius, sagte der Neapolitaner in ihm.

Die Proserpina schwebte knapp über dem Seegrund, wo zwei schlanke Pressluftflaschen nebeneinander abgelegt worden waren. Dann glitt der Bathyskaph über sie hinweg, und Peroni sah nichts in dem trüben grünen Unterwasserlicht, bis auf vereinzelte geisterhafte Felsformationen. Dann entdeckte er in einiger Entfernung zwei weitere Formen, die er zunächst auch für Felsen hielt, doch als die Proserpina näher heranfuhr, sah er, dass es Kisten waren. Dicht mit Muscheln bewachsen und von einem flaumig aussehenden Sediment bedeckt, aber erkennbar Kisten. Das Mussolini-Gold.

»Das Mussolini-Gold!«, sagte eine Stimme direkt in Peronis Ohr. Ein hektischer Griff zur Pistole wurde durch die Erkenntnis gestoppt, dass das Programm nicht nur die Bilder, sondern auch den Ton übertrug. Die Worte, heiser vor habgieriger Ehrfurcht, waren aus einem Lautsprecher zu seiner Linken gekommen. Er hoffte, dass er nicht auch die Übertragung in umgekehrter Richtung eingeschaltet hatte. Der heilige Januarius würde ein so dummes Detail bestimmt nicht übersehen haben, aber er beschloss trotzdem, sich so leise wie möglich zu verhalten.

Er hatte die Stimme nicht erkannt, was bedeutete, dass sie entweder Leo oder Teo gehörte.

»Hebevorrichtung bereit.« Bellini. Die Stimme hatte den verzerrten, hohlen Klang, den Peroni mittlerweile von Tauchern kannte.

»Check«, sagte Leo oder Teo.

Gleichzeitig kam eine Gestalt, die Peroni nicht erkannte, weil sie Maske, Neopren-Tauchanzug und Atemgerät trug, wie ein riesiger Fisch ins Bild geschwebt. Die Figur bewegte sich mühelos mit den Schwimmflossen vorwärts und abwärts zu den Kisten.

Ein anderer Taucher kam von links ins Bild geschwebt und begann, sich mithilfe der Flossen Richtung Kisten zu bewegen. Er trug etwas, das schwer war, aber dennoch wie Seegras im Wasser hinter ihm herwehte. Peroni brauchte eine Sekunde, bis er begriff, dass dieses Seegras Ketten waren. Dann, als der zweite Taucher ebenfalls bei den Kisten angekommen war, fingen er und Bellini an, die Ketten darumzulegen und zu befestigen. Die Bewegungen erinnerten Peroni an die erste Mondlandung: Sie hatten dieselbe langsame, bedächtige aber unwirkliche Qualität.

»Irgendwas aufgesetzt«, übermittelte Bellini. »Backbord irgendwas, irgendwas wirbelt Sandgrund auf.«

»Check.«

Langsam schwenkte die Kamera nach links, wobei sie in etwa einen Kreis beschrieb, sodass die Taucher und die beiden Kisten mehr oder weniger in der Mitte des Bildes blieben. Und dann wurde der Monitor plötzlich dunkel. Irgendetwas hatte die Kameralinse komplett abgedeckt. Etwas Schwarzes.

Dann, als die Proserpina sich weiterbewegte, entfernte sich das schwarze Ding von der Linse und war als menschlicher Rücken zu erkennen. Ein gewaltiger menschlicher Rücken, der nur einem gehören konnte, Max. Also waren drei von ihnen im Wasser und einer im Bathyskaph.

Kaum hatte Peroni Max erkannt, da wurde seine Aufmerksamkeit auch schon auf das gelenkt, was der tat. Oder eher auf eine Bewegung, die Max machte und die zugleich vertraut und doch erschreckend fehl am Platze war. Dann gab es eine blitzschnelle Bewegung im Wasser, als ob ein Fisch mit Überschallgeschwindigkeit plötzlich durch das Dreieck geschossen wäre, das die drei Männer bildeten. Aber erst als Bellini zu Max aufsah, begriff Peroni voll, was passiert war. Entsetzen schien von Bellinis Gesichtsmaske auszugehen, und fast war es, als könnte Peroni darin die Spiegelung von Max sehen, der eine Unterwasserpistole in der Hand hielt.

Aber wenn Max mit dem Schuss hatte töten wollen, dann hatte er offensichtlich versagt. Tatsächlich musste die Kugel ihr Ziel verfehlt haben, denn wenn sie Bellinis Tauchanzug oder seine Ausrüstung durchschlagen hätte, wäre er jetzt in großen Schwierigkeiten, und seine Bewegungen ließen nicht auf einen derartigen Notfall schließen. Er sah zu dem dritten Mann hinüber, wahrscheinlich in der Hoffnung, einen Verbündeten zu finden, aber als Peroni dem Blick folgte, sah er, dass auch der andere eine Pistole in der Hand hielt.

Dann nahmen Max und der andere Mann Bellini in die Zange. Ihre Schwimmflossen schlugen im langsamen Rhythmus, und Peroni musste an zwei Haie denken, die auf ihre Beute zuschwimmen.

Dann war Bellini durch eine plötzliche kaulquappenartige Schlängelbewegung hinter den Kisten aus dem Bild verschwunden. Er machte einen Fluchtversuch, der zugleich verzweifelt und sicherlich hoffnungslos war. Was wollte er unbewaffnet gegen zwei Killer mit Pistolen ausrichten, und das in einer Situation, die schon unter normalen Umständen gefahrvoll war?

Noch während Peroni das dachte, beobachtete er, wie ein Schatten rasch aus dem Halbdunkel jenseits der Kisten in die tintenschwarze Finsternis außerhalb der Reichweite der Beleuchtung der Proserpina glitt, und fast gleichzeitig wurde das Wasser von zwei unsichtbaren Kugeln durchschnitten, die wütende kleine Spritzer auf dem Deckel der hinteren Kiste verursachten.

Vielleicht war der Versuch doch nicht so hoffnungslos. Damit ihre Verschwörung gelang, die vermutlich das Ziel hatte, Bellini als Teilhaber am Mussolini-Gold zu eliminieren, brauchten die beiden Jäger unbedingt Licht, um ihre Beute aufzuspüren. Bellini dagegen war nicht so eingeschränkt. Hatte er sich erst einmal ihren Blicken entzogen, gab es nur eine Richtung, in die er musste: nach oben. Und dafür brauchte er kein Licht. War er erst einmal an der Oberfläche (falls ihn weder Entdeckung noch eine zu schnelle Dekompression daran hinderte), hatte er eine Chance, sich in Sicherheit zu bringen, da die Kisten nicht zu bergen gewesen wären, wenn sie zu weit vom Ufer entfernt lagen. Max war sich dessen wohl bewusst, und er drehte sich um, sah Peroni, so schien es, genau an und machte der Proserpina Zeichen, sich an der Jagd zu beteiligen.

Dann, als die Kamera anfing, sich bedächtig vorwärts zu bewegen, und der halbdunkle Bereich weiter nach hinten gedrängt wurde, verschwand der Grund des Sees plötzlich. Es war, als wären sie an den Rand einer Unterwasserklippe gekommen, und Peroni starrte mit entsetzter Ehrfurcht in die schwarze Tiefe, die bis ins Innerste der Erde zu reichen schien und die Lampen der Proserpina verschmähte wie der intergalaktische Raum eine Kerzenflamme.

Max und sein Gefährte hielten am Rande dieses Abgrunds inne, offensichtlich unsicher, was sie als Nächstes tun sollten. Der Pilot der Proserpina musste gleichfalls verwirrt gewesen sein, und nach einer Sekunde wurden die Scheinwerfer nach oben geschwenkt, sodass der fürchterliche Schlund unter ihnen im Dunkel versank. Doch der Anblick, der sich nun stattdessen darbot, war kaum weniger beeindruckend. Jenseits des Abgrunds, nur wenige Meter entfernt, stieg eine Art felsiger Bergkamm zerklüftet hinauf in die Dunkelheit über ihnen. Falls Bellini dorthin geschwommen war, hätte er keine großen Probleme, unentdeckt zu bleiben, obwohl die rasiermesserscharfen Felsen die entsetzliche Gefahr mit sich brachten, dass er seinen Taucheranzug zerriss oder sein Atemgerät beschädigte, was in jedem Fall einen noch schrecklicheren Tod bedeuten würde als die Unterwassergeschosse.

Nach ein paar Sekunden gab Max das Signal zur Fortsetzung der Menschenjagd und fing an, über den tiefen Abgrund unter ihm zu schwimmen. Sein Gefährte folgte, blieb aber, offenbar widerstrebend, ein Stückchen hinter ihm. Auch das Vordringen der Proserpina wirkte irgendwie langsam und zögerlich, und selbst Peroni drückte sich instinktiv in seinem Sessel nach hinten.

Sie erreichten die Felsen und mussten gut zehn Meter nach oben ausweichen. Aus dieser höheren Position sah

es so aus, als flögen sie gefährlich niedrig über einen Bergkamm. Von Bellini war nichts zu sehen, und Peroni hoffte
unwillkürlich, dass er bereits auf dem Weg nach oben war.

Vor ihnen, an der Grenze zur undurchdringlichen Dunkelheit, ragten zwei besonders hohe Gipfel auf, und als Peroni sie betrachtete, war zwischen ihnen eine verräterische
Wirbelbewegung auszumachen, obwohl es zu dunkel war,
um erkennen zu können, was sich da bewegte. Max verlor keine Zeit mit Überlegen, sondern schoss genau in die
Mitte. Dann, als sie ihre winzige Insel des Lichts ein paar
Meter weiter nach vorne bewegten, sah Peroni, dass Max
einen Riesenkarpfen getroffen hatte. (»Der König des Sees«,
erklang Bellinis Stimme in Peronis Erinnerung.)

Der Fisch bäumte sich bereits grässlich im Todeskampf
auf, zuckte und wand sich mit einer Gewalt, die ein kleines Boot auf der Wasseroberfläche mühelos zum Kentern
gebracht hätte, und gleichzeitig verfärbte sich das Dunkel-
grün des Wassers mit dem noch dunkleren Rot von Blut,
das sich immer weiter ausbreitete, bis es den gesamten er-
hellten Bereich vor der Proserpina ausfüllte. Peroni blickte
schreckensstarr auf dieses gewaltige Sterben; es schien, als
würde es ewig dauern und die Krämpfe des Fisches niemals
nachlassen.

Es war wie die Geschichte mit dem Albatros. Max hatte
den König der Abgründe getötet, und ganz sicher würden
die Abgründe dafür Rache nehmen. Dieser Gedanke schoss
Peroni durch den Kopf und setzte sich dort fest, bevor er
Zeit hatte, ihn zu zensieren.

» … zurück zu den Kisten.« Max' Stimme, die verzerrt und
knisternd aus dem Lautsprecher drang, ließ Peroni nervös
zusammenfahren, und ihm fiel auf, dass die gesamte Jagd
bis dahin in völliger Stille erfolgt war. »Niemals irgendwas
irgendwas Lebendiges.«

Der Todeskampf des Fisches zeigte erste Anzeichen der Ermattung, als die Proserpina ganz langsam herumschwenkte und die beiden Taucher wieder zurück über den Schlund schwammen. Peroni kam es so vor, als ob eine Vorahnung von der Rache des Sees sie begleitete.

Während der Bathyskaph langsam durch die Unterwassernacht schwebte, fragte sich Peroni, was wohl aus Bellini geworden war. Ob er just in diesem Moment zur Oberfläche des Sees aufstieg? Oder teilte er das tödliche Schicksal des Riesenkarpfens?

Nachdem die Kluft überquert und zurückgelassen worden war, zeichneten sich allmählich wieder zwei Formen auf dem Seegrund ab, nur mit Mühe als Kisten zu erkennen. Und dann, als der Lichtkreis über sie und in den Bereich dahinter glitt, sah Peroni, dass Bellini weder auf dem Weg nach oben noch tot war. Er war dort, in einer Position zusammengekauert, die entsetzlich an die Haltung eines Fötus erinnerte. Eine Sekunde lang dachte Peroni, dass er verrückt sein müsste, noch immer auf dem Grund des Sees zu sein, wo er doch Gelegenheit gehabt hatte, zur Oberfläche zu entkommen. Er wusste, dass ein langer Aufenthalt in großer Tiefe mitunter zu psychischen Störungen führen konnte. Aber als die Kamera – und mit ihr die Jäger – näher kamen, wurde der wahre Grund offensichtlich, warum Bellini dort war, und damit auch die Erklärung für seine Embryonalhaltung. Er wechselte seine Pressluftflasche gegen eine der Ersatzflaschen aus, die Peroni gleich zu Anfang gesehen hatte, als ihn der fliegende Teppich moderner Elektronik zum Seegrund getragen hatte. Entweder war seine eigene Flasche bei der Flucht beschädigt worden, oder ihm war die Luft ausgegangen, sodass er sich an seinen Verfolgern vorbei wieder zurück zur Unterwasserbasis hatte schleichen müssen. Er konnte von Glück sagen, dass er sie in dem dünnen Lichtstrahl, der von seinem Helm ausging, gefunden hatte. Und obwohl er ein erfahrener Taucher war, konnte er sich noch glücklicher schätzen, dass ihm das Auswechseln in seinem unvermeidlich ausgepumpten und panischen Zustand gelang. Aber es war ihm gelungen, und nun ließ er die alte Pressluftflasche fallen und stieß sich nach oben ab, vorläufig noch immer außerhalb der Reichweite seiner Verfolger mit ihren Waffen.

Ein unverständliches Gebrüll knisterte aus dem Lautsprecher, aber Peroni brauchte keinen Übersetzer, um zu verstehen, dass Max seine Gefährten anfeuerte, die Verfolgung aufzunehmen. Die Proserpina drängte vorwärts. Bellinis entsetzliche Spannung, die Atemnot und die pure körperliche Anstrengung mussten unvorstellbar gewesen sein, doch seine Flucht nach oben wirkte sicher und geradlinig. Es würde darauf ankommen, dachte Peroni, wer die Strapaze am längsten aushielt, ohne die lebenswichtigen Stopps zur Dekompression.

Dann schwenkte die Kamera jäh nach oben in die dunkle Wassermasse über ihnen. Gut eine Minute lang konnte Peroni gar nichts sehen. Doch schließlich ging der Bathyskaph wieder in die Horizontale, und Peroni begriff den Zweck des Manövers. Es sollte Bellinis Flucht nach oben blockieren, bis die beiden anderen nah genug waren, um schießen zu können. Und tatsächlich tauchte die Beute kurz im Licht unterhalb des Bootes auf und verschwand dann wieder, als die Proserpina über ihn hinwegglitt. Dieses Manöver wurde ein paarmal wiederholt, wenn Bellini unter dem Bathyskaph weg und weiter nach oben schwamm, nur um wieder im Licht gefangen und blockiert zu werden.

Nach dem dritten Manöver dieser Art waren Max und sein Assistent auf einer Höhe mit der Proserpina, und Peroni dachte sich, dass sie wohl bis jetzt noch nicht gefeuert

hatten, weil sie das Risiko vermeiden wollten, den Bathyskaph zu treffen. Jetzt jedoch schwamm Bellini unterhalb
davon, wie eine Fliege im Bernstein eingeschlossen, in hel-
lem Licht, und beide Männer schossen fast gleichzeitig auf
ihn.

Zunächst war schwer zu sagen, ob sie ihn getroffen hatten
oder nicht, denn er bewegte sich weiter durchs Wasser auf
die schützende Dunkelheit zu. Max schoss noch zweimal,
und zweimal sah Peroni etwas Unsichtbares durch das Wasser schnellen. Aber diesmal gab es keinen Zweifel. Bellini
verharrte plötzlich, und sein schlanker Körper im schwarzen Taucheranzug bäumte sich heftig auf, dann erschlaffte
er. Zum zweiten Mal in dieser Nacht sah Peroni, wie sich
das Wasser blutrot verfärbte.

Aber, als ob sie es nicht wahrgenommen hätten, setzten
Max und der andere Mann ihren mordlüsternen Angriff fort,
und einer von ihnen feuerte erneut. Es war, als vollzögen sie
eine Art Opferritual, das mit dem Tod des Karpfens begonnen hatte und aus dem sie sich nicht lösen konnten, selbst
wenn sie gewollt hätten.

Und dann sprach der See.

Peroni konnte auch später nicht genau sagen, was eigentlich passiert war. Es war, als wäre der Grund des Sees
selbst langsam explodiert. Eine gewaltige Gischt aus Sand
und Felsen schien wie in Zeitlupe auf die Kamera zuzu-
wachsen, und mitten darin schwebten und schwankten
die beiden Kisten wie Pappkartons. Max und sein Kollege
waren hilflos, wurden in dem Unterwasserorkan hin und
her geschleudert. Dann begann die Proserpina, und mit ihr
die Kamera, die an Peroni übermittelte, zu schaukeln, zunächst sachte und dann immer heftiger. Das Ganze wurde
von einem dumpfen Schreien über die Lautsprecher begleitet, das unerträglich anwuchs, je schneller der entsetzliche

Wasserstrudel wurde, bis es schließlich keinerlei Ähnlichkeit mit Erkennbarem mehr gab.

Und dann plötzlich waren Bild und Ton gleichzeitig weg, und Peroni saß allein da und starrte auf den dunklen Bildschirm. Eine lange Stille trat ein, die irgendwie unerklärlicherweise hörbar wurde. Zuerst war sie kaum mehr als ein Summen, ganz ähnlich wie von einer Hummel. Dann wurde sie zu einem Bienenschwarm, der, so schien es, direkt auf Peroni zugeflogen kam. Ihr Summen wurde tiefer und lauter, bis es schließlich zu einem einzigen Dröhnen anschwoll.

Peroni war von den Geschehnissen, die er beobachtet hatte, derart mitgenommen, dass er erst jetzt begann, diese subjektive Geräuschwahrnehmung mit einer objektiven Realität in Verbindung zu bringen. Und dann zu begreifen, was es sein könnte.

Er stand auf und hastete, so schnell es seine Verletzung zuließ, zur Tür, zog einen Flügel auf und starrte ungläubig auf den Anblick, der sich ihm bot. Eine Woge, so gewaltig, wie er sie noch nie gesehen hatte, rollte über den See auf ihn zu und wurde auf ihrem Weg immer schneller und höher. Sie hatte die fließende, alles zerstörende Kraft eines großen pazifischen Brechers, aber ihre Größe stellte selbst die in den Schatten. Es war eine Flutwelle. Er stand wie angewurzelt und sah zu, bis sie ungefähr zwanzig Meter vom Ufer entfernt war. Dann drehte er sich um, fiel halb in das Bootshaus und stieß die Tür hinter sich zu. Gerade noch rechtzeitig, bevor die Welle explodierte und das Wasser auf das schützende Dach seines Kartenhauses stürzte.

TEIL 3

Tod durch Feuer

I

Buon giorno. Es ist halb elf, und es gibt Frühstück.«
Die Stimme war entzückend, sanft und sehr feminin. Peroni blinzelte und stellte fest, dass die äußere Erscheinung zur Stimme passte. Sie war eher klein und hatte große, zärtliche braune Augen und zwei Grübchen, die jede berufsbedingte Strenge, die sie vielleicht annehmen könnte, Lügen straften. Sie stellte ein Tablett mit Fruchtsaft, Kaffee, Toast, Butter und Erdbeermarmelade aufs Bett und half ihm, sich in den Kissen aufzusetzen.

Peroni sah sich mit Vergnügen um. Sein Zimmer hatte einen Balkon mit Blick auf den See, der unschuldig im strahlenden Sonnenschein glitzerte, als ob er von den Schrecken der letzten Nacht nicht das Geringste mitbekommen hätte. Peroni kam zu dem Schluss, dass nun, wo praktisch alles geklärt war, ein kurzer Klinikaufenthalt außerordentlich angenehm sein würde, besonders, wenn er von ihr gepflegt wurde.

»Wie heißen Sie?«, fragte er. Sie deutete auf ein Schildchen mit ihrem Familiennamen, das an ihrer Schürze steckte. »Ich meine Ihren Vornamen«, sagte er.

»Wie dürfen uns von den Patienten nicht mit Vornamen anreden lassen«, sagte sie, und ihre Grübchen widerlegten die Förmlichkeit. »Ich heiße Giovanna.«

»*Ciao*, Giovanna.«

»Nehmen Sie Ihr Frühstück bitte gleich zu sich.«

Die Konstruktion des Bootshauses hatte sich als stabil genug erwiesen, um Peroni gegen die donnernde Wucht der Flutwelle zu schützen, und als es vorbei war, hatte er draußen bei den Rettungsarbeiten geholfen. Doch schließlich hatten sich die Strapazen für seine Verletzung als zu anstrengend erwiesen. Er war zusammengebrochen und von einem der *Carabinieri,* die eiligst in das Gebiet gebracht worden waren, aufgefunden worden. Als die örtlichen Behörden erfuhren, wer er war, hatten sie ihm angeboten, ihn in einer Luxusklinik in der Nähe unterzubringen. Hier angekommen, hatte er sich wieder so weit erholt, dass er seinem Kollegen in Brescia einen kurzen Bericht über die Flutwelle schicken konnte. Danach war seine Wunde frisch verbunden worden, er hatte etliche geschmacklose oder ekelige Dinge geschluckt, die man ihm gab, und war schließlich in einen tiefen und traumlosen Schlaf gesunken, der ohne Unterbrechung bis zu diesem bezaubernden Erwachen gedauert hatte.

»Haben Sie irgendetwas Neues über letzte Nacht gehört?«, fragte er.

»Das kann man wohl sagen! Man redet ja über nichts anderes mehr. Heute Morgen haben sie im Radio gemeldet, dass die Welle durch seismische Aktivitäten vom Monte Baldo ausgelöst worden ist – und ich gehe da oben Ski laufen, nicht auszudenken!«

»Hat sie großen Schaden angerichtet?«

»Erstaunlich wenig. Im Radio heißt es, dass es viel schlimmer hätte sein können. Aber drei Menschen sind getötet worden. Daniele Bellini, der Unterwasserforscher, und zwei von seinem Team. Sie waren gerade auf Tauchfahrt, als es passiert ist. Aber einer aus dem Team ist gerettet worden – der war in dem Bathyskaph. Man hat ihn nach Peschiera ins Krankenhaus gebracht.«

Das müsste dann Leo oder Teo sein, dachte Peroni. Laut sagte er: »Meinen Sie, ich könnte ein Telefon bekommen?«

»Der Arzt hat gesagt, Sie brauchen 24 Stunden Ruhe.«

»Telefonieren ist nicht anstrengend.«

»Ich will sehen, was sich machen lässt.«

Dank ihrer Überzeugungskunst oder Peronis Position oder beidem wurde rasch ein Telefon in seinem Zimmer angeschlossen, und er nutzte es, um die Villa in Bardolino anzurufen. Aristoteles meldete sich und sagte, dass sowohl Nausikaa als auch der General außer Haus gewesen seien, als er am Morgen in die Villa gekommen war, und dass er keine Ahnung habe, wo sie sich aufhielten.

Nach einigem Nachdenken rief er dann die *Questura* in Verona an und bat darum, mit einem Freund und ehemaligen Kollegen dort verbunden zu werden. »Hör mal«, sagte er, nachdem die wichtigsten Neuigkeiten ausgetauscht waren. »Du musst mir einen Gefallen tun. Ich möchte alles Verfügbare über einen Unfall vor einigen Jahren am Gardasee wissen, bei dem ein Mädchen ertrunken ist. Es sollte angeblich eine Untersuchung eingeleitet werden, aber dann hat man plötzlich davon Abstand genommen. Ich interessiere mich besonders für jeden, der dafür verantwortlich sein könnte, dass die Sache ad acta gelegt wurde. Ganz inoffiziell natürlich.« Dann teilte er ihm die wichtigsten Einzelheiten der Geschichte von Schwester Caterina mit und erhielt das Versprechen, dass er die gewünschten Informationen baldmöglichst bekäme.

Nachdem das erledigt war, lehnte er sich in die Kissen zurück und schloss die Augen, um das Bild von Daniele Bellini als Cordelias Mörder zu studieren. Es gab nur zwei Ungereimtheiten, ja Widersprüche, aber alles in allem war das Bild recht lebensecht. Würde Cordelias Geist es akzeptieren? Vorläufig wusste er es nicht, aber er war sicher, dass sie es ihm sagen würde.

Nach einer medizinischen Untersuchung, weiteren Medikamenten und einem köstlichen Mittagessen wurde Peroni durch die Ankündigung eines Besuches seitens seines Kollegen aus Brescia aus einem leichten Schlaf geweckt. »Äh – Pralinen«, sagte der gewissenhafte Apotheker zögernd und legte eine große Schachtel mit *Baci Perugina* auf den Nachttisch.

»Das ist sehr freundlich von Ihnen«, sagte Peroni. »Meine Lieblingspralinen.« Außerdem las er gern auf den Papierchen, in die die *Baci* eingewickelt waren, die Zitate über die Liebe von unbekannten chinesischen Philosophen und nordischen Dichtern, und es wäre unhöflich gewesen, wenn er hinzugefügt hätte, dass er sich mehr über eine Flasche Hochprozentiges gefreut hätte.

»Tja«, fuhr der gewissenhafte Apotheker verlegen fort und setzte sich in einen Sessel, »sieht so aus, als ob Sie doch recht gehabt hätten.« Peroni winkte großzügig ab. »Ich kann nur sagen«, fügte der andere hinzu, »dass das Ganze bei unserem letzten Gespräch eigentlich völlig klar aussah. Natürlich scheint jetzt im Großen und Ganzen kein Zweifel mehr zu bestehen. Da wäre jedoch noch eines, das der Klärung bedarf. Ich dachte, dass Sie vielleicht, wenn es Ihnen wieder so weit gut geht …«

»Es ist mir ein Vergnügen.«

»Das Tonband macht mir Gedanken. Ich meine, ich weiß, dass es gefälscht worden ist, aber ich begreife nicht, wie sie das gemacht haben, wenn Willi Meyer doch schon tot war.«

»Die Antwort darauf haben Sie mir selbst gegeben.« Diese provokante Bemerkung, das wusste er, würde befriedigende Verwirrung auslösen. »Sie haben mir erzählt, dass Willi schon bei einer früheren Tauchfahrt im Ledrosee in Gefahr geraten war. Als ich das mit der Tatsache verband, dass alle Tauchfahrten aufgenommen wurden, was Bellini mir selbst erzählt hatte, begriff ich, wie sie das Band gemacht hatten.

Sie haben es selbst aufgenommen, nachdem sie von der Tour zurückgekommen waren, bei der Willi ertränkt wurde, und haben Stückchen aus der Ledro-Aufnahme eingefügt. Zuvor jedoch hatte natürlich einer von ihnen – vermutlich Bellini – die Gummimembrane in Willis Luftverteiler ausgetauscht, und als er keine Luft mehr bekam, haben sie ihn einfach ertrinken lassen. Danach war es für jeden, der viel mit Tonbändern arbeitet, ein leichtes, die gefälschte Aufnahme zusammenzustellen. Sie haben ihr eigenes Skript geschrieben und danach gespielt. Aber wie das beweisen? Da hatte ich dann Glück. Als ich in dem Bootshaus rumgeschnüffelt habe, wo sie ihr Hauptquartier hatten, habe ich ganz unten in einem Mülleimer ein paar Stücke Tonband gefunden. Zusammengefügt klangen sie nicht sehr aufschlussreich. Sie waren offenbar während einer Tauchfahrt aufgenommen worden, und das Teammitglied, das von Land aus die Fahrt überwachte, hielt die anderen über ein Fußballspiel auf dem Laufenden, das er sich gleichzeitig ansah. Das war der Schlüssel. Mithilfe von ein paar Informationen (Tore, wer die Treffer erzielte, die Namen der Mannschaften) war es leicht herauszufinden, wann das Spiel stattgefunden hatte. Am Sonntag, dem 27. April. Das Datum der Tauchfahrt im Ledrosee, das ich schon in Bellinis Diensttagebuch entdeckt hatte. Also waren die Tonbandstücke, die ich hatte, Teile der echten Ledro-Aufnahme, die sie weggeworfen hatten, um das Band mit der gefälschten Garda-Aufnahme zu machen. So einfach war das.«

Der gewissenhafte Apotheker schluckte. »Das Band werde ich brauchen«, sagte er.

»Sie werden es Ihnen in Venedig geben.«

»Ja, nun ... Übrigens, man hat die Leichen von Bellini und seinen beiden Kumpanen gefunden, und der andere ist im Krankenhaus in Peschiera. Ich habe ihn schon verhört, und er ist vorläufig festgenommen, unter dem Verdacht der Mittäterschaft bei dem Mord an Willi Meyer. Damit wäre also eine weitere Frage geklärt. Ich werde dem Untersuchungsrichter irgendwann morgen Bericht erstatten. Bleibt natürlich noch immer die Frage nach der Person, die auf Sie geschossen hat, aber wie Sie selbst schon angedeutet haben, lässt alles darauf schließen, dass es entweder Bellini oder einer seiner Männer war, um Sie daran zu hindern, bei der Bergungsaktion dazwischenzufunken. Sind Sie noch immer dieser Auffassung?«

Peronis Verstand schaltete auf Zeitlupe um. In der vergangenen Nacht hatte er, vermutlich aufgrund von Erschöpfung, Cordelias Tasche und Nausikaas Anteil an der ganzen Sache übersehen, als er seinen Bericht nach Brescia aufsetzte. Jetzt war es an der Zeit, diese Auslassung wiedergutzumachen. Er öffnete den Mund. »Ja«, sagte er, »das ist noch immer meine Auffassung.« Dann, angestachelt von dem *scugnizzo* in sich, überschritt er die Grenzen des guten Geschmacks. »Ich gratuliere Ihnen, dass Sie die Geschichte zu einem befriedigenden Abschluss gebracht haben«, sagte er.

»Das ist sehr nett von Ihnen.« Der gewissenhafte Apotheker blickte erfreut drein. »Aber ohne Ihre Hilfe mit den Bändern wäre es nicht halb so leicht gewesen. So«, sagte er und streckte Peroni ziemlich nervös eine Hand entgegen, »ich muss los. Werden Sie schnell wieder gesund.«

Als der gewissenhafte Apotheker gegangen war, lag Peroni im Bett und prüfte sein Gewissen. Warum hatte er die Tasche und Nausikaa nicht zur Sprache gebracht? Die Antwort konnte nur lauten, dass er trotz allem Anschein nicht glaubte, dass Bellini Cordelia getötet hatte, und den einzigen Wegweiser in eine andere Richtung für sich behalten wollte, so rätselhaft er auch war.

Sein Telefon läutete, und er nahm ab. »*Pronto?*«

»Achille? *Ciao.*« Es war sein Kollege in Verona. »Ich habe die Informationen, die du haben wolltest.«

Peroni hörte zu. Die Geschichte bestätigte im Wesentlichen das, was er bereits von Schwester Caterina gehört hatte, mit ein paar Fakten mehr. Unter rechtlichen Gesichtspunkten gab es in der ganzen Sache zwar gewisse Zweifel, und die vorliegenden Beweise hätten nicht für eine Verurteilung ausgereicht, doch zwischen dem Eingeständnis dessen und der völligen Einstellung der Ermittlungen bestand doch ein erheblicher Unterschied.

»Hast du irgendeinen Hinweis darauf gefunden, warum die Sache fallen gelassen wurde wie eine heiße Kartoffel?«, fragte er.

»Meinen Quellen zufolge«, sagte sein Kollege, »würde jede Andeutung, dass die Sache wie eine heiße Kartoffel fallen gelassen wurde, als ausgesprochen ungebührlich betrachtet werden. Man kam schließlich aus Mangel an Beweisen zu dem Entschluss, keine weiteren Schritte mehr zu unternehmen. Aber einer von den Leuten, mit denen ich gesprochen habe, hat zufällig jemanden erwähnt, der sich offenbar in dieser Affäre engagiert hat. Ich dachte, der Name würde dich vielleicht interessieren. Wie du selbst gesagt hast, ganz inoffiziell.«

»Natürlich. Wie heißt er?«

Sein Kollege nannte ihn. Peroni bedankte sich und legte nachdenklich den Hörer auf. War das der Hinweis, auf den er gewartet hatte und der ihm zeigte, dass Cordelias Geist noch nicht beruhigt war? Zweifellos war auch das noch kein Beweis, der vor Gericht ausgereicht hätte, aber Peroni genügte er.

Er schob sich aus dem Bett, humpelte durch den Raum zum Schrank, wo seine Sachen so ordentlich hingen, als ob

sie beim Schneider gewesen wären, und fing an, sich anzu-
ziehen. Er war halb mit der Prozedur fertig, als Giovanna
hereinkam.

»Was im Himmel machen Sie denn da?«

»Sieht man das nicht? Nein, das war blöd. Ich muss Ermittlungen anstellen, und die können nicht so lange warten.«

»Aber der Doktor hat gesagt ...«

»Ich kann nichts dafür, was der Doktor gesagt hat. Aber
wenn ich nicht wegmüsste und es nur darum ginge, *Ihnen*
eine Freude zu machen, würde ich natürlich gerne bis in alle
Ewigkeit hierbleiben.«

Die Grübchen traten in Aktion. »Trinken Sie das hier
wenigstens«, sagte sie, »und versprechen Sie mir, dass Sie
die Wunde noch vor heute Abend neu verbinden lassen.«
Er trank und versprach es ihr, während er sich fertig anzog.

»Tun Sie so, als ob ich mich weggeschlichen hätte, ohne
dass Sie es gemerkt haben. Ich werde Sie decken.«

Der *Carabiniere*, der seelenruhig vor Leos oder Teos Zimmer saß, war so jung, dass Peroni an den Spruch denken
musste, dass man anfängt, alt zu werden, wenn einem auf-
fällt, wie jung die Polizisten sind. Aber seine Jugend hatte
auch den Vorteil, dass er wahrscheinlich keine Fragen stellen würde, warum ein Polizist aus Venedig einen Mann ver-
hören wollte, der bereits von der örtlichen Polizei verhaftet
worden war. Peroni schwenkte seinen Polizeiausweis mit
der Selbstsicherheit eines neapolitanischen Straßenhänd-
lers, der eine gefälschte Rolex anbietet, und wurde hinein-
geführt.

»*Questura*«, sagte er. »Ich habe ein paar Fragen an Sie.«

»Ich habe doch schon bei Ihrem Kollegen ausgesagt – ich
beantworte keine Fragen.«

»Vielleicht kann ich Sie umstimmen«, sagte Peroni liebenswürdig. »Sie werden der Mittäterschaft bei einem Mord beschuldigt, und dafür könnten Sie schrecklich lange im Gefängnis landen. Aber wenn jemand hinter Bellini steckt, jemand, der den Mord an Willi Meyer in Auftrag gegeben hat, und wenn Sie mir helfen würden, diese Person zu fassen, dann könnte das Gericht vielleicht, nur vielleicht, geneigt sein, Sie etwas milder zu behandeln.«

Leo oder Teo starrte Peroni jetzt an. »Was wollen Sie wissen?«

»Hat Bellini für jemanden Aufträge ausgeführt?«

»Klar hat er. Das war leicht zu merken. Jemand hat ihm Kontakte vermittelt, wenn er sie brauchte, und ihm gesagt, was er machen sollte.«

»Wer?«

»Ich weiß es nicht. Ich schwöre, dass ich es nicht weiß.«

»Wie hat sich diese Person mit ihm in Verbindung gesetzt?«

»Meistens telefonisch. Aber manchmal hat sich Daniele auch mit ihm getroffen – zumindest haben wir uns gedacht, dass er sich mit ihm traf, wenn Entscheidungen anstanden. Manchmal hat er auch Post von ihm bekommen.«

»Sie sagen ›ihm‹ – wissen Sie, dass es ein Mann war?«

Das ließ den andern stutzen. »Nein, wenn Sie so fragen. Davon sind wir einfach ausgegangen.«

»Sie sagen, Bellini hat Briefe von dieser Person bekommen. Woher wissen Sie, dass sie von derselben Person stammten?«

»Weil er sie ernst genommen hat. Andere Briefe hat er meistens weggeschmissen.«

»Können Sie mir sonst noch was darüber erzählen?«

Er schüttelte den Kopf. »Ich habe sie mir nie richtig angeschaut – ich habe sie nur manchmal rumliegen sehen, wenn er sie noch nicht gelesen hatte. Immer der gleiche Umschlag – länglich, weiß, wie ein Geschäftsbrief.«

»Handgeschriebene Adresse?«

»Nein getippt – immer dieselbe Schrifttype.«

»Haben Sie je auf die Briefmarke geachtet?«

»So genau habe ich sie mir nie angesehen.«

Die nächste Frage drehte Peroni sorgfältig um seine Spaghettigabel. »Gibt es irgendwas«, sagte er, »irgendwas, was Sie gehört haben, irgendwas, was Sie gesehen haben, das einen Anhaltspunkt für die Identität dieser Person liefern könnte?«

Entschlossenes Kopfschütteln. »Daniele hat nie über ihn geredet, und wenn mal einer von uns Fragen gestellt hat, hat er immer gesagt, wir sollten den Mund halten, und das Thema gewechselt. Wenn irgendjemand etwas rausfinden wollte, hat er bestens dafür gesorgt, dass es nicht gelang.«

»Erzählen Sie mir von dem Mord an Willi – wie ist es passiert?«

Die Augen schossen umher, als ob sie nach einem Fluchtweg suchten, aber als er keinen fand, antwortete er resigniert: »Eines Abends letzte Woche hat Max Daniele erzählt, er hätte gehört, wie Willi jemandem versprochen hat, ihm die Pläne für die Bergungsaktion zu verraten. Mein Bruder und ich waren bei Daniele, als Max das erzählte, und wir haben sofort begriffen, dass das ein Riesenproblem darstellte. Daniele hat gesagt, dass er mit jemandem reden würde – und es war nicht schwer zu raten, dass das dieselbe Person sein würde, mit der er immer Kontakt aufnahm, wenn es irgendwelchen Ärger gab. Er hat uns dreien gesagt, wir sollten um zwei Uhr am nächsten Morgen in sein Zimmer kommen. Als er zurückkam, warteten wir schon auf ihn, und er hat gleich gesagt: ›Wir müssen ihn beseitigen.‹ Und dann hat er uns erklärt, wie wir es machen würden.«

Ein Treffen um zwei Uhr morgens, dachte Peroni. Bellini hätte somit genug Zeit gehabt, zu jedem beliebigen Punkt am See und wieder zurückzukommen, nach Verona oder etlichen anderen Orten. Vielleicht war die Person, die er aufgesucht hatte, dieselbe Person, von der Peronis Kollege am Telefon gesprochen hatte. Vielleicht aber auch nicht.

Aber möglicherweise gab es ja einen Weg, das herauszufinden.

* * *

»*Commissario*, was für eine reizende Überraschung! Aber vielleicht ist Überraschung nicht gerade das richtige Wort. Mein Horoskop hat mir für heute Abend einen rätselhaft *fruchtbaren* Besuch vorhergesagt. Ich wäre nie im Traum darauf gekommen, dass Sie das sein würden! Und Sie kommen genau rechtzeitig – ich wollte gerade schließen. Kommen Sie herein, dann schließen wir die Tür ab – so-o-o – und ziehen die Rollos herunter – so-o. Jetzt kann uns niemand stören, wir haben's gemütlich und sind völlig unbeobachtet.«

Peroni hatte das ungute Gefühl, dass er eine Art moderner Hänsel war, der hörte, wie sich hinter ihm der Schlüssel vom Haus der Hexe im Schloss drehte, und der noch nicht mal die moralische Unterstützung einer Gretel besaß. Außerdem irritierte ihn die überschwängliche Begrüßung der Tierkreis-Keramikerin. Er hatte erwartet, dass sie bei seinem Anblick beunruhigt sein würde, und stattdessen hatte sie sofort die Initiative ergriffen. Er öffnete den Mund, um sie sich zurückzuholen.

»Und wie blass Sie aussehen!«, fuhr sie fort. »Richtiggehend krank. Kommen Sie und nehmen Sie sofort Platz.«

Die Worte allein schienen eine schwächende Wirkung auf

ihn zu haben, sodass er sich zum ersten Mal, seit er die Klinik verlassen hatte, seltsam unwohl fühlte. Außerdem bemerkte er mit Schrecken, dass er sich von ihr in das kleine Büro im rückwärtigen Teil der Galerie führen ließ. Er versuchte, dagegen anzugehen. »Ich hatte einen kleinen Unfall«, sagte er. Sein Ton klang verteidigend, was er ganz und gar nicht beabsichtigt hatte.

»Ein *Unfall*!« Bei ihr hörte sich das nach einer katastrophalen Massenkarambolage auf der Autobahn an, und gleichzeitig schob sie ihn mit beängstigend unwiderstehlicher Sanftheit die zwei Stufen zum Büro hinunter und in einen niedrigen weichen Sessel, der sich anfühlte wie Treibsand. »Sie brauchen unbedingt eine kleine Stärkung.«

»Nein danke.« Niemals von einer Hexe Essen oder Getränke annehmen.

»Ich bestehe darauf.« Wie durch Magie, und vielleicht war es ja Magie, holte sie eine Flasche Chivas Regal hervor. »Das trinken Sie doch gern, glaube ich?«

Wie konnte sie das wissen? Aber vielleicht war das unter den gegebenen Umständen, mit diesem seltsamen Gefühl des Unwohlseins und der Schwäche, das durch seine Verletzung verursacht wurde, genau das Richtige. Niemals von einer Hexe ein Getränk annehmen. Er bemerkte, dass sich ein großes, klobiges Glas in seiner Hand materialisiert hatte. »Chin-chin!«, sagte die Tierkreis-Keramikerin und sah ihm in die Augen.

»*Salute*«, sagte Peroni, was zwar etwas förmlicher war, aber er trank trotzdem.

»Sie sind also noch einmal gekommen, um mit mir über meine reizende, bedauernswerte Cordelia mit ihrer roten, roten Haarpracht zu sprechen.«

»Aber Sie haben gesagt, es wäre schwarz«, fiel Peroni rasch ein. Das war der Dreh- und Angelpunkt des ganzen

Verhörs; wenn sie ihm den wegnahm, war er hilflos wie eine Maus.

»Nein, nein, Sie müssen schon entschuldigen. Sie haben gesagt, dass es schwarz war. Ich habe es bloß wiederholt. Verstehen Sie, ich habe mich gewundert, warum Sie mir eine Falle stellen wollten.« Einen Augenblick lag ein eisiges Glitzern in ihren Augen, dann war es verschwunden. »Also habe ich mir gesagt, wenn der *Commissario* ein Spiel spielen will, wieso sollte ich kleines dummes Ding ihn daran hindern? Ich mag Spiele. Alle Arten von Spielen.«

Alles Unsinn, natürlich. Sie hatte Cordelia noch nie im Leben gesehen und sich verraten, weil sie auf seinen Trick hereingefallen war. Als sie die Unterhaltung dann später der Person schilderte, die sie dazu angestiftet hatte, die Falschaussage zu machen, hatte sie ihren Irrtum bemerkt und sich diese lächerliche Verteidigung zurechtgelegt, falls Peroni noch einmal käme. Er versuchte, die verschwommene Müdigkeit abzuschütteln, die seinen Verstand umnebelte, aber in dem niedrigen weichen Sessel war das schwierig. »Wer hat Sie beauftragt, den *Carabinieri* diese Geschichte zu erzählen?« Es sollte gebieterisch klingen, aber das Ergebnis hatte etwas jämmerlich Maushaftes an sich.

»Wer mich beauftragt hat? Aber *Commissario*, niemand hat mich beauftragt. Ich bin aus freien Stücken zu den *Carabinieri* gegangen, weil ich dachte, dass ich ihnen behilflich sein könnte. Ich nehme meine Bürgerpflichten sehr ernst.«

»Sie haben Cordelia Hope nicht gekannt!« Berechtigte Empörung wurde zum erbärmlichen Jähzorn eines Wutanfalls.

»Wie können Sie solche verletzenden und unwahren Dinge behaupten? Auch wenn unsere Freundschaft nur kurz war, so war sie dennoch eine der *befriedigendsten* meines Lebens.«

Das betonte sie auf eine Weise, die implizierte, dass zwischen ihnen eine lesbische Beziehung bestanden hatte, was Peroni nur noch wütender machte.

»Sie lügen!« Er wollte brüllen, aber die Worte kamen so wirkungslos heraus wie ein Piepsen. Vielleicht verwandelte sie ihn ja wirklich in eine Maus, und dort im Schrank stand schon der Käfig, der nur darauf wartete, dass er hineingestopft wurde.

»Warum kämpfen Sie so erbittert, *Commissario*? Was wollen Sie eigentlich wirklich erreichen? Die arme liebe Cordelia ist tot, und Sie werden sie nie wieder zurückholen können. Sie hat sich von ihrem Boot ins Wasser fallen lassen, genau wie sie erzählt hat, dass sie es tun würde, und ist geschwommen und geschwommen, bis der See sie in alle Ewigkeit zu sich genommen hat.«

»Sie war nicht der Typ, der Selbstmord begeht!« Immer mausartiger.

Obwohl Peroni im Umgang mit aufgeklärten Menschen vorgab, nicht an Zauberei zu glauben, hatte ihn leidvolle Erfahrung gelehrt, dass sie eine Macht besaß, vor der man sich hüten musste. Sie konnte beißen. Und die Hexe war jetzt dabei, einen Zauber um seine Gedanken zu spinnen. Es musste dringend etwas geschehen. Aber was sollte er tun?

Dann erhellte eine plötzliche Eingebung seinen Nachthimmel. Er tat so, als ob er sich an der Brust kratzte, und tastete dabei nach dem kleinen Medaillon des heiligen Januarius, das er immer um den Hals trug. Gleichzeitig beschwor er die Hilfe des Schutzpatrons von Neapel. Fast im selben Augenblick fing die Nase der Hexe an zu zucken, als ob sie riechen würde, dass in der Küche etwas anbrannte, und Peroni spürte, wie seine Kraft langsam zurücktröpfelte.

»Ich muss gleich wieder zurück nach Venedig und einiges

aufarbeiten, weil ich morgen früh hier am See einen dringenden Termin habe.« Das Tröpfeln wurde stärker.

»Einen Termin?« Ihr Gesichtsausdruck war derart verblüfft, dass es schon fast komisch wirkte.

»Ja«, sagte Peroni liebenswürdig. »Ich nehme an, Sie haben schon von Daniele Bellini gehört, dem Unterwasserforscher, der letzte Nacht getötet wurde.« Sie starrte ihn mit einem Ausdruck an, der irgendwo zwischen Wut und Verwirrung lag, und nickte glotzäugig. »Nun, mir wird schon seit einer ganzen Weile immer klarer, dass ich herausfinden muss, wer hinter ihm stand, um herauszufinden, wer Cordelia Hope getötet hat. Und gerade heute Abend habe ich erfahren, dass einige Briefe, die diese Person an Bellini geschrieben hat, noch in dem Bootshaus liegen, das sie in San Benedetto di Lugana als Hauptquartier benutzt haben. Das Gebäude ist zurzeit verschlossen, aber ich habe die Stadtverwaltung angerufen, und die werden es morgen früh für mich öffnen. Also nichts für ungut«, er zog sich aus dem Sumpfsessel, »aber ich muss jetzt wirklich los.«

Das Medaillon noch immer vorsichtig zwischen Zeigefinger und Daumen haltend, machte er sich auf den Weg durch die Galerie, und die Hexe, deren Nase nun wütend zuckte, hetzte gequält und frustriert hinterdrein.

2

Peroni saß allein in der Dunkelheit von Bellinis kleinem Büro im Bootshaus in San Benedetto, als ein metallisches Geräusch ertönte. Wie er erwartet hatte, versuchte jemand einzudringen. Jetzt war nur noch abzuwarten, ob es dieselbe Person war, deren Namen sein Kollege in Verona genannt hatte. Er lockerte seine Pistole und hielt sie bereit.

Wer immer es war, er machte sich ungeschickt an einem der Schlösser zu schaffen, drehte und zerrte. Er oder sie war offensichtlich ungeduldig. Peroni hätte gern wenigstens eines der Schlösser unverschlossen gelassen, um den Eintritt zu erleichtern, doch er hatte sich überlegt, dass das Misstrauen erregt und den gesamten ohnehin schon unsicheren Bluff gefährdet hätte. Also musste er warten.

Die Person versuchte sich weitere fünf Minuten lang an dem Schloss. Dann trat Stille ein, die so lange dauerte, dass Peroni schon fürchtete, sie hätte beschlossen, den Versuch aufzugeben, und wäre weggegangen. Doch schließlich wurde die Stille durch ein gedämpftes Klirren von splitterndem Glas durchbrochen: Sie war zu dem Schluss gekommen, dass das Fenster eine leichtere Lösung war.

Peroni stand genau hinter der Tür, die er einen Spalt aufhielt, und durch diese Ritze konnte er ein Kleidungsstück ausmachen, vermutlich ein Jackett, mit dem die restlichen Glasstücke entfernt wurden, die noch im Rahmen steckten. Nachdem das geschehen war, stemmte sich die Person hoch – noch immer zu dunkel, um zu erkennen, ob es ein Mann oder eine Frau war –, um einzusteigen. Das musste recht anstrengend sein, denn Peroni konnte die Person schwer atmen hören. Dann wurde ein behostes Bein hineingehievt, gefolgt von dem zweiten, die Person sprang auf den Boden, blieb einen Moment stehen und sah sich unentschlossen um.

Der Augenblick, beschloss Peroni, war gekommen. Er stieß die Tür mit der Hand auf, in der er die Pistole hielt, und schaltete gleichzeitig mit der anderen die starke Taschenlampe ein, die er mitgebracht hatte. Ihr Schein schnellte durch die staubige Luft und fand die Gestalt des Besuchers.

»*Buona sera, signore sindaco*«, sagte Peroni und merkte noch während er das sagte, dass es hoffnungslos theatralisch klang.

»Wer …«, setzte Bombarone an. Er war von dem Licht geblendet und, vermutlich das erste Mal seit Jahren, aus der Fassung gebracht.

Peroni beschrieb einen vorsichtigen Kreis, um ihm nicht den Rücken zuwenden zu müssen, und betätigte den Lichtschalter. Neon flackerte auf.

»Ach, *Dottor* Peroni«, sagte der Bürgermeister, der sich und die Situation offenbar wieder vollkommen unter Kontrolle hatte. »So treffen wir uns also wieder, wenn das nicht allzu opernhaft klingt. Wie dumm von mir. Vermutlich ist kein einziger meiner Briefe hier?« Peroni schüttelte den Kopf. »Nun, das wird mir eine Lehre sein, Frauen zu trauen, nicht wahr. Eine außergewöhnliche Gefährtin fürs Bett – wie ein sehr erlesener *Amarone*, um eine Analogie zu bemühen, die uns beiden gefällt –, von der man aber nicht das nüchterne Urteilsvermögen erwarten kann, das erforderlich ist. Schade, dass wir jetzt keine Flasche *Amarone* hier haben; wie dem auch sei, wir müssen uns doch wohl nicht die Beine in den Bauch stehen, oder?« Als ob er der Gastgeber wäre, bedeutete er Peroni höflich, in einem der Sessel Platz zu nehmen, dann setzte er sich selbst und wedelte mit den

Fingern in Richtung der Pistole, die Peroni noch immer in der Hand hatte. »Die schwere Artillerie ist wirklich nicht nötig«, sagte er. »In meinem ganzen Leben habe noch nie so ein Ding getragen, und selbst wenn, ich wüsste noch nicht mal, wie das blöde Ding funktioniert. Ich kann auf wirksamere Waffen zurückgreifen, wenn ich muss.« Peroni legte die Pistole hin, aber zum ersten Mal überkam ihn eine gewisse böse Ahnung. Immerhin war Bombarone ein italienischer Politiker, und auf der Welt gab es keine gerissenere Spezies; selbst jemand wie Peroni, der im Armenviertel von Neapel geschult worden war, musste sich vor ihnen in Acht nehmen. »Aber wie in Bacchus' Namen«, fuhr der Bürgermeister fort, »sind Sie mir auf die Spur gekommen, so drückt ihr Schnüffler es ja wohl aus?«

»Ich wusste schon seit einer ganzen Weile«, sagte Peroni, »dass es noch jemanden hinter Daniele Bellini gab. Dann erfuhr ich zufällig von dem Skandal in Bardolino, in den er verwickelt gewesen war und bei dem ein junges Mädchen ertrank. Ich habe einige Nachforschungen angestellt und herausgefunden, dass Sie sich in dieser Angelegenheit – engagiert hatten.«

»Ja, in der Tat. Delikat, delikat«, sagte Bombarone, als ob er einen Wein bewertete, »und absolut erfolgreich.«

»Für Bellini. Nicht für das Mädchen oder ihre Familie.«

»Man kann nicht gleichzeitig auf beiden Seiten stehen.«

»Egal, Ihr Interesse an Bellini hat offenbar angehalten. Schließlich stand er tief in Ihrer Schuld, und Sie sind wohl kaum der Mann, der eine solche Situation ungenutzt lassen würde.«

Bombarone zuckte entschuldigend mit den Achseln. »In der Tat«, sagte er mit augenscheinlicher Befriedigung, »Daniele war bereits mit seiner Unterwasserforschung bekannt geworden, und ich sah für ihn eine große Zukunft voraus.

Sie würden staunen, wie nützlich und profitabel solche Sachen für jemanden sein können, der sie beherrscht und zu nutzen versteht. Danieles Aktivitäten haben mir nicht nur in Italien, sondern weltweit Kontakte und Geschäftsbeziehungen eingebracht. Furchtbar schade, dass das nun zu Ende ist. Jedenfalls, um auf die aktuelleren Ereignisse zurückzukommen, mal angenommen, unser Treffen heute Abend würde unter Zeugen stattfinden, was könnte denn illegal daran sein, eine so bewundernswerte wissenschaftliche Tätigkeit wie die Unterwasserforschung zu fördern?«

»Sie haben sie genutzt, um das Mussolini-Gold zu bergen, und das ist Eigentum des Staates.«

»Aber *Commissario,* Sie sind wie der Frosch, der zu weit gehüpft ist! Erstens einmal liegt das Mussolini-Gold noch immer sicher auf dem Grund des Sees – tatsächlich gibt es mittlerweile jede Menge Palaver, ob es noch geborgen werden kann oder nicht, und wie und durch wen. Zweitens, selbst wenn Daniele es geschafft hätte, das Gold rauszuholen, wer will denn wissen, dass ich es nicht den Behörden übergeben hätte? Hätte ich natürlich nicht, so blöd bin ich nun auch wieder nicht, aber wer kann das wissen?«

Peroni hatte allmählich das Gefühl, dass seine böse Ahnung durchaus begründet gewesen war. »Sie haben den Mord an Willi Meyer in Auftrag gegeben«, sagte er und versuchte, dabei selbstsicherer zu klingen, als er sich fühlte.

»Mal ganz unter uns, das habe ich, das habe ich wirklich. Wohlgemerkt, gerne habe ich das nicht getan, ganz und gar nicht, aber was hätte ich sonst tun können? Wir konnten doch nicht zulassen, dass der arme Bursche Ihnen gegenüber die Einzelheiten der Bergung ausplaudert. Aber außer uns beiden weiß niemand, dass ich den Auftrag dazu gegeben habe.«

»Einer aus Bellinis Team lebt noch. Er kann aussagen,

dass Bellini sich an dem Abend, als Willi versprach, mich über die Einzelheiten der Bergung zu unterrichten, mit Ihnen getroffen hat und mit der Anweisung zurückkam, Willi zu töten.«

»Sie hüpfen schon wieder zu weit. Vielleicht fällt ja der typische Durchschnittsverdächtige von Ihnen auf so etwas herein, aber nicht so ein routinierter Anwalt und Politiker, wie ich es bin. Er kann aussagen, dass Bellini jemanden aufgesucht hat. Nicht, dass ich es war.«

»Ich habe herausgefunden, wohin Bellini in jener Nacht gefahren ist«, bluffte Peroni in einem, wie er hoffte, selbstsicheren Ton. »Sein Wagen ist sehr auffällig, und ich habe zwei Personen, die ihn in jener Nacht vor Ihrem Haus gesehen haben.«

»Nicht schlecht«, sagte Bombarone. »Wirklich nicht schlecht. Aber nicht gut genug. Trotzdem«, fuhr er fort und hob seine große Pranke zu einer rhetorischen Geste, »zweifellos bin ich auf Ihrer Bananenschale ausgerutscht und ganz ordentlich auf den Arsch gefallen. Für so etwas muss man in der Politik und Juristerei bezahlen, und ich bin ein zu alter Hase, als dass ich versuchen würde, mich da rauszuwinden. Also muss ich jetzt auf ein paar Dinge zu sprechen kommen. Aber wirklich«, er hielt inne, und seine Augen huschten durch das Bootshaus, »ich kann mir nicht vorstellen, dass Daniele hier nicht irgendwo einen guten Tropfen versteckt hat. Derlei Plaudereien müssen geölt werden. Der Schrank dahinten sieht vielversprechend aus.« Er ging hinüber, unmelodisch summend, und zog die Tür auf. »Ah!«, sagte er. »Was haben wir denn da? Grappa – genau, was der Doktor verschrieben hat!« Er wirbelte fröhlich herum, und Peronis Hand zuckte Richtung Pistole. »Beim Bacchus, also wirklich«, sagte der Bürgermeister, der nichts Bedrohlicheres als eine Flasche Grappa und zwei Gläser in Händen hielt, »Sie sind aber auch nervös heute Abend, *Commissario*. Ich habe es Ihnen doch schon gesagt – für solche Ballereien habe ich keine Zeit. Wir können die Angelegenheit auf wesentlich freundschaftlichere Weise klären, hoffe ich.«

Peroni, der sich wie ein Narr vorkam, spürte, dass sich da am Horizont eine Bestechung abzeichnete, und er ermahnte sich rasch selbst, dass er sie natürlich ablehnen musste, ganz gleich wie das Angebot lautete.

Bombarone schüttete großzügig Grappa in die beiden Gläser und reichte eines Peroni. »Chin-chin!«, sagte er und nahm dann einen tiefen Schluck, atmete geräuschvoll aus und wischte sich mit dem Handrücken über den Mund. »Also«, sagte er, »wo waren wir stehen geblieben? Ja, die Abmachung. Zunächst mal, Karten auf den Tisch.« (Legte Bombarone überhaupt je seine Karten auf den Tisch, fragte sich Peroni.) »Sie«, fuhr der Bürgermeister fort und legte eine gewichtige Pause ein, »haben noch nicht mal genügend Beweise, um einen Gemüsehändler wegen Verkaufs einer Zwiebel nach Ladenschluss festzunehmen. Aber – und das ist das Entscheidende – Sie haben genug, um mich in Verlegenheit zu bringen. Ich würde es natürlich überstehen, aber mir wäre lieber, wenn wir die Sache anders regeln könnten.«

Peroni rutschte unruhig hin und her, während Bombarone ihn musterte. Er war seiner selbst einigermaßen sicher, wenn es um Schmiergelder ging, aber er hatte das Gefühl, dass die ganze Situation sich falsch entwickelt hatte. Sie waren schließlich nicht hier, um bei einem Gläschen Grappa Verhandlungen zu führen. Es war seine Aufgabe, das Gespräch in andere Bahnen zu lenken, bevor sie zu weit auf gefährliches Terrain vordrangen.

»Ich habe viel nachgedacht«, fuhr Bombarone in einem Ton fort, der auf einen radikalen Themenwechsel hindeutete,

»und zwar über Ihre politischen Ambitionen. Ich glaube, Sie würden einen ausgezeichneten Politiker abgeben. Ausgezeichnet. Und wie der Zufall es will, muss ich gerade jetzt über eine Kandidatur der Christdemokraten entscheiden, die für Sie genau das Richtige wäre. Todsichere Sache. Und außerdem bin ich mir sicher, dass Sie keinerlei Schwierigkeiten haben werden, es aus eigener Kraft zu schaffen. Ein gut aussehender Bursche wie Sie. Und noch dazu berühmt. Überdies hätte bei dem ganzen Blödsinn, der heutzutage über Korruption in der Politik verzapft wird, ein Polizist genau das richtige Image für die Abgeordnetenkammer. Unbestechlich. Die Ehrlichkeit in Person. Eine Stimme für Peroni ist eine Stimme für die Sauberkeit in der Politik. Ich werde Ihr Wahlkampfleiter. Und Sie müssen noch nicht mal die Arbeit bei der Polizei aufgeben. Sie behalten sie bei voller Bezahlung und bekommen noch das Abgeordnetensalär. Plus volle Unkostenerstattung und Tagegeld, wenn Sie nach Rom gehen, was ja auch nicht zu verachten ist. Was sagen Sie dazu?«

Das Angebot war sozusagen durch Peronis Abwehrreihen geschlüpft. Auf ein Schmiergeldangebot wäre er vorbereitet gewesen, und das hätte er auch mit aller gebührenden Verachtung weit von sich gewiesen. Aber das hier war etwas anderes. Alle politischen Ambitionen Peronis, die in der Aufregung der letzten zwei Wochen kurz in Vergessenheit geraten waren, drängten sich wieder vor und zeigten sich in ihren betörendsten Farben. Er sah sich selbst mit lässig übereinandergeschlagenen Beinen in der Abgeordnetenkammer sitzen, mit gelangweilter Miene seine Brille putzend. (Er trug gar keine Brille, aber dafür würde er sich eine anschaffen.) Er sah sich selbst, wie er im Fernsehen interviewt wurde. »Heute bei uns im Studio der Abgeordnete Achille Peroni. Er ist der führende Sprecher der Christdemokraten zum Thema …« Welches? Na ja, er würde noch reichlich Zeit haben, sich um derlei Fragen zu kümmern.

Und eigentlich waren ihm nach oben keine Grenzen gesetzt. Wer weiß? Sogar das Amt des Präsidenten der Republik lag zum Greifen nah. Das war sowieso eher etwas für Publikumslieblinge.

»Na, wie ist es nun damit? Wir können gleich morgen früh als Erstes lossausen und die Kandidatur festmachen. Später müssten Sie sich dann bei ein paar Ausschüssen vorstellen, aber das wäre eine reine Formsache. Was sagen Sie dazu?«

Was konnte Peroni sagen? Es gab nur eine Antwort. Ja. Und dann fing die Vision, wie er durch eine jubelnde Menge zum Staatsbankett im *Palazzo del Quirinale* fuhr, plötzlich an zu flackern, verdunkelte sich und wurde durch eine andere verdrängt: ein junger weiblicher Leichnam, das Gesicht nach unten im Wasser, mit langem roten Haar, das sich bewegt, als hätte es ein Eigenleben. Und während er es vor seinem inneren Auge sah, wandte sich der Kopf plötzlich um, und Cordelia betrachtete ihn vorwurfsvoll und flehentlich zugleich. Peroni sagte dem politischen Ruhm stumm Lebewohl. Oder vielleicht *arrivederci.*

»Ich werde Ihr Angebot«, sagte er in strikt dienstlichem Tonfall, »in meinem Bericht an den Untersuchungsrichter erwähnen.«

Bombarone zuckte zusammen, als ob Peroni ihm ins Gesicht geschlagen hätte, dann fand er sofort die Fassung wieder. »Wenn Sie, wie das Sprichwort sagt, Ihre Minestra so haben wollen, dann müssen Sie sie auch so essen.«

»Die junge Engländerin, Cordelia Hope«, sagte Peroni, »Sie waren es, der sie zu Bellini geschickt hat.«

Bombarone zögerte. »Ja«, gab er vorsichtig zu.

»Wie sind Sie auf sie gekommen?«

»Gar nicht. Sie ist auf mich gekommen.«

»Erzählen Sie.«

»Eines Tages vor ungefähr zwei Wochen wurde mir mitgeteilt, dass eine junge Engländerin mich sprechen wollte. Ich ließ sie hereinkommen. Sie erklärte, dass sie die Kopie einer Karte besitze, auf der eingezeichnet sei, wo sich das Mussolini-Gold befindet. Zuerst habe ich gedacht, sie hätte nicht mehr alle Tassen im Schrank, aber je länger sie redete, desto mehr habe ich ihr geglaubt. Sie wollte mir nicht erzählen, wo oder wie sie dieses verdammte Ding in die Finger bekommen hatte oder wo es war. Sie hat bloß gesagt, dass sie von mir gehört hätte, dass ich ein Macher sei und dass sie deshalb beschlossen habe, ich wäre der Richtige, um die Bergung zu organisieren. Tja, zufällig war genau einen Tag zuvor Daniele am See angekommen, um ein Forschungsprojekt durchzuführen, bevor der Kongress über die Pfahlbausiedler anfing, und ich habe mir gedacht, dass es nichts schaden könne, sie mit ihm zusammenzubringen. Wenn sie die Karte wirklich besaß, war das die ideale Gelegenheit. Sie war ein bisschen verblüfft, als ihr klar wurde, dass die Organisation, nach der sie suchte, schon vor Ort war. Jedenfalls, das war alles, und sie ist losgezogen und hat Daniele aufgesucht.«

»Und nachdem er die Karte in die Hände bekommen hatte, habt ihr beide beschlossen, sie umzubringen.«

Bombarone nahm einen weiteren kräftigen Schluck Grappa. »Nein.«

»Ihr habt sie aus dem Weg geschafft, um euch ihren Anteil am Mussolini-Gold zu sichern.«

»Nein.«

»Ihr habt nicht gezögert, Willi Meyer zu töten, um das Gold zu sichern, wieso hättet ihr dann bei ihr Skrupel haben sollen?«

»Sie war keine Bedrohung.«

»Sie hätte ihren Anteil haben wollen.«

»Darum hätte ich mich gekümmert, wenn es so weit gewesen wäre.«

»Wollen Sie damit andeuten, dass Bellini sich aus eigenem Antrieb schon vorher darum gekümmert hat?«

Bombarone zögerte. »Ich weiß es nicht. Ausschließen kann ich es sicher nicht.«

Wusste er wirklich nichts, fragte sich Peroni, oder nutzte er die Fluchtmöglichkeit, die der Zufall ihm geboten hatte? Das würde die Polizei in Brescia entscheiden müssen. Er hatte seinen Teil getan.

Draußen zeigte sich allmählich der erste schwache Schimmer der Morgendämmerung am Himmel. Peroni stürzte seinen restlichen Grappa hinunter. »Mehr können wir heute Nacht nicht klären«, sagte er. Die beiden Männer standen auf. »Ich werde einen ausführlichen Bericht über das alles schreiben, und der Untersuchungsrichter wird so entscheiden, wie er es für richtig hält. Ich muss Sie darauf hinweisen, falls Sie versuchen, das Land zu verlassen, dass eine Beschreibung Ihrer Person an sämtliche Grenzübergänge geht.«

»Das ist ebenso wenig mein Stil wie irgendwelche Schießereien«, sagte Bombarone. Er betrachtete Peroni durchtrieben, vielleicht auch spöttisch. »Schade«, sagte er, »Sie wären ein prima Abgeordneter geworden. Aber na ja, Sie haben Ihr Netz ausgeworfen, und falls es ein Loch hat, werden Sie keinen einzigen Fisch fangen, nicht wahr?«

3

Das Blitzlicht eines Fotografen fror den Augenblick ein, in dem der Sarg aus dem Leichenwagen gezogen wurde. Dann hoben die vier Sargträger ihn an und trugen ihn durch den steinernen Torbogen auf den Friedhof, gefolgt von den Trauernden und einer Handvoll Schaulustiger, von denen Peroni das Schlusslicht bildete.

Bis zur letzten Minute war er mit sich selbst nicht einig gewesen, ob er an der Beerdigung von Daniele Bellini teilnehmen sollte. Es lag jetzt alles in der Hand des Richters. Oder, um ganz genau zu sein, alles bis auf die offenen Fragen in Zusammenhang mit Cordelias blassblauer Segeltuchtasche. Immer wieder war er im Geiste den Inhalt durchgegangen, hatte überlegt, ob vielleicht doch irgendetwas dabei gewesen war, das für jemanden von Wert oder Interesse sein könnte. Doch da war nichts. Es war zum Verzweifeln, die Tasche blieb hartnäckig das einzige Teil, das nicht ins Puzzle passen wollte.

Dann hatte er zufällig die Ankündigung von Danieles Beerdigung in der Zeitung gesehen und beschlossen, dass er, wenn er es zeitlich erübrigen konnte, zur Totenmesse fahren würde, weniger aus einem bestimmten Grund als vielmehr, um der Erinnerung an Cordelia wieder nahe zu sein, selbst auf diese indirekte Weise.

Er war verspätet angekommen, als der Priester gerade die letzten Worte seiner Lobrede auf Bellinis Wirken für die Menschheit sprach, und war hinten in der Nähe des Taufbeckens stehen geblieben. Die Trauergemeinde war klein.

Die Haupttrauernde war eine ältere Dame mit weißem Haar, das von einem schwarzen Schleier bedeckt war, vermutlich eine Verwandte. Für eine Überraschung sorgten jedoch die beiden Personen zu ihrer Rechten. Die Erste, starr wie ein Bajonett und hart wie Beton, war General del Duca. Die Zweite war Nausikaa. Sie war von Kopf bis Fuß tiefschwarz gekleidet, und obwohl die ganze Kirche zwischen ihnen lag, konnte Peroni sehen, wie ihre Schultern vom Weinen geschüttelt wurden. Sie wischte sich ständig mit einem Taschentuch über die Wangen.

Nach dem Ende der Messe wartete Peroni in seiner Bank ab, bis der Sarg und die Haupttrauernden vorbei waren. Als Nausikaa ihn sah, zwinkerte sie ihm rasch und lasziv zu, ohne auch nur einen Moment mit dem Weinen aufzuhören. Von allen Frauen, die er kannte, war sie die Einzige, die ohne Heuchelei im selben Augenblick Sonnenschein und Regen miteinander verbinden konnte. Er hatte eigentlich nur zur Messe kommen wollen, doch nun hatte ihn die Anwesenheit von Nausikaa und ihrem Vater derart neugierig gemacht, dass er unbedingt auch an der Beisetzung teilnehmen musste.

Zu seiner Überraschung hielten die Sargträger vor einem kleinen Bau mit Kuppeln und Säulen und schmiedeeisernem Tor, das jetzt offen stand. Daniele sollte also in einer Familiengruft bestattet werden.

Als der Sarg hineingetragen wurde, drängte Peroni sich so nahe heran, dass er hineinblicken konnte. Tatsächlich war eine Nische vorbereitet und geöffnet worden. Doch was ihn wirklich verblüffte, war der Name, den er auf allen geschlossenen Nischen sah. Del Duca. Obwohl Nausikaa und ihr Vater unter den Haupttrauernden gewesen waren, hatte er damit nicht gerechnet. Es konnte einzig und allein bedeuten, dass Daniele zur Familie gehörte.

Von den letzten Gebeten des Priesters und von Nausikaas Schluchzen begleitet, wurde der Sarg in die Nische ge-
schoben, und ein Mann in Jeans begann, Zement daraufzu-
klatschen, bevor dann die Platte eingelassen werden konnte.
Peronis Verstand arbeitete auf Hochtouren an dem Versuch,
die Konsequenzen abzuschätzen, die sich möglicherweise
aus dieser neuen Entwicklung ergaben. Beunruhigend dabei war, dass sich unter einem bestimmten Blickwinkel betrachtet offenbar gar nichts änderte, von einem anderen aus
betrachtet jedoch alles. Die Fakten blieben im Wesentlichen
dieselben, doch die Positionen der Figuren und ihre Beziehungen untereinander veränderten sich allesamt. Und im
Mittelpunkt dieser neuen Anordnung, so schien es Peroni
zumindest, stand Nausikaa.

Nun setzte der Mann in Jeans mit einem Kollegen die
Platte ein, und die Gruppe um das Grab wurde von jener
plötzlichen kollektiven Spannung erfasst, die entsteht, wenn
ein Mensch endgültig den Blicken seiner Mitmenschen entzogen wird. Während nun der Mann in Jeans begann, geschickt die Spalten zwischen der Platte und dem Außen-
rand des *loculo* mit Zement zu füllen und glatt zu streichen,
arrangierte sein Kollege die Kränze, die im Leichenwagen
gewesen waren, wie jemand, der im Supermarkt Konserven
stapelt. Die Spannung lockerte sich zu einem allgemeinen:
»So, das wär's«, und die kleine Trauergemeinde löste sich
allmählich auf.

General del Duca, Nausikaa und die ältere Dame blieben einen Moment stehen und starrten auf die noch nackte
Platte. Dann hauchte Nausikaa einen Kuss auf ihre Hand
und strich kurz zärtlich über den Stein, bevor die drei sich
umwandten und die Gruft verließen. Der General und Nausikaa stützten die Dame links und rechts am Arm und gingen langsam in Richtung Tor. Peroni, der in respektvollem

Abstand folgte, konnte zwar nicht das Geringste hören, erkannte aber an ihren Bewegungen, dass sie sich unterhielten.

Nicht weit vom Friedhof entfernt stand ein imposanter, altmodischer Wagen, aus dem ein Chauffeur ausstieg, der die hintere Tür öffnete. Die ältere Dame stieg ein, gefolgt vom General, und der Wagen fuhr würdevoll und ruhig davon; zurück blieb Nausikaa, die auf dem Bürgersteig stand und die Hand zum Gruß erhoben hatte. Peroni näherte sich ihr.

»*Ciao*, Achille ...«, sagte sie geistesabwesend, als kehrte sie gerade aus einer anderen Welt zurück. »*Ciao*, Achille«, diesmal etwas munterer. »Ich habe sie allein fahren lassen. Denn als ich dich in der Kirche gesehen habe, ist mir der Gedanke gekommen, dass ein kleiner Ausflug mit dir genau das Richtige für mich wäre, sobald das Ganze vorbei ist. Was äußerst dumm von mir war, denn schließlich bist du ein vielbeschäftigter und wichtiger Mann, der weiß Gott Besseres zu tun hat, als seine Zeit mit prolixen und verheulten Frauen zu vergeuden. Komisches Wort, *prolix*.«

»Ich habe nichts Besseres zu tun, als mit dir rauszufahren«, sagte Peroni und dachte gleichzeitig, dass sie in einer ausgesprochen merkwürdigen Stimmung war.

Sie hatte offenbar nicht zugehört und fuhr fort: »Ich kann ja auch ganz gut allein zur Villa zurückgehen. Geschieht mir recht. Und es war sehr lieb von dir, dass du zur Beerdigung gekommen bist.«

»Es war eigentlich nicht sonderlich lieb von mir«, sagte Peroni. »Ich wusste gar nicht, dass er zu deiner Familie gehört.«

»Oh ja, habe ich dir das nicht erzählt?«, sagte sie geistesabwesend, stockte dann und starrte ihn an. »Habe ich gerade richtig gehört, dass du doch mit mir rausfahren kannst?«

»Hast du.«

»Das ist ja wunderbar! Du musst schon entschuldigen, wenn ich etwas durcheinander klinge – passiert mir immer bei Beerdigungen. Besonders, wenn jemand beerdigt wird, der mir so nahe gestanden hat ...« Sie schweifte vom Thema ab. »Aber deine Anwesenheit wird Wunder wirken.« Dann hielt sie abrupt im Sprechen inne. »Wie dumm von mir!«, sagte sie in einer mütterlichen Aufwallung. »Ich habe ja deine Wunde ganz vergessen. Wie geht es ihr?«

»Viel besser. Ich habe jetzt nur noch Mull und ein Heftpflaster drauf.«

»Ganz bestimmt?« Sie beäugte ihn misstrauisch. »Na ja, wir müssen ja nicht rennen – wir haben Zeit.«

»Ich habe versucht, dich am Tag danach anzurufen«, sagte Peroni, »aber du warst nicht da.«

»Ja, stimmt, war ich nicht. Papa und ich haben Danieles arme *mamma* besucht – das war die, mit der wir auf der Beerdigung zusammen waren ...« Erneut wechselte sie das Thema. »Und ich habe mir an dem Morgen auch deinetwegen große Sorgen gemacht.« Nausikaa löste in Peroni ein Gefühl von verärgerter Verwirrung aus. Was verschwieg sie ihm? Wieso mied sie das Thema, in welcher Beziehung sie zu Daniele stand? Wieso waren sie und ihr Vater nach der Tragödie gleich zu seiner Mutter geeilt?

»Hast du deinen Wagen hier?«, fragte sie. »Wenn ja, schlage ich vor, wir fahren nach Costermano.«

»Costermano?«

»Da hatten wir früher mal eine Villa.« Peroni erinnerte sich, dass der General das erwähnt hatte. »Das heißt, eigentlich noch immer, aber es ist praktisch nur noch eine Ruine. Als kleines Mädchen habe ich immer dort im Garten gespielt und fand es einfach herrlich. Dort fahre ich hin, wenn ich allein sein oder nachdenken möchte. Oder um meine Wunden zu lecken.«

»Danieles Tod?«

»Ich nehme nur ganz besondere Menschen mit dorthin.«

»Ehemänner?«

»Nicht unbedingt.«

Peroni machte sich auf den Weg zu seinem Wagen, um sich und Nausikaa zur Villa in Costermano zu fahren, und Nausikaa folgte ihm.

»Ich wünschte, du würdest mir von deiner Beziehung zu Daniele erzählen«, sagte Peroni, als sie vom See weg in die Berge fuhren.

»Die Toten haben es nicht gern, dass wir dauernd über sie reden.«

Sie fuhren schweigend weiter, was für beide untypisch war.

Nach etwa 20 Minuten Fahrt hielten sie vor einer hohen von Moos und Efeu überwachsenen Mauer mit einem rostigen Eisentor, durch das ein dunkler und verwilderter Garten zu sehen war, so groß, dass man ihn schon fast als Park bezeichnen konnte, und dahinter sah Peroni undeutlich Teile einer Fassade, die allem Anschein nach zu einem prachtvollen Exemplar der Veneto-Villen gehörte. Nausikaa kramte mit einem gewissen fröhlichen Pessimismus in der voluminösen Handtasche herum, die sie ebenfalls bei sich hatte, und förderte schließlich einen Schlüssel zutage, mit dem sie das Vorhängeschloss an der Kette öffnete, die das Tor verschlossen hielt. Dann betraten sie gleichsam ein irdisches Paradies, in dem der Gesang der Vögel wie ein Klangteppich beruhigend und belebend zugleich wirkte.

Plötzlich hatten sich vor ihnen die Bäume gelichtet und den Blick auf die Berge freigegeben, und dahinter, in einer Senke, konnten sie noch gerade eben erkennen, wie der See ihnen verschwörerisch zublinzelte. »Ich habe schon immer gedacht, dass hier irgendwelche prähistorischen Rituale stattgefunden haben«, sagte sie, »vielleicht Menschenopfer. Uff!« Sie stellte die beiden Taschen ab, ließ sich geschmeidig ins Gras gleiten und lehnte sich dann mit dem Rücken gegen einen Baum.

»Erzähl mir von Daniele«, sagte Peroni und setzte sich neben sie. »Ach, warum gibst du nicht endlich Ruhe? Nachher glaube ich noch, du bist eifersüchtig.«

»Gibt es irgendeinen Grund, warum ich es nicht erfahren darf?«

»Die Büchse der Pandora. Lots Frau. Der verhängnisvolle Apfel.«

Sie legten sich ins Gras, und Nausikaa summte eine kleine Melodie, die Peroni vage bekannt vorkam, als würde sie ein Baby in den Schlaf summen.

»Nausikaa?«

»Hmm?«

»Erzähl mir von Daniele.« Die Frage war heraus, bevor er sich dessen bewusst war, heraufgeschleudert aus der dunklen Tiefe seines Unterbewusstseins.

»Ja«, antwortete sie zärtlich murmelnd auf etwas, das er gar nicht gesagt hatte, und dann, als seine tatsächlichen Worte sie erreichten: »Ach, Achille, muss das sein?« Sie setzte sich auf. »Also schön«, sagte sie, »aber sag mir hinterher nicht, ich hätte dich nicht gewarnt. Daniele war mein Bruder.«

»Dein Bruder!« Er war über seine eigene Verblüffung erstaunt.

»Na ja, mein Halbbruder. Seine Mutter war Papas Du-weißt-schon-was. Und er muss eine besondere Schwäche für sie gehabt haben, denn er hat Daniele sehr ernst genommen und ihm immer geholfen, wenn er in Schwierigkeiten steckte.«

»Dann wusstest du also von der Sache …«

»Als das arme Mädchen ertrunken ist – ja. Papa war ganz außer sich vor Sorgen deswegen, aber er hat einen sehr guten Anwalt gefunden – Bombarone, du hast vermutlich von ihm gehört –, und am Ende kam alles wieder in Ordnung.«

Peroni starrte sie verblüfft an. »Das nennst du in Ordnung?«

»Daniele hatte schon immer einen schwachen Charakter.« In ihren Augen lag etwas gluckenhaft Mütterliches. »Ein starker Mensch hätte sich erst gar nicht in eine solche Lage gebracht. Und schließlich war es ja nicht seine Schuld, dass das Mädchen ertrunken ist. Es war ein Unfall.«

»Das hast du geglaubt?«

»Ja, natürlich. Er hätte sie niemals ermordet!«

»Wieso bist du dir da so sicher?«

»Weil ich ihn kannte. Er war töricht, eitel und ein Angeber. Wie ich dir bereits gesagt habe, Achille, er hatte viel Ähnlichkeit mit dir. Aber er war kein Mörder.«

Peroni betrachtete sie mit wachsender Verärgerung. Glaubte sie wirklich, was sie da sagte, fragte er sich. »Und die Engländerin«, sagte er, »erzähl mir nicht, du hättest nicht auch den Gedanken gehabt, dass er sie getötet haben könnte. Als ich angedeutet habe, dass sie vielleicht ermordet worden ist, hast du es mit der Angst bekommen!«

»Ich wäre dir wirklich dankbar, wenn du mit dieser Perry-Mason-Nummer aufhören würdest! Du machst mich ganz nervös. Ja, natürlich hatte ich Angst. Ich müsste ein ziemlicher Trottel sein, wenn mir die Ähnlichkeit zwischen den beiden Todesfällen nicht aufgefallen wäre, und ich hatte Angst um ihn.«

»Du hattest Angst, dass er sie getötet hatte! Du glaubst noch immer, dass er sie getötet hat!«

»Nein! Ich weiß, dass er es nicht war!«

»Wie kannst du dir so sicher sein?« Sie schwieg. »Du wusstest, dass sie bei Daniele gewesen war?« Sie nickte. »Du wusstest, dass sie in eurer Villa die Karte fotografiert hat, auf der eingezeichnet ist, wo das Mussolini-Gold liegt?«

»Was?« Sie blickte ihn ehrlich verblüfft an. »In unserer Villa?«

»Hast du nicht gewusst, dass Mussolini die Karte deinem Vater anvertraut hat?«

»Wirklich? Also wirklich, dieser gerissene Alte! Natürlich war er immer ein fanatischer Faschist, aber in all den Jahren hat er niemandem irgendwas von einer Karte erzählt – mir bestimmt nicht, und ich kenne die meisten seiner kleinen Geheimnisse. Aber wie ist die Engländerin überhaupt an sie herangekommen?«

»Aristoteles hat sie eines Abends reingelassen«, sagte Peroni widerwillig, da er sich nicht aus dem Konzept bringen lassen wollte. »Sie hat sie gefunden und abfotografiert.«

»So, so! Wenn Papa das wüsste, würde er Aristoteles eigenhändig bei lebendigem Leibe am Spieß rösten. Ich vermute«, fuhr sie in verständnisvollem Ton fort, »er hat es aus Liebe getan.«

»Aber du hast von dem Mussolini-Gold gewusst?«, beharrte Peroni, um sich nicht weiter ablenken zu lassen.

»Nein!«

»Nausikaa, du lügst!«

»Also schön, ich hab's gewusst. Daniele hat es mir erzählt. Aber er wusste bestimmt genauso wenig wie ich, woher sie die Karte hatte.«

»Und deshalb hast du in der Nacht, als die Bergung durchgeführt wurde, versucht, mich bei dir zu halten. Du hast mir was vorgespielt, damit ich Daniele nicht ins Gehege kam!«

»Nicht nur deshalb! Ich war wegen deiner Verletzung besorgt. Ich bin auch nur ein Mensch, Achille!«

»Du hast mir auch irgendein Mittel gegeben!«

»Ich dachte, du brauchst Ruhe!«

»Wie kannst du dann immer noch behaupten, dass er sie nicht getötet hat? Er hatte nie die Absicht, ihr von dem Mussolini-Gold etwas abzugeben, und deshalb hat er sie im See ertränkt!«

»Das hat er nicht – ich schwöre, das hat er nicht!«

»Woher willst du das wissen?«

»Achille – hör auf! Bitte! Du weißt ja nicht, was du da tust!«

»Wie kannst du so genau wissen, dass Daniele Cordelia Hope nicht getötet hat?«

»Also schön, wenn du darauf bestehst. Ich weiß, dass er sie nicht getötet haben kann, weil er in jener Nacht bei mir war. Die ganze Nacht.«

Peroni starrte sie eine Sekunde verständnislos an. Dann verstand er, und das Verstehen war schlimmer, als er erwartet hätte.

»Ich habe dir gesagt, du sollst aufhören«, sagte sie sehr leise. »Ich habe dir gesagt, es ist die Büchse der Pandora.«

Peroni stand auf und ging durch die Bäume davon, das Herz schwer von der Last erloschener Lust. Und nicht nur das, denn jetzt lasteten auch Schuld und Reue auf ihm. Cordelias Tod war in der Tiefe des Gardasees also doch nicht gerächt worden. Ihr Geist war noch immer nicht zur Ruhe gekommen. Und welche Hoffnung gab es jetzt noch, dass es ihm je gelingen würde, ihm diese Ruhe zu geben? Trotz gewaltiger Hindernisse und Stolpersteine war er den Weg bis zu Ende gegangen. Und das Ende hatte sich schließlich doch nicht als Ende erwiesen, sondern als Sackgasse. *Vicolo cieco.* Wohin sollte er sich jetzt noch wenden?

Er trat auf eine weite Lichtung vor der Villa, blieb stehen und starrte mit leerem Blick auf das Haus. Es war wirklich ein Prachtbau. Oder war es gewesen. Die Fassade war intakt, wenn auch etwas abgebröckelt, drei Stockwerke hoch, mit Balkonen in der ersten Etage und sogar Überresten von, wie es aussah, Fresken aus dem 18. Jahrhundert. Die Tür und die meisten Fenster waren mit Brettern vernagelt, doch einige Fenster im ersten und zweiten Stock waren offen gelassen worden, und Peroni konnte durch sie hindurchsehen und erblickte meist Himmel und Bäume, doch hier und da auch Mauerreste. Das Gebäude war eine Ruine.

Und dann, während er so dastand und auf die Villa starrte, beschlich ihn der Gedanke, dass sie ihm irgendetwas mitteilen wollte. Etwas Wichtiges. Und er war zu blind, um es zu sehen. Ein dämlicher neapolitanischer Esel, mit langen Ohren und großem Maul, und ohne einen Funken Intuition.

Und dann sah er es. Besser gesagt, wie er mit einer gewissen Genugtuung dachte, er sah es nicht, und das war der springende Punkt. Und nun endlich begriff er, was Cordelias Brief ihm hätte sagen sollen. Der Weg war letztlich doch keine Sackgasse, und irgendwo dort in der Dunkelheit an seinem Ende würde Cordelias Geist vielleicht endlich Ruhe finden.

4

An diesem Mauerstück, so stellte Peroni fest, haftete der Efeu nicht ganz so fest, als hätte ihn jemand erst kürzlich beiseitegezogen. Falls er richtig vermutete, war dieser Jemand Cordelia gewesen, und er hatte einen ganz bestimmten Verdacht, was sie gefunden hatte. Ein paar Sekunden später bestätigte sich der Verdacht. Dort im Mauerwerk neben der Tür war eine Sonne eingemeißelt mit einem gutmütig jovialen Ausdruck im Gesicht und Steinstrahlen, die wellenförmig von ihr ausgingen. Er schob die Efeuranken wieder zurück und ging dann um das Haus herum.

Auf der Seite zum See war alles sehr ruhig. In dem baufälligen Bootshaus war ein etwas heruntergekommenes, aber funktionstüchtiges Boot vertäut, und das Wasser plätscherte noch immer sanft an den schmalen Kiesstrand, als wollte der See beweisen, dass er das zahmste und harmloseste Geschöpf überhaupt sei. Die Vegetation wirkte sogar noch wilder und üppiger als beim letzten Mal, als Peroni da gewesen war. Er blickte sich gründlich um, doch es war weit und breit niemand zu sehen. Dann aber entdeckte er die offen stehende Terrassentür, die ins Haus führte, und nach kurzem Zögern ging er dort hinauf. »Permesso«, rief er. »Permesso.« Keine Antwort. Er wartete eine weitere Sekunde und trat dann ein.

Der Raum war groß, dunkel (selbst an den sonnigsten Tagen verhinderte das wild wuchernde Grün vor dem Haus, dass Licht hereinfiel) und in einem unglaublich chaotischen Zustand, der nicht auf das Konto von Eindringlingen ging, sondern jahrelanger Vernachlässigung zuzuschreiben war. Die Möbel sahen aus, als kämen sie vom Sperrmüll eines Trödelladens: kaputte Korbstühle, zerfetzte Sessel, ein Tisch mit einem fehlenden Bein, gestützt von einer Kiste auf einem Schemel und mit den Resten nicht nur einer, sondern mehrerer karger, armseliger Mahlzeiten darauf, ein umgekippter Bücherschrank, in dem Bücher wild durcheinanderlagen. In einer Ecke stand eine alte, kaputte Harfe, deren Saiten sich trostlos in der Luft ringelten. Hier und da waren Vitrinen mit ausgestopften Tieren darin, und das eine oder andere Einrichtungsstück wie beispielsweise die vergoldeten Spiegel, das Gehäuse einer hübschen Standuhr und einige Fotografien in Silberrahmen ließ erahnen, dass die Besitzer einmal wohlhabend gewesen waren. Das auffälligste Element des Raumes, das der allgemeine Verfall am wenigsten in Mitleidenschaft gezogen hatte, war ein großer, prachtvoller Steinkamin, in dem noch die Asche vom letzten Winter lag; er hatte eine reich verzierte Umrandung, in die die gleiche Sonne gemeißelt war, die Peroni draußen unter dem Efeu entdeckt hatte. Es musste sich um eine Art Familienwappen handeln. Doch von dem Besitzer fehlte jede Spur.

»*Permesso* … « Peroni versuchte es erneut.

Nur die staubige Stille in dem großen Raum antwortete ihm. Und dann drang aus der Stille ein Geräusch zu ihm, das sich anhörte, als ob eine Maus in Papier raschelt. Es kam, so erkannte er, aus einer halb offenen Tür gegenüber dem Kamin. Er ging hinüber und blickte hinein.

Der Raum war eine Art Arbeitszimmer, und auf einem Sofa an einer Wand lag eine schlafende Gestalt, bedeckt mit einem Mantel, das Gesicht mondbleich in der Dunkelheit. Das Geräusch, das Peroni gehört hatte, war das Atmen dieser Gestalt. Er ging hinein und kniete sich neben das Sofa.

»*Signor* Pagani«, sagte Peroni und berührte ihn an der Schulter, die sich anfühlte wie das Skelett eines Vogels. Bereits auf dem Kongress war der alte Mann offensichtlich krank gewesen. Jetzt lag er im Sterben, und der Geruch, der von ihm ausging, war so überwältigend faulig, dass Peroni sich ungemein zusammenreißen musste, um sich nicht zu übergeben. »*Signor* Pagani …«, versuchte Peroni es erneut. Und dann, als er gerade zu dem Schluss kam, dass er nichts anderes tun konnte, als einen Arzt rufen, wandte sich das weiße Gesicht ihm zu, und die Augen flackerten und blickten zu ihm auf. Eine ganze Weile blieben sie ausdruckslos. Dann zeichnete sich langsam und schmerzlich Erkennen in ihnen ab.

»*Signor Commissario.*« Die Stimme war ein quälendes Krächzen. »Sie müssen mir verzeihen … Ja. Ich habe sie erwartet.« Mit offenbar übermenschlicher Anstrengung schob er den Mantel beiseite und wuchtete sich mühsam in eine sitzende Position.

»Bleiben Sie liegen«, sagte Peroni. »Kann ich Ihnen irgendwas holen?«

»Nein, nein. Sie sind mein Gast.« Noch im Schatten des Todes hatte sein Tonfall eine gewisse Autorität. »Ein Glas Sherry? Ich habe nichts anderes da … Trinken Sie einen Sherry?«

»Ich hole ihn. Wo …?«

»Auf keinen Fall. Wenn Sie so nett wären, mir aufzuhelfen …« Es war unfassbar, aber er schaffte es aufzustehen, und Peroni sah, dass er denselben Leinenanzug trug, den er auf der Kongresseröffnung getragen hatte, obwohl er jetzt fürchterlich zerknittert und verschmutzt war.

Irgendwie, indem er sich auf Möbelstücke aufstützte und alle paar Schritte stehen blieb, um nach Luft zu schnappen, gelang es ihm, aus dem Arbeitszimmer zu kommen und den anderen Raum zu durchqueren, bis er einen Schrank erreichte, der neben dem Kamin stand und einmal sehr elegant gewesen sein musste. Mit Mühe öffnete er die eine noch verbliebene Tür, nahm eine Flasche heraus und schaffte es schließlich, nachdem er mehr verschüttet als eingegossen hatte, zwei Gläser zu füllen.

»Also gut«, sagte er, »ich werde einsichtig sein und Ihnen erlauben, sie zu tragen. Meine Hand ist nicht so ruhig ... Gehen wir ins Arbeitszimmer. Es ist gemütlicher oder sagen wir besser, weniger ungemütlich ... Ja ...«

Als sie wieder im Arbeitszimmer waren und Platz genommen hatten und Pagani etwas Sherry getrunken hatte, kehrte in seine totenkopfartigen Züge ein kaum wahrnehmbarer Hauch Farbe zurück. »Nun«, sagte er, »ich nehme an, Sie möchten, dass ich Ihnen erzähle, wie ich die unglückselige junge Engländerin getötet habe.«

»Deshalb bin ich hier.«

»Das wird meine Beichte sein. Ich glaube nicht an die Beichte bei einem Priester; all diese Rituale sind nur dazu da, dass man die Augen vor der nackten Tatsache des Todes verschließt, wo es doch das oberste Gebot des Menschen ist, dem Tod, ohne zu zittern, ins Auge zu sehen. Aber einem Ehrenmann und Beamten wie Ihnen offenherzig zu beichten – das ist vertretbar. Also ...« Er hielt inne, um Luft zu holen und von seinem Sherry zu trinken. »Lassen Sie mich klarstellen«, fuhr er fort, »dass ich meine Taten in keiner Weise bereue. Der wahre Held ist über Recht und Unrecht erhaben. Ich hatte einfach keine Alternative. Ich war in der Situation eines Soldaten, der im Kampf tötet. Ich habe im Dienst einer heiligen Wahrheit gehandelt.«

Peroni hörte es nicht zum ersten Mal: das hochtrabende Geschwafel von Faschisten, den verlogen-aggressiven Jargon, mit dem sie melodramatisch ihre Unfähigkeit, ehrlich zu denken, wettzumachen trachten. Und bei diesem vermeintlich feinsinnigen Menschen war das noch entsetzlicher als die Krankheit, die ihn körperlich zerstörte. »Fahren Sie fort«, sagte Peroni und wappnete sich innerlich gegen die moralische und körperliche Fäulnis.

»Bei Ihrem letzten Besuch hier habe ich Ihnen erzählt, dass das junge Mädchen bei mir war, um sich nach einem Dokument bzw. nach Dokumenten zu erkundigen, die der Duce kurz vor seiner endgültigen Abreise vom See bei meiner Familie hinterlegt hat. Ich habe ihr erzählt, wie ich es auch früher schon Churchill erzählt hatte, dass meine Familie bereits in die Schweiz geflüchtet war. Doch das Mädchen kam ein paar Tage später wieder.«

Peroni hatte gewusst, dass sie zurückgekommen sein musste, aber bei dem Gedanken, dass er endlich den dunklen Korridor entlangging, der ihn zur Wahrheit über ihren Tod führte, konnte er trotzdem ein Schaudern nicht unterdrücken.

»Es war kurz nach Mittag, und ich kam mit dem Wagen aus dem Dorf zurück, als ich sah, wie sie gerade den Pfad verließ, der von diesem Haus zur Hauptstraße führt. Es ist ein Privatweg, den meine Familie angelegt hat, und da es keinen anderen Grund gibt, ihn zu benutzen, musste sie hier gewesen sein. Als ich am Haus ankam, sah ich, dass das Schloss der Terrassentür aufgebrochen worden waren. Ich hätte ein Besseres einbauen lassen können, doch in diesem Haus gibt es nichts Wertvolles.« Er hielt inne. »Außer – ein paar Dokumenten. Aber ich war mir trotzdem sicher, dass sie sie nicht gefunden hatte. Sie sind besser geschützt, als das mit irgendeinem Schloss möglich wäre. Und tatsächlich, als ich nachsah, waren sie noch an Ort und Stelle. Besser gesagt, sie schienen an Ort und Stelle zu sein. Denn eine nähere Überprüfung ergab, dass sich jemand an meiner

Alarmanlage zu schaffen gemacht hatte – das Mädchen war geschickter, als ich gedacht hatte – und dass die Dokumente bewegt worden waren. Ich lege sie nämlich immer so hin, dass ich erkennen kann, wenn auch nur ein einziges Blatt um einen Millimeter verschoben wurde.

Ich fuhr zurück ins Dorf und kam genau gleichzeitig mit ihr dort an, also parkte ich den Wagen und folgte ihr unbemerkt, was bei den vielen Touristen kein Problem war. Sie ging zuerst in ein Fotogeschäft – einen 24-Stunden-Entwicklungsservice –, und ich sah durch das Schaufenster, wie sie einen Film aus der Tasche nahm, ihn auf die Theke legte und dafür einen Abholschein erhielt. Danach ging sie in ein Reisebüro, wo ich, wiederum im Schutz der vielen Menschen, hören konnte, dass sie für den nächsten Tag einen Flug nach London buchte. Zunächst sah es so aus, als wäre keiner mehr frei, doch dann konnte die Frau vom Reisebüro ihr aufgrund einer Stornierung doch noch einen besorgen. Danach ging die Engländerin in ein *Caffè* am See.

Ich steckte in einer Zwickmühle. Sie hatte ganz offensichtlich die Dokumente fotografiert und wollte das Land am nächsten Tag verlassen ...«

Jetzt erklärten sich Cordelias merkwürdige Stimmungswechsel an jenem letzten Tag, dachte Peroni. Sie hatte ihr Ziel erreicht, was der Grund für ihre Fröhlichkeit war, doch gleichzeitig stand ihre Rückreise nach England bevor. »Ich werde ihn mit echtem Bedauern verlassen«, klangen ihm die Worte aus ihrem Brief wieder im Ohr. »Aber verlassen werde ich ihn.«

»Ich wollte ihr nichts antun«, fuhr Pagani fort, »aber das konnte ich nicht zulassen; ich hätte mich des Verrats schuldig gemacht. Aber gab es denn überhaupt noch eine Möglichkeit, die Situation zu retten? Ich dachte lange über das Problem nach, während ich sie beobachtete, und als ich gerade überlegte, den Versuch zu machen, vernünftig mit ihr zu reden, setzte sich ein Mann zu ihr. Ein Mann, in dem ich später Sie erkannte. Ich muss Ihnen wohl nicht sagen, was in den folgenden Stunden passiert ist, denn Sie waren ja die ganze Zeit mit ihr zusammen.«

Peroni erinnerte sich, dass er an dem Nachmittag das seltsame Gefühl gehabt hatte, beobachtet zu werden. Der Tod hatte bereits auf sie gelauert.

»Schließlich hat sie sich am Hafen von Ihnen verabschiedet und ist allein mit ihrem Boot hinausgesegelt. Ich wusste, dass das meine letzte Chance war. Ich fuhr hierher zurück, stieg in mein Motorboot und fuhr hinaus auf den See. Es war nicht schwierig, sie zu finden. Ich näherte mich ihrem Boot, bis ich längsseits war, und bat, an Bord kommen zu dürfen. Sie willigte ein – widerwillig. Ich beschuldigte sie, die Dokumente fotografiert zu haben, und sie stritt es nicht ab. Ich sagte, dass ich die Sache auf sich beruhen lassen würde, wenn sie mir die Negative gäbe. Sie lehnte ab und führte für ihre Tat irgendwelche heuchlerischen Pseudomotive ins Feld: Die Dokumente, so sagte sie, seien von historischer Bedeutung, und ich hätte nicht das Recht, sie für mich zu behalten. Ich bestand auf der Herausgabe, aber sie weigerte sich erneut. Also hatte ich keine andere Wahl. Ich merkte, dass der Wind auffrischte, was bedeutete, dass wir jeden Augenblick Sturm bekommen würden. Mir blieb nicht mehr viel Zeit. Ich schlug ihr einmal rasch seitlich gegen den Hals. Ich hatte diese Art von Schlag in einer Sonderausbildung bei den Jungen Faschisten gelernt, und sie hat vermutlich kaum mitbekommen, was passiert ist. Dann ließ ich sie ins Wasser gleiten und drückte sie mit einem Bootshaken unter Wasser, bis ich ganz sicher war, dass sie tot war.«

Seine Skrupellosigkeit hatte etwas entsetzlich Sachliches an sich; es war, als würde er seinen Vorgesetzten Bericht erstatten, dass eine Operation erfolgreich durchgeführt worden war.

»Dann stieg ich wieder in mein Motorboot und fuhr nach Hause. Inzwischen hatte der Sturm eingesetzt, und als es blitzte, konnte ich kaum noch die Form ihres Segels in der Ferne erkennen.«

Es trat eine Stille ein, die Peroni schließlich mit der Frage durchbrach: »Und die Fotos?«

»Ja …« Paganis dünne, trockene Lippen verzogen sich zu etwas, das sich als Lächeln deuten ließ. »Da sie am nächsten Tag abreisen wollte und da der Laden einen 24-Stunden-Service anbot, wusste ich, dass die Abzüge am nächsten Morgen fertig sein würden. Glücklicherweise war ich selbst schon einige Male in dem Laden gewesen und kannte daher die dortige Arbeitsweise. Ich legte einen vollen Film in meine Kamera ein und klemmte ihn so fest, dass er sich nur herausnehmen ließ, wenn man die Kamera öffnete, was natürlich in der Dunkelkammer geschehen musste, damit der Film nicht belichtet wurde. Dann ging ich zu dem Laden, und zwar am späten Nachmittag, wenn dort wenig los ist, und nachdem ich mich vergewissert hatte, dass er leer war, trat ich ein. Ich erläuterte der Frau das Problem, und als sie dann in der Dunkelkammer war, ging ich hinter die Theke, wo die entwickelten Filme aufbewahrt werden, und fand im Nu den Umschlag mit dem Namen des jungen Mädchens. Leider hatte ich mich diesmal verrechnet …«

Als er das sagte, schwang in seiner Stimme ein deutlicher Ton der Verärgerung mit. Dass er eine junge Frau ohne eine Spur von Mitleid im See ertränkt hatte, ließ ihn gleichgültig, doch sogar jetzt, wo er im Sterben lag, ärgerte es ihn, dass er sich geirrt hatte.

»Auf den Fotos war ganz und gar nicht das, was ich erwartet hatte«, fuhr er fort. »Es waren bloß typische Urlaubsfotos.« In seiner Stimme lag ein Anflug von Verachtung, als er das sagte. »Wo also waren die richtigen Negative? Ich hatte sie ununterbrochen beobachtet, daher konnte sie sie nirgendwo hingebracht haben. Vielleicht hatte sie sie ja auf ihrem Boot. In der Nacht ging ich zum Hafen und durchsuchte das Boot, aber keine Spur von den Negativen. Damit blieb nur noch eine Möglichkeit übrig – sie musste sie bei sich gehabt haben, vielleicht in ihrer großen Tasche. Schon bald konnte ich durch den Dorftratsch in Erfahrung bringen, dass die *Carabinieri* die Tasche aufbewahrten, bis sie von einem Angehörigen abgeholt würde. Von einer nahe gelegenen Bar aus behielt ich die Polizeistation im Auge, und schließlich kamen dann Sie.«

»Und Sie haben auf mich geschossen.«

»Ich hatte keine andere Wahl«, wiederholte er mit monotoner Beharrlichkeit. »Es ist ein Glück, dass ich Sie nicht töten musste.« Peroni erschauderte innerlich, als ihm klar wurde, dass Pagani nicht gezögert hätte, falls nötig noch eine weitere Kugel abzufeuern, um an die Segeltuchtasche zu kommen.

»Und die Negative waren drin?« Doch noch während er das sagte, begriff Peroni, wo sie gewesen waren.

»Zunächst dachte ich, sie wären nicht drin. Aber bei näherer Untersuchung stellte sich heraus, dass sie sie in ein Feuerzeug gesteckt hatte.«

Natürlich ein Mikrofilm. Es war unverzeihlich, dass er so dumm gewesen war und nicht daran gedacht hatte. »Und wo sind sie jetzt?«

»Ich habe sie sofort vernichtet.«

Natürlich. Damit waren also nur noch die Originale übrig. Wo konnte Pagani die Originale versteckt haben? Die Originale von was überhaupt? Peroni glaubte zwar, es zu wissen, doch genau genommen war nur von Dokumenten unbekannter Art die Rede gewesen. »Ich nehme an, wir reden über die Korrespondenz zwischen Churchill und Mussolini?«, sagte er.

Pagani warf ihm einen raschen Blick zu und zögerte, als ob schon dieses Eingeständnis ein Vertrauensbruch wäre. »Ja«, sagte er schließlich, und irgendetwas in seiner Stimme weckte in Peroni den Verdacht, dass die Antwort in erster Linie von dem Wunsch diktiert worden war, dass zumindest noch ein weiterer Mensch auf der Welt erfahren sollte, was für eine außergewöhnliche Ehre ihm zuteilgeworden war. »Ja.« Er genoss es. »Aber Sie haben mir doch erzählt, dass Ihre Familie bereits in die Schweiz geflohen war, als die Republik von Salò fiel. Wie haben Sie denn dann die Briefe in die Hände bekommen?«

Zum zweiten Mal verformten sich Paganis Lippen zu so etwas wie einem Lächeln. »Meine Familie war bereits geflohen«, sagte er. »Ich nicht. Ich habe mich geweigert. Ein Faschist flieht nicht. Ich bin hiergeblieben, um bis zum Ende zu kämpfen und, falls nötig, mit dem Duce zu sterben. Ich habe ganz allein hier gelebt und bin nur nachts rausgegangen, um mir Essen zu besorgen. Niemand hatte eine Ahnung, dass ich hier war. Doch eines Abends, etwa zehn Tage nachdem meine Familie abgereist war …«

5

Pagani kauerte auf dem Sofa im vorderen Zimmer und versuchte, sich mit einem schweren Militärmantel warm zu halten. Die Kälte war so ziemlich das Schlimmste, womit er fertig werden musste. Dass seine Familie fort war, kam ihm sehr entgegen; er hatte sie nie gemocht, und sie hatten ihn nie gemocht und stets nur seine unscheinbare physische Erscheinung gesehen, ohne auch nur zu ahnen, was für ein Held in ihm schlummerte, der nur auf die Gelegenheit wartete, glorreich zu wesenhafter Größe zu erblühen. Außerdem waren seine Angehörigen Verräter. Seit Mussolinis Aufstieg zur Macht hatte sein Vater sich stets als Faschist bezeichnet, er war ein hoher Parteifunktionär gewesen, ihm war sogar die höchste Ehre zuteilgeworden, bei mehreren Anlässen zum unmittelbaren Gefolge des Duce zu gehören. Und gerade jetzt, wo alle Hoffnung verloren schien – der erhabene Augenblick für Treue und Opferbereitschaft –, hatte er sich kleinmütig in die Schweiz geflüchtet. Den war er los.

Pagani störte es auch nicht, von seinen Mitmenschen isoliert zu sein. Er hatte noch nie richtige Freunde gehabt und fühlte sich in der Gegenwart anderer Menschen unwohl; es setzte ihn offen gestanden in Erstaunen, was für Dinge ihnen wichtig waren: Liebe, Geld, Komfort, Essen ... Sie waren wie Tiere, die gierig aus dem Futtertrog fraßen, ohne eine Vorstellung von Ruhm und Ehre zu haben. Nur bei den Jungen Faschisten hatte er die Sorte Menschen gefunden, nach denen er sich sehnte, aber sie hatten ihn meist nicht beachtet, weil er schwächlich war. Was würden sie wohl denken, wenn sie ihn jetzt sehen könnten – wie er hier ganz allein lebte, eine unbekannte ständige Herausforderung an die dekadente Welt, jede Nacht ein Abenteuer, wenn er hinausging, um etwas zu essen zu besorgen, ohne gesehen zu werden, ohne dass jemand eine Ahnung hatte, dass er da war.

Und die ganze Zeit über wartete er auf seinen großen Auftrag. Denn er hatte keinen Zweifel daran, dass der Tag kommen würde. Er hatte keine Vorstellung, was man von ihm verlangen würde; er wusste nur, dass es ein bedeutender Auftrag sein würde. Solange er denken konnte, hatte er die feste Überzeugung gehegt, dass er für etwas Großartiges bestimmt war, und nun, in diesem leeren Haus, abgeschnitten von der Welt, war er von diesem Gedanken mehr denn je besessen.

Er trat vor den reichverzierten Spiegel, in dem seine Mutter sich immer heimlich bewundert hatte, und betrachtete sein Spiegelbild. Sein Gesicht – hager, mit einem kleinen schwarzen Bart und Augen, die in der Dunkelheit funkelten – schien seine Gedanken zu bestätigen. Es war das Gesicht eines Helden.

Wenn es doch nur nicht so kalt wäre. Er wagte nicht, den Kamin anzumachen, aus Angst, man würde den Rauch bemerken und entdecken, dass er hier war. Er zog den Mantel enger um sich. Zum Glück würde es bald wärmer werden.

Und dann hörte er das Motorgeräusch eines Wagens, das Knirschen von Reifen auf dem Kies und sah Scheinwerferlicht durch die Ritzen in den geschlossenen Fensterläden. Er nahm den schweren Armeerevolver, den er stets griffbereit hatte. Falls der Augenblick gekommen war, falls er jetzt sterben sollte, so würde er nicht allein sterben.

Er lief aus dem Zimmer, die Treppe hinauf und in eine

große, eiskalte, altmodische Toilette, die voller Erinnerungen war an die Kämpfe, die er als Kind mit den großen und kleinen Geschäften ausgetragen hatte. Sämtliche Fenster im Haus hatten Fensterläden oder waren vergittert, nur nicht das hohe Fenster in diesem Raum, das zu klein war, um dadurch einzusteigen und keine Fensterläden hatte und deshalb von Pagani als Beobachtungsstand benutzt wurde. Er stieg auf die Klobrille und spähte hinaus.

Es war ein kleines Auto, ein Balilla, und es hatte direkt vor der Haustür gehalten. Pagani war verwirrt. Hatte doch jemand irgendwie bemerkt, dass er hier war? Aber wer? Und wie? Und vor allem, falls dem so war, was hatten sie dann vor? Er war drauf und dran, nach oben auf den Dachboden zu laufen, wo er für den Notfall zwischen den Dachbalken ein Versteck hergerichtet hatte.

Die hintere Tür auf der Fahrerseite öffnete sich, und ein Mann in Militäruniform stieg aus. Irgendein Offizier. Doch statt direkt zur Haustür zu kommen, ging der Mann zur anderen Seite des Wagens, wo er die Tür öffnete, und eine zweite Gestalt stieg aus, die schwerer als die erste war und sich ziemlich anstrengen musste. Er trug einen grauen, etwas verschlampten Mantel, der ihm viel zu weit war und so locker hing wie die Kleidung an einer Vogelscheuche. Er hatte keine Mütze auf und war kahlköpfig. Er trug eine Aktentasche.

Als diese zweite Gestalt zu gehen anfing oder genauer gesagt, sich mühselig mit schlurfendem Gang auf die Haustür zubewegte, erkannte Pagani ihn. Es gab keinen Zweifel. Der Mann war müde, vielleicht krank, aber es handelte sich fraglos um Mussolini. Mit erschreckender blitzartiger Klarheit erkannte Pagani, dass seine große Stunde gekommen war.

Als er die Toilette verließ, ertönte unten das erste Klopfen. Er lief im Dunkeln die Treppe hinab, die Gefahr missachtend, dass er stolpern könnte, alles missachtend außer seiner Schicksalsbestimmung. In der Halle griff er sich eine Taschenlampe und hastete zur Tür, als das zweite Klopfen erklang. Er mühte sich mit den Schlössern und Ketten ab. Es kam ihm wie eine Ewigkeit vor, bis er sie aufhatte. Dann schließlich, als er den letzten Schlüssel im Schloss gedreht hatte, zog er die Tür auf, leuchtete sich kurz mit der Taschenlampe ins Gesicht, um Mussolini zu beruhigen und ihm seinen Respekt zu zeigen, und hob die rechte Hand zum Faschistengruß.

»*Saluto al* Duce!«, sagte er.

Mussolini reagierte mit einer müden, flüchtigen Geste. »Wer bist du?«

»Pagani, *eccellenza* – der Sohn von Livio Pagani.«

»Dein Vater?«

»Er ist fort, *eccellenza*. In die Schweiz geflohen mit dem Rest der Familie. Nur ich bin geblieben, *eccellenza*, um bis zum Schluss für Italien und den Faschismus zu kämpfen.«

Doch Mussolini schien nicht mehr zuzuhören. Er schüttelte den Kopf wie ein alter Bulle, der von Fliegen geplagt wird. »Dann hat das keinen Sinn«, sagte er mehr zu sich selbst als zu Pagani. »Wem kann ich vertrauen? Wem kann ich vertrauen?«

»Sie können mir vertrauen, *eccellenza*! Alles, was mein Vater tun könnte, kann ich auch. Mehr noch! Er ist weggelaufen – ich bin geblieben.«

Diesmal schienen die Worte Gehör zu finden, und Mussolini blickte Pagani mit neuem Interesse an. »Wir gehen besser hinein.«

Pagani ließ ihn ein, schloss dann die Tür, führte Mussolini ins vordere Zimmer und bot ihm einen Sessel an, den er mit einem Wink ablehnte. Mussolini legte seine Aktentasche auf den Tisch und bedachte Pagani mit einem jener Blicke, die, wie seine Anhänger behaupteten, bis in die Tiefen der menschlichen Seele dringen konnten; jetzt wirkte der Blick jedoch eher wie ein verwirrtes, ziemlich ungeduldiges Starren. »Bist du bereit, mir jederzeit zur Verfügung zu stehen, wenn ich dich brauche?«, sagte er schließlich.

»*Eccellenza, si!*« »Dein Leben zu riskieren?«

»*Eccellenza, si!*«

In der guten alten Zeit hätte Mussolini eine solche Ergebenheit mit leidenschaftlichen Worten belohnt; jetzt gab er lediglich ein »Hm« von sich. »Nun denn«, sagte er und nahm seine Aktentasche auf, »ich werde es riskieren müssen. Diese Aktentasche enthält Dokumente – Briefe – Briefe, die Churchill mir geschrieben hat – Kopien von Briefen, die ich ihm geschrieben habe. Die Zukunft Italiens, der Welt hängt vielleicht von diesen Briefen ab. Sie belegen zweifelsfrei, dass meine einzige und unermüdliche Sorge stets dem Wohl des italienischen Volkes gegolten hat. Aus diesem Grund möchten viele sie an sich bringen und sie vernichten, um dann behaupten zu können, ich sei ein Feind meines Landes. Wenn es ihnen gelingt, bin ich erledigt, doch wenn ich diese Dokumente im richtigen Augenblick vorlegen kann, wird meine Unbescholtenheit aufleuchten wie die Sonne, und ich werde Italien wieder zum Ruhm eines neuen römischen Reiches führen!« Dieser Gedanke zeigte bei Mussolini die gleiche Wirkung wie eine Heroinspritze bei einem Junkie im letzten Stadium; einen Moment leuchteten seine Augen wieder, seine Stimme nahm einen selbstbewussten Klang an, seine Gestalt schien zu wachsen und den Mantel mit stolzgeschwellter Brust auszufüllen. Dann, fast im selben Augenblick, ließ die Wirkung nach; er fiel wieder in sich zusammen, seine Augen wurden trübe, und er schien vergessen zu haben, worüber sie gesprochen hatten. »Ja«, sagte er und sah Pagani an, als ob er sich zu erinnern versuchte, wer er war. »Was habe ich ... Ja, die Dokumente. Morgen reise ich vom See ab. Ich fahre ...« er stockte, als wäre ihm auch das entfallen »... zu einem geheimen Ort und nehme nur die Männer mit, die mir die Treue gehalten haben. Ich kann diese Dokumente nicht mitnehmen. Wir könnten angehalten werden, ausgeraubt. Es ist zu gefährlich. Ich fordere dich auf, diese Dokumente in einem sicheren Versteck aufzubewahren, bis ich sie brauche. Und dann musst du sie zu mir bringen, wo immer ich bin. Kannst du das tun?«

»*Eccellenza, si!*«

Mussolini versuchte einen weiteren seelendurchbohrenden Blick, dann gab er ihm die Aktentasche. »Vergiss nicht«, sagte er, »nie zuvor habe ich in einen Menschen größeres Vertrauen gesetzt.« Die Ehre, die Pagani damit zuteilwurde, beleuchtete seinen geistigen Himmel wie ein gewaltiges Feuerwerk. »Die Zukunft Italiens liegt in deinen Händen. Ganz gleich, was passiert, sorg um jeden Preis dafür, dass diese Dokumente niemand anderem in die Hände fallen!«

»Ich werde sie mit meinem Leben verteidigen!«

»Bravo«, sagte der Duce. »Bravo.« Er streckte Pagani zackig die Hand entgegen. »Und jetzt muss ich gehen.«

Pagani nahm Haltung an und presste die Aktentasche an sich, als Mussolini den Raum verließ, folgte ihm dann hinaus zur Haustür und öffnete sie für ihn. Der Motor des Wagens wurde angelassen, und das Scheinwerferlicht fiel kurz auf sie beide im Türrahmen, als Pagani noch einmal vor Mussolini salutierte.

»Ganz gleich, was passiert«, sagte Mussolini. »Um jeden Preis.« Dann ging er zu dem Balilla, stieg ein, und der Wagen rollte davon.

Pagani schloss und verriegelte die Haustür. Dann stand er still in der dunklen Halle, zum ersten Mal allein mit der Bestimmung seines Lebens.

» ... zwei Jahre lebte ich so weiter im Verborgenen. Für die Dokumente erschien es mir so am sichersten, und außerdem zog ich dieses Leben mittlerweile vor. Doch als Italien sich langsam und gequält mit einem schändlichen Frieden arrangierte, merkte ich, dass einige Leute anfingen, sich für dieses Haus zu interessieren. Meine Eltern, so wusste ich, waren getötet worden, und ich war der einzige noch lebende Erbe. Wenn ich mich weiter versteckt hielt, würde früher oder später jemand versuchen, das Haus in seinen Besitz zu bringen, also erschien es mir ratsam ›zurückzukehren‹. Das tat ich dann 1947 und begann sogleich, das ruhige, etwas langweilige Leben zu führen, das ich seitdem lebe. Aber eigentlich war es mir egal. Mir war eine Ehre zuteilgeworden, wie sie sich der größte Teil der Menschheit nicht einmal vorstellen kann, und nun hatte ich eine Pflicht zu erfüllen. Ich war ein Soldat auf seinem Posten. Und das bin ich immer noch. Mehr gibt es dazu nicht zu sagen.«

Im Raum trat Stille ein. Was nun? Ihn verhaften? Ihn den häufig unfähigen und langsamen Mühlen der menschlichen Gerechtigkeit überstellen, wo er doch schon völlig der göttlichen ausgeliefert war? Aber gab es eine Alternative?

Dann kam Peroni ein anderer Gedanke. Die Churchill-Mussolini-Korrespondenz war eines der größten Fragezeichen der Geschichte. Wenn er sie an sich bringen könnte, würde er damit nicht nur die Aufgabe lösen, die Cordelia sich gestellt hatte, sondern er würde auch den größten Publicityrummel lostreten, von dem selbst er nur träumen konnte. Das einzige Problem war, wo Pagani die Dokumente versteckt hatte.

»Wenn Sie mir, bevor wir gehen, noch ein Glas Sherry erlauben würden, um mich für die Fahrt zu stärken, dann stehe ich Ihnen zur Verfügung ... Lassen Sie mich ...«

»Nein, nein, nein. Es sind nur ein paar Schritte, und ich

ziehe es vor, bis zum Schluss mein eigener Herr und Diener zu sein.« Wieder zog Pagani sich mühselig hoch, sammelte die leeren Gläser ein und schlurfte aus dem Arbeitszimmer in den anderen Raum.

Während Peroni ihn beobachtete, hatte er das Gefühl, dass es irgendeine Unregelmäßigkeit gab. Dieses Gefühl war in sein Unterbewusstsein gedrungen, während er der Geschichte von Mussolinis letztem Besuch gelauscht hatte. Es hing mit dem Zimmer zusammen. Irgendetwas war fast unmerklich schief. Aber was?

Sein Blick wanderte durch das Arbeitszimmer, in dem er saß, doch, was immer es war, hier war es jedenfalls nicht. Das bedeutete, dass es in dem anderen, größeren Raum sein musste, wo Pagani halb lahm seinen Weg fortsetzte. Peroni beugte sich vor, um den Raum besser übersehen zu können.

Die Harfe? Die Standuhr? Nein. Sie kämen durchaus als Versteck infrage, doch an ihnen war nichts Ungewöhnliches.

Die ausgestopften Tiere? Da käme so leicht niemand drauf. Peroni nahm sie eins nach dem anderen in Augenschein – makabre, glasäugige Karikaturen wilder Tiere – und verwarf sie dann ebenfalls.

Sein Blick kehrte zu Pagani zurück, der mittlerweile fast am Schrank angekommen war. Der Schrank? Er hatte zwar nur noch eine Tür, aber das war, obwohl an sich ungewöhnlich, in diesem Haus eigentlich nicht unnormal.

Jetzt stellte Pagani die beiden Sherrygläser auf den Kaminsims. Wieso auf den Kamin. Schlagartig, noch ohne zu verstehen, warum, wusste Peroni, dass die Unregelmäßigkeit Teil des Kamins war. Aber welcher Teil des Kamins? Der Feuerrost? Der Rauchabzug? Wieder nein.

Die Kaminumrandung?

Ja, die Umrandung … – die Steinsonne! Einer ihrer gebogenen Strahlen trat deutlicher hervor als die anderen, hob sich von der gemeißelten Oberfläche ab. Wie ein Griff. Die Mussolini-Churchill-Briefe waren in der Umrandung, geschützt von dem primitiven, grinsenden Sonnengott.

Peroni stand jäh auf, weil er plötzlich wusste, dass er einschreiten, dass er etwas verhindern musste. Paganis Hände bewegten sich über die Umrandung, energisch und kraftvoll, als ob die ganze Lebensenergie, die er noch besaß, in ihnen konzentriert wäre. Was hatte er vor? Peroni machte einen Schritt nach vorne und wurde im selben Augenblick zurückgeschleudert.

Die Sonne war explodiert.

Eine Feuerwand stürzte brüllend auf die umstehenden Möbel zu, und die Ziegel des Kamins schienen hervorzuquellen wie der Bauch eines fetten Steingottes, der zerplatzt. Pagani schwankte, offenbar ganz friedlich, inmitten des Scheiterhaufens, von Flammen umhüllt, und in der Mitte seines Körpers war etwas Dunkles.

Peroni brauchte eine Sekunde, um zu begreifen, dass dieses Dunkle eine Aktentasche war, und noch während er hinsah, löste sie sich allmählich auf wie schwarzes Eis, das zerschmilzt. Ein oder zwei brennende Teile lösten sich von ihr ab und schrumpften augenblicklich in sich zusammen. Und schließlich, als das Leuchten der Flammen die Dunkelheit immer mehr durchdrang, brach Pagani langsam zusammen, die Tasche noch immer krampfhaft umklammernd, als wäre sie ein Wunde – oder ein Kind.

6

Ich werde uns noch einen Kaffee kommen lassen«, sagte der gewissenhafte Apotheker.

»Und einen Grappa, wenn Sie schon dabei sind«, warf Peroni ein.

Sie saßen in einem Büro im Präsidium der *Carabinieri*, wo sie von Paganis Haus aus hingegangen waren, nachdem das Feuer gelöscht, die Überreste des Leichnams weggeschafft und so viele Fakten geklärt waren, wie es an Ort und Stelle möglich gewesen war. Der diensthabende Leiter der Feuerwehr hatte bestätigt, was Peroni sich bereits gedacht hatte: Die Explosion war durch eine einfache, aber wirkungsvolle Bombe verursacht worden, die in der Umrandung angebracht gewesen war – die Alarmanlage, von der Pagani gesprochen und die Cordelia entdeckt und entschärft hatte, ohne zu ahnen, mit was für einer Alarmvorrichtung sie herumspielte. »Sie können von Glück sagen«, hatte der Feuerwehrmann gesagt, »dass Sie im Nebenraum waren und bloß von der Wucht der Detonation umgeworfen wurden. Sie hätten schwere Verletzungen davontragen können.«

Von der Mussolini-Churchill-Korrespondenz waren nur noch verkohlte Reste übrig geblieben. »Ganz gleich, was passiert«, Mussolinis letzter Befehl hatte fast greifbar in der Luft der feuchten und rußigen Ruine von Paganis Haus gehangen. »Um jeden Preis.« Er war befolgt worden.

»Da ist nur eines, was ich nicht verstehe«, sagte der gewissenhafte Apotheker, als die Getränke gebracht worden waren. »Wie sind Sie überhaupt auf Pagani gekommen?«

Peroni trank nachdenklich einen Schluck Grappa. »Es ist einfacher«, sagte er mit untypischer Bescheidenheit, »wenn Sie fragen, wie Cordelia Hope auf Pagani gekommen ist. Ich bin ihr eigentlich immer nur gefolgt, und ich muss zugeben, dass sie meistens schneller geschaltet hat als ich. Sie hatte ja das Foto von der Karte, auf der eingezeichnet war, wo das Mussolini-Gold lag. Sie ist dann zu Bombarone gegangen, um ihn zu fragen, wie man es bergen könnte, und er hat sie zu Bellini geschickt. Aber der springende Punkt bei der ganzen Sache ist, dass sie die Einzige war, der es gar nicht wirklich um das Gold ging. Sie war nämlich nicht an Geld interessiert, sondern interessierte sich als Historikerin leidenschaftlich für die Mussolini-Churchill-Briefe, und sie hat die Bergungsaktion nur so lange mitverfolgt, wie sie glaubte, dass sie sie zu den Briefen führen würde. Sobald sie begriffen hatte, dass das nicht der Fall war, stieg sie aus.«

»Aber wodurch hat sie denn begriffen, dass das nicht der Fall war?«

»Genau in dem Punkt war ich zu langsam. Ich hatte dieselben Beweise vorliegen wie sie, aber ich bin nicht zu demselben Schluss gekommen. Erinnern Sie sich, dass sie zu dem Antiquitätenhändler in Verona gegangen ist und er ihr geschildert hat, wie das Gold in die Kisten verladen wurde? Nun, daraus ging eindeutig hervor, dass ausschließlich Gold verladen wurde. Keine Dokumente. Als sie das begriff, hat sie den Kontakt zu Bellini abgebrochen und wieder auf eigene Faust von vorn angefangen. Der Brief, den sie ihrer Tante geschrieben hat – ich habe Ihnen davon erzählt, wissen Sie noch? –, hätte mir das eigentlich sagen müssen. Darin hat sie die ganze Bellini-Geschichte ganz eindeutig in der Vergangenheit beschrieben. Zu dem Zeitpunkt spielte sie für sie schon keine Rolle mehr. Doch da war noch etwas, das er mir hätte sagen müssen. Ich habe es gleich gespürt, als ich den Brief las, aber ich bin nicht drauf gekommen. Und trotzdem war es der Schlüssel zu der ganzen Sache.

Die Adresse. Das Wort ›Costermano‹. Aber mir ist die Bedeutung des Wortes erst bewusst geworden, als ich am Tag von Bellinis Beerdigung per Zufall dorthin kam, und da habe ich etwas gesehen, oder genauer gesagt, eben nicht gesehen, das die ganze Sache klarmachte.«

Peroni wusste, dass er die Poirot-am-Schluss-in-der-Bibliothek-Szene übertrieb; es war eine Versuchung, die er immer wieder unwiderstehlich fand. »Als Oberst Volpi von dem Abend vor Mussolinis Abreise nach Como und von dessen Besuch mit einer Aktentasche in einer Villa am See erzählt hat, erwähnte er, dass er im Licht der Scheinwerfer, als Mussolini aus der Haustür trat, eine Steinsonne gesehen hat, die in die Hauswand gemeißelt war. Jetzt hatten wir allerdings beide, Cordelia und ich, angenommen, dass Mussolini die Karte in jener Nacht der Familie del Duca gegeben hatte, die damals in ihrer Villa in Costermano lebte. Die Beschreibung von dem jungen Mann mit Bart passte auf del Ducas Sohn Gervaso, dessen Porträt wir beide gesehen hatten. Und die Tatsache, dass Cordelia die Karte tatsächlich bei seiner Familie gefunden hatte, schien dies zu bestätigen. Doch als sie begriff, dass die Dokumente nicht bei dem Gold waren, fuhr sie am nächsten Morgen nach Costermano und sah das Gleiche wie ich: Das Haus ist eine Ruine, aber die Fassade steht noch, und dort ist keine Sonne eingemeißelt. Daher fuhr sie wieder zu Paganis Haus und fand dort die Sonne – unter dem Efeu neben der Haustür.

Sobald man das weiß, kann man sich den Rest leicht zusammenreimen. Mussolini hat die Karte irgendwann vor dem Fall von Salò tatsächlich General del Duca anvertraut. Und in der Nacht, bevor er nach Como abreiste, brachte er die Churchill-Briefe zu der einzigen anderen führenden

Faschisten-Familie am See – der Familie Pagani. Die Eltern waren geflohen, der Sohn hielt sich dort versteckt, und es ist nicht verwunderlich, dass wir hinter Oberst Volpis Beschreibung den Sohn der Familie del Duca vermuteten. Viele junge Faschisten hatten einen kurzen schwarzen Bart. Das war damals Mode.«

Ohne sagen zu können, warum, fühlte Peroni sich bedrückt. Alles war geklärt. Die Abenteuer am See waren vorüber. Venedig wartete ungeduldig auf ihn. Warum also hatte er so wenig Lust abzufahren?

Er saß an einem Tisch in einer Bar, bestellte sich einen Drink und versuchte dahinterzukommen. Doch erst als er sich umsah, ging ihm allmählich ein inneres Licht auf. Ohne es zu merken, hatte er sich an genau denselben Tisch gesetzt wie ungefähr drei Wochen zuvor, als er Cordelia bei der gemeinsamen Suche nach einer verlorenen Kontaktlinse kennengelernt hatte. Und der leere Stuhl neben ihm verriet ihm, warum er bedrückt war und so wenig Lust hatte, den See zu verlassen.

Ihr Geist war noch nicht zur Ruhe gekommen.

Aber was konnte er tun? Die Wahrheit war ans Licht gebracht. Diejenigen, deren Rolle es gewesen war zu sterben, waren gestorben, und die Übrigen hatten sich mehr oder weniger resigniert wieder ihrem Alltag zugewandt. Was konnte er tun?

Seine Augen schweiften von dem Stuhl zu dem einzigen anderen sichtbaren konkreten Objekt, das mit Cordelia verbunden war. Die Spaghetti Western. Sie lag noch immer in dem kleinen Hafen und wirkte irgendwie so frech und unternehmungslustig wie eh und je.

»Was auch passiert, vergiss nicht, was du in unserem Unterricht gelernt hast.« Ihre Stimme klang fast so, als säße sie auf dem Stuhl neben ihm. »Ich lasse die Spaghetti Western hier im Dock, also fahr mit ihr raus, wann immer du kannst. Sie wird es zu schätzen wissen.«

Hielt sie sich vielleicht noch immer in der Zoll- und Passkontrolle des Totenreiches auf, weil sie darauf wartete, dass er wieder segeln ging? Es war kindisch abergläubisch, doch schließlich war der Neapolitaner in ihm auch kindisch abergläubisch.

Er bezahlte seinen Drink und ging hinüber zum Boot. Und nachdem er abgelegt hatte, ließ er es geräusch- und mühelos hinaus auf den See gleiten.

Es war ein wundervoller, samtweicher Abend. Es wurde allmählich dunkel, und entlang des Ufers leuchteten, so weit er blicken konnte, Lichter wie Glühwürmchen auf. Die Spaghetti Western ließ sich herrlich lenken, reagierte sofort auf den kleinsten Befehl, sodass Peroni sich wie ein Meistersegler fühlte. Vielleicht war er ja wirklich ein Meistersegler und hatte nur die wenigen Unterrichtsstunden von Cordelia gebraucht, um seine Begabung zu entdecken.

Als er hinaus auf den offenen See segelte, geriet er in eine verspielte Brise, die wie ein Kätzchen an den Segeln zerrte und seine neu erkannte Fähigkeit noch stärker hervortreten ließ.

»Siehst du, ich habe das Segeln nicht aufgegeben«, hörte er sich zu einer unsichtbaren Cordelia sagen. »Ich hatte bloß bis heute Abend keine Gelegenheit dazu. Aber jetzt, wo alles geregelt ist, komme ich so oft ich kann wieder. Wer weiß? Vielleicht komme ich ja sogar in die Hochseejacht-Klasse, wie dieser Engländer, den sie zum Lord oder so was ernannt haben.«

Diese etwas alberne kleine Rede wurde unterbrochen, als er merkte, dass die verspielte Brise immer stürmischer wurde und aus dem Zerren an den Segeln ein Flattern geworden war. Die Spaghetti Western jagte jetzt über den See und lag so schräg, dass der Mast sich bedrohlich der Wasseroberfläche näherte, und Peroni stellte fest, dass er sowohl ihre Geschwindigkeit als auch ihren Kurs immer weniger beeinflussen konnte. Und Letzteres beunruhigte ihn ganz besonders. Denn statt auf das ohnehin schon ferne Ufer zuzusteuern, schoss das Boot immer weiter auf die Mitte des Sees zu, wo offenbar auch der Mittelpunkt des sich rasch zusammenbrauenden Unwetters lag. Was er vom Wasser sehen konnte, war ein trübes Stahlgrau, während er in wütende Wellen hineinsauste, die ihn mit Schaum bespritzten. Er versuchte, ruhig zu bleiben und die Anweisungen auszuführen, die Cordelia ihm für ähnliche Situationen mit auf den Weg gegeben hatte.

Das Segel flatterte wie eine riesige Flagge, während das Boot direkt in den Wind fuhr. Cordelia hätte ihm wahrscheinlich gesagt, er solle kreuzen, was, soweit er sich erinnern konnte, hieß, im Zickzackkurs im Winkel von 45 Grad zur Windrichtung zu fahren. Wie berechnete man 45 Grad in einem Sturm? Er versuchte, den Bug herum zu bringen, doch die Spaghetti Western wollte einfach nicht reagieren.

»Kleine Segelboote«, hörte er Cordelia innerlich mit provozierend gelassener Stimme sagen, »können bei schlechtem Wetter leicht kentern.« Und genau das tat die Spaghetti Western gerade.

»Gewicht verlagern!« Die nun nahezu albtraumhaften Wetterbedingungen ließen die Worte trügerisch realistisch klingen. »Gewicht verlagern! Und Segel lockern!« Er versuchte zu gehorchen, doch das Einzige, was er erreichte, war, dass das Segel quer über das Boot schlug und ihn auf den Boden des Rumpfes schleuderte.

»Ach du lieber Himmel! Du Tollpatsch – ich muss es wohl selbst machen. Halt dich einfach gut fest und keine Panik.«

Obwohl er wusste, dass es absurd war, klang ihre Stimme

jetzt echter denn je, und in den nächsten Minuten sagte ihm alles, nur nicht sein gesunder Menschenverstand, dass Cordelia bei ihm im Boot war. Sie nahm nicht die geringste Notiz von ihm, und wie schon damals hatte er den Eindruck, dass sie überall zugleich war. Sie trimmte das Segel, änderte den Kurs, verlagerte sogar ihr nicht vorhandenes Gewicht, um die gefährliche Schräglage der Spaghetti Western auszugleichen.

Und irgendwie richtete sich das Boot tatsächlich wieder auf und begann, quer zum Wind in Richtung Ufer zu segeln, hob sich fast aus dem Wasser und flog mit circa 25 Kilometern in der Stunde über den See.

Wie lange Peroni sich im Rumpf an der Bootswand festgeklammert hatte, wusste er nicht, doch schließlich fand dieser Zustand der Zeitlosigkeit ein Ende, und er stellte fest, dass er wieder allein im Boot und aus dem Sturm heraus war und in ruhigem Wasser auf die Lichter des Hafens von Garda zusegelte.

»Jetzt müsstest du eigentlich allein mit ihr klarkommen. *Arrivederci*, Achille …«

Die Stimme entschwand wieder in das Land der Illusionen, doch Peroni war nun überzeugt, dass Cordelias Geist endlich seine Ruhe gefunden hatte. Er wandte den Kopf in die Richtung, aus der die Worte scheinbar gekommen waren.

»*Arrivederci*, Cordelia«, sagte er.

Timothy Holme

Timothy Holme, geboren 1928 in Großbritannien, war Schauspieler, Journalist und Schriftsteller. Seine berufliche Laufbahn begann am Theater, doch als sich nach einigen Jahren als Schauspieler kein durchschlagender Erfolg einstellen wollte, gab er den Beruf auf und begann als Journalist für verschiedene Zeitungen und Zeitschriften zu schreiben. Während eines Urlaubs in Italien verliebte sich Holme in seine Sprachlehrerin, heiratete sie und zog nach Verona, wo er den Rest seines Lebens verbringen sollte. 1976 schrieb er sein erstes Buch, eine Biographie über den venezianischen Dramatiker und Librettisten Carlo Goldoni, auf dessen Werk er sich in seinen späteren Krimis bezieht. In den letzten zehn Jahren seines Lebens schrieb er die Achille-Peroni-Krimireihe. Holme starb 1987.